ANDY WEIR
PROJECT

小野田和子 訳

プロジェクト・ヘイル・メアリー

早川書房

プロジェクト・ヘイル・メアリー

〔下〕

カバーイラスト／鷲尾直広
装幀／岩郷重力＋N.S

〔ロケット図①〕

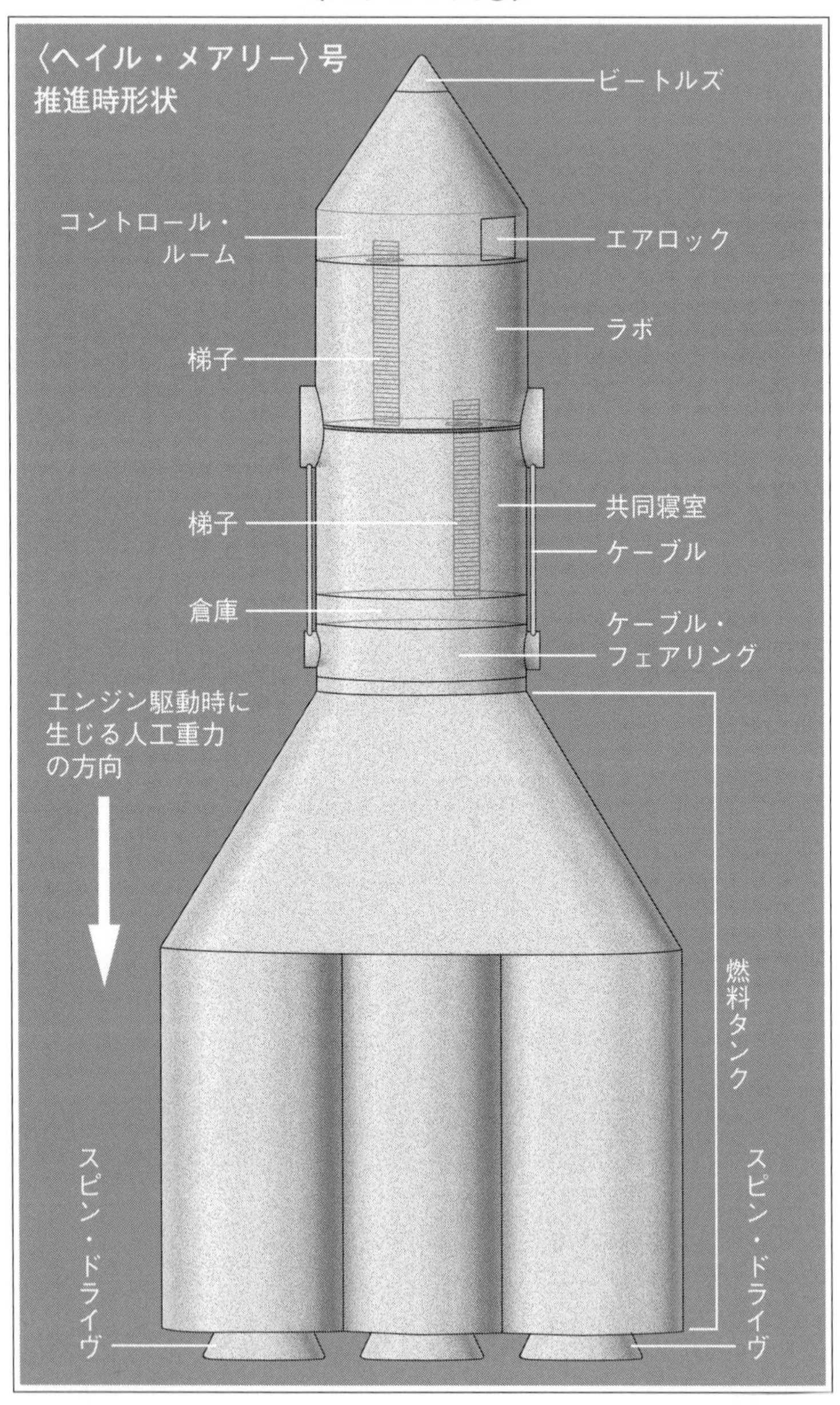
〈ヘイル・メアリー〉号
推進時形状
ビートルズ
コントロール・
ルーム
エアロック
ラボ
梯子
共同寝室
梯子
ケーブル
倉庫
ケーブル・
フェアリング
エンジン駆動時に
生じる人工重力
の方向
燃料タンク
スピン・ドライヴ
スピン・ドライヴ

〔ロケット図②〕

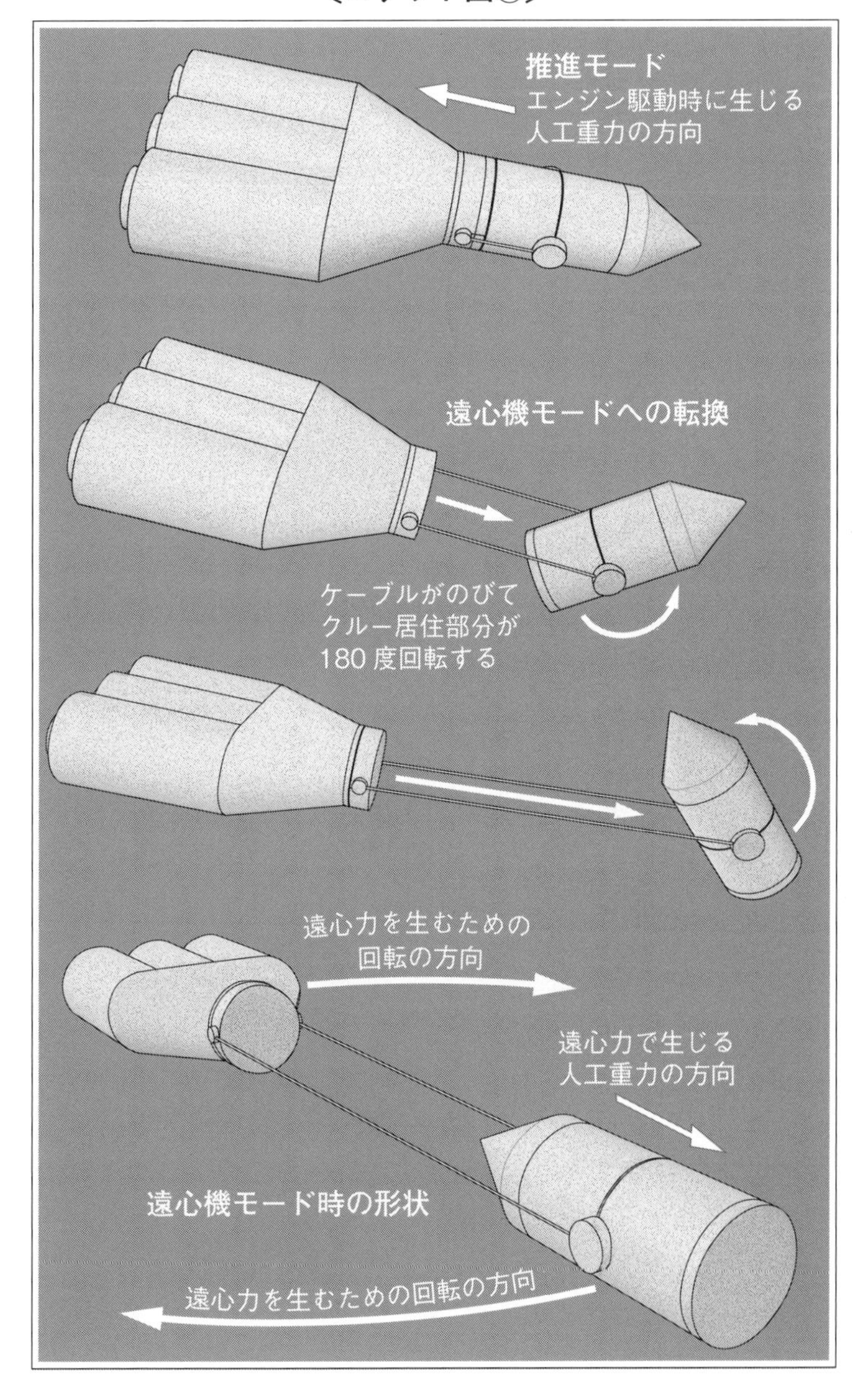
推進モード
エンジン駆動時に生じる
人工重力の方向
遠心機モードへの転換
ケーブルがのびて
クルー居住部分が
180 度回転する
遠心力を生むための
回転の方向
遠心力で生じる
人工重力の方向
遠心機モード時の形状
遠心力を生むための回転の方向

第15章

まだ数時間しかたっていない。が、気になってしかたがない。彼はトンネルをどんなふうに改造しているのだろう？

彼は気圧がかなり高くないと生きていられない。この船の船体はそれには耐えられない。そして彼は真空中にはいられない。いったいどうやって改造するつもりなのだろう？

エアロックの向こう側からカチャン、ガチッという音が聞こえてくる。こんどはこの目でしっかり見てやるぞ！

エアロックに入って舷窓から外を見る。〝ブリップA〟の船体ロボットがすでに古いトンネルを取りはずして、あたらしいのを取り付けている最中だ。

ああ。なんというか、期待が大きすぎた。

古いトンネルがふわふわと彼方へ遠ざかっていく——もう用済みということだ。ロボットがあたらしいトンネルを取り付け位置に当てて、〝ブリップA〟の船体の縁に沿ってキセノナイトの接着剤を塗っている。

エリディアンはコンピュータなしでどうやって光速に近いスピードで航行する船を操縦していたのだろう？　推測航法か？　かれらは暗算の名手だ。コンピュータを発明する必要がなかったのかもしれない。それでもやはり。どんなに計算が得意だろうと限界はある。

ガチン、ゴツンという音が止まる。また舷窓から外をのぞくと、トンネルの取り付けが終わっていた。

前のトンネルと似ているが、エアロックの部分がずっと大きくなっている。エアロックの小室はほぼ分離壁全体とおなじサイズで、部屋に入ったロッキーが充分に入れるだけの大きさがある。しかし、ぼくが入れるほど大きくはない。ぼくがすぐに〝ブリップA〟を訪問する機会はなさそうだ。

「ふんっ」気にしないようにしようとは思うが、それでもやっぱり。彼は異星の宇宙船を見られる。どうしてぼくは見られないんだ？

トンネルのロッキーの側には、もう姿勢維持用の取っ手も格子もついていない。代わりにトンネルの長軸に沿って金属ストリップが走っている。細い金属の帯は分離エアロックを越えてトンネルのぼくの側までのび、ぼくのエアロックのドアにまで達している。

金属ストリップの反対側にはパイプのようなものがある。これはトンネルとおなじくすんだ茶色と黄褐色のキセノナイト製だ。そして四角い。これもやはりトンネルの長軸に沿ってのびている。

プシューッという音とともに、ロッキーの側のトンネルが霧で満たされていく。そして二度めのプシューッという音とともに、ぼくの側のトンネルに霧が満ちる。たぶんこれがパイプの役割なのだろう。両側にそれぞれに合った空気を満たすという役割。ロッキーに手持ちの酸素があってよかった。

〝ブリップA〟のドアが開いて、ボール状のジオデシックドームに入ったロッキーが姿をあらわす。彼はオーバーオールのようなものを着て、甲羅の底にツールベルトをつけている。背中にはエアコン(AC)ユニット。二本の手に金属塊を持っている。あとの三本の手は空いている。そのうちの一本がぼくに向かってふられている。ぼくも手をふる。

スペースボール（ほかにどう呼べばいい？）がふわふわとエアロックに入ったと思うと、金属の帯板にくっついた。

「え？　どういう……」

そこでピンときた。ボールは魔法の力で動いていたわけではなかった。ロッキーが持っている金属塊は磁石だ。すごく強力な磁石だろうと思う。そして金属ストリップは当然、磁気を帯びているはずだ。たぶん鉄だろう。彼は金属の帯沿いにボールを回転させて分離エアロックに入る。金属製のコントロール装置をキセノナイトのボール越しに磁石を使って操作している。思わず見とれてしまう。

シューッという音やポンプの音がして、ロッキーがプレートをはじくと、エアロックのぼくの側のドアが開いた。彼はそこから金属の帯板沿いにぼくのドアまで移動してきた。ぼくはドアを開けた。

「やあ！」

「それで……ぼくがきみを持ってまわるのか？　そういう計画？」

「イエス。持ってまわる。ありがとう」

ぼくは、熱いかもしれないと用心しながらこわごわボールをつかむ。だが、熱くない。キセノナイトはとりわけすぐれた断熱材なのだ。ぼくは彼を引っ張って船内に入れた。

ロッキーは重い。思ったよりずっと重い。もし重力があったら、たぶんまったく持ち上げられなかっただろう。しかし、慣性も大きい。ウーンと唸って彼を引っ張る。ギアがニュートラルのオートバイを押しているような感じだ。冗談抜きで——彼はオートバイくらい重い。

驚くのはおかしい。彼は自分の身体について、そしてその身体がどう金属を利用しているか、話してくれた。くそっ、彼の血液は水銀だった。重いに決まっている。

「きみはとても重い」彼が、おい、デブ、ダイエットしろよ！　という意味に取りませんように。

「ぼくの質量は一六八キログラム」と彼がいう。

ロッキーの体重は三〇〇ポンド以上だ！

「ワオ。きみはぼくよりずっと重い」

「きみの質量は、質問？」

「たぶん八〇キロぐらい」

「人間の質量はとても小さい！」と彼がいう。

「ぼくはほとんどが水だから」とぼく。「それはともかく、ここはコントロール・ルームだ。ぼくはここで船を動かす」

「了解」

彼を押してラボに下りる。彼はボールのなかで動きまわっている。なにかあたらしいものを見るたびに動きまわる。思うに、ソナーでものを〝見る〟のに、そのほうがよく見えるのだろう。イヌが音の情報を多く得たいときに首を傾げるようなものか。

「ここはぼくのラボだ。すべての科学はここで起きる」

「よい、よい、よい、部屋」彼がキーキー声でいう。ふつうに話しているときより一オクターヴ高い。

「すべて了解したい！」

「なんでも質問してくれ。すべて答えるよ」

「あとで。もっと多くの部屋！」

「もっと多くの部屋！」ぼくはドラマチックな口調でいう。

彼を押して共同寝室に下りる。彼が部屋のまんなかからすべてを聞けるよう、ごくゆっくりした速度で動く。「ぼくはここで寝る。まあ、前はそうしていた。いまはきみにいわれてトンネルで寝ている」

「きみはひとりで寝る、質問？」

「イエス」

「ぼくも何度もひとりで寝る。悲しい、悲しい、悲しい」

彼にはどうしてもわからないようだ。ひとりで寝ることの恐怖が脳に組みこまれているのかもしれない。興味深い……それが群居本能のはじまりとも考えられる。群居本能は種が知的になるために欠かせないものだ。もしかしたら、この（ぼくにとっては）奇妙な睡眠形式があったからこそ、ぼくはいまこうしてロッキーと話せているのかもしれない！

ああ、非科学的だ。かれらが賢くなったのにはきっと無数のことが関係しているのだろう。睡眠にかんすることはそのごく一部にちがいない。しかし、ぼくは科学者だ。なにか理論を考えないと！

倉庫エリアのパネルを開けて、彼が入っているボールを少しなかに押しこむ。「ここは狭い。倉庫だ」

「了解」

彼を引っ張りだす。「部屋はこれでぜんぶだ。ぼくの船はきみの船よりずっと小さい」

「きみの船には多くの科学がある！　科学の部屋のものをぼくに見せる、質問？」

「いいとも」

彼をもう一度ラボに連れていく。彼はボールのなかで動いて、すべてを吸収している。ぼくはボールを持ったまま部屋のまんなかに浮かんで、テーブルの縁をつかむ。

ボールをテーブルのほうに押しやる。このテーブルはスチール製だと思うが、確信はない。が、ラボのテーブルはたいていそうだから、試してみよう。

「磁石を使ってみてくれ」

彼が磁石を五角形のひとつに押し付けてテーブルに触れる。カチッ、という音がして磁石がくっつく。

これで彼は一カ所にとどまっていられる。

「よい」と彼がいう。彼は磁石をべつの五角形の面につぎつぎと当てて、テーブルの上をいったりきたりしている。優雅な動きとはいえないが、用は足りる。とりあえず、ぼくは彼を押さえていなくていい。

ぼくはテーブルを軽く押して、ふわりと部屋の端へ移動した。「ここにはいろいろある。最初になにが知りたい？」

彼がある方向を指さそうとして動きを止める。そしてあたらしいのを選んで、そこでまた動きを止める。キャンディ・ショップにいる子どもみたいだ。やっと3Dプリンターに決める。「あれ。あれはなに、質問？」

「小さいものをつくる。ぼくがコンピュータに形をいうと、コンピュータがこのマシンにそのつくり方をいう」

「ぼくはそれが小さいものをつくるのを見ることができる、質問？」

「それには重力が必要だ」

「だからこの船は回転する、質問？」

「イエス！」ワオ。鋭い。「回転は科学に必要な重力をつくる」

「トンネルがついていると、きみの船は回転することができない」

「そのとおり」

彼はじっと考えている。

「きみの船にはぼくの船よりたくさんの科学がある。よりよい科学がある。ぼくはぼくのものをきみの船に持ってくる。トンネルをはずす。きみは科学のためにきみの船を回転させる。きみとぼくはいっしょにアストロファージを殺す方法を科学する。地球を救う。エリドを救う。これはよい計画、質問？」

「うーん……イエス！　よい計画！　しかしきみの船はどうする？」ぼくは彼のキセノナイトのボールを叩いた。「人間の科学はキセノナイトをつくることができない。キセノナイトは人間が持っているどんなものより強い」

「ぼくはキセノナイトをつくる材料を持ってくる。どんな形でもつくることができる」

「了解。きみはいまきみのものを持ってきたいか？」

「イエス！」

ぼくは〝ただひとり生き残った宇宙探検家〟から〝変てこなあたらしいルームメイトといっしょのやつ〟になった。この先どうなっていくのか興味津々だ。

「ラマイ博士に会ったことはある？」とストラットがたずねた。

ぼくは肩をすくめた。「最近やたらといろんな人に会っているんで、正直、覚えてません」

空母には医務室があった。だがそれは乗組員のためのもので、ぼくらが向かったのは第二格納庫甲板につくられた特別な医療センターだった。

ラマイ博士は合掌して軽く会釈した。「お会いできてうれしく思います、グレース博士」

「どうも」とぼくはいった。「ええ、こちらもです」

「ラマイ博士には〈ヘイル・メアリー〉関係の医療面すべてを束ねる責任者になっていただきました」とストラットがいった。「われわれが使う予定の昏睡テクノロジーを開発した企業の主任科学者よ」

「はじめまして」とぼくはいった。「では、タイからいらしたんですか？」

「はい」と彼女はいった。「残念ながら会社はなくなってしまいました。このテクノロジーは七〇〇

○人にひとりに対してしか有効ではないので、商業的価値はかぎられていましたから。それでもまだわたしの研究が人類の役に立つかもしれないとわかって、大変しあわせに思っています」
「それは控えめすぎるわ」とストラットがいった。「あなたのテクノロジーは人類を救うことになるんです」

ラマイは目をそらした。「過分なお褒めの言葉にあずかりまして」

彼女はぼくらをラボのなかへと案内してくれた。一二ある区画にはそれぞれ少しずつ異なる実験装置、測定装置があふれていて、それぞれが昏睡状態のサルにつながれていた。

ぼくは目をそらした。「ぼく、ここにいなくちゃいけませんか?」

「大目に見てやってください」とストラットがいった。「彼、ちょっと……繊細なところがありまして」

「大丈夫です」とぼくはいった。「動物実験が必要なことはわかっています。じっくり見る気にはなれないだけです」

ラマイは無言だった。

「グレース博士」ストラットがいった。「ばかなことをいってないで。ラマイ博士、このままつづけてください」

ラマイはいちばん近くのサルの上にある何本かの金属アームを指さした。「わたしたちは患者数が何万人にもなると見込んで、この自動昏睡モニタリングおよびケア・ステーションを開発しました。実用化には至りませんでしたが」

「問題なく動くんですか?」とストラットがたずねた。

「オリジナルは完全に独立して機能する設計にはなっていませんでした。ルーティンどおりには動くけれど、解決できない問題が起きたら人間の医師に通報するというかたちでした」

彼女は昏睡状態のサルの列に沿って進んでいった。「完全自動バージョンにかんしては格段の進歩を遂げつつあります。このアーム・ユニットはバンコクで開発中の非常に洗練されたソフトウェアで動かしています。昏睡状態にある対象者のケアをします。つねにバイタルをチェックし、必要とあればどんな医療処置もほどこし、栄養補給し、体液のモニタリングをし、等々。実際に医師が同行できればそれがいちばんでしょう。しかしこれはまちがいなく次善の策といえます」

「ある種、人工知能といえるようなものなのかしら?」とストラットがたずねた。

「いいえ」ラマイがいった。「複雑なニューラル・ネットワークを開発する時間はありません。これは完全なるプロシージャル生成。非常に複雑ですが、けっしてAIではありません。何千回も試験をして、それがどう反応するか、それはなぜか、知る必要がありますから。ニューラル・ネットワークではそれはできません」

「なるほど」

ラマイは壁に貼られた図表を指さした。「最大のブレイクスルーは、残念ながら、わが社を解体に導くことになりました。わたしたちは長期の昏睡状態に耐性を持つ遺伝子マーカーを特定することに成功していました。見つけるには簡単な血液検査をするだけです。そしてご存じのとおり、一般集団で試験をしてみたら、実際にこの遺伝子を持っている人はごく、ごく少数だということがわかったわけです」

「それでもその対象の人たちを救うことはできなかったのですか?」とぼくはたずねた。「つまり、たしかに七〇〇〇人にひとりかもしれませんが、まだはじまったばかりだった、そうでしょう?」

ラマイは首をふった。「残念ながら、答えはノーです。これは待機的医療処置です。化学療法中ずっと昏睡状態でなければならないという切迫した医療的必然性があるわけではありません。実際、多少のリスクが上積みされることにもなりますし。そういう事情で、会社を維持できるだけの顧客数は確保できそうになかったのです」

ストラットが袖をまくり上げた。「その遺伝子があるかどうか、わたしの血液を調べて。ぜひ知っておきたいわ」

ラマイは一瞬、啞然とした表情を見せた。「は、はい、それはもう、ミズ・ストラット」彼女はこまごました医療用品がのったカートに歩み寄って、採血キットを手にした。これほどの地位の人物ともなると医療界の下働きのような仕事には慣れていないだろう。それでもストラットはストラットだ。

そしてラマイはみごとな手際を披露した。彼女はためらいなく、一回で、ストラットの腕に針をすべりこませた。チューブに血液が流れこんでいく。採血がすんで、ストラットがまくっていた袖をおろした。「グレース、つぎはあなたの番よ」

「どうしてです？」とぼくはいった。「ぼくは志願していませんよ」

「模範を示すためよ」と彼女はいった。「このプロジェクトの関係者全員に、たとえわずかでもかかわりのある人全員に、やってもらうつもりよ。宇宙飛行士は希少種よ。そして昏睡状態耐性者はその希少種七〇〇〇人にひとり。適性のある候補者がほんの少数しか見つからないということもあるかもしれない。供給源を広げておく必要があるのよ」

「これは特攻ミッションです」とぼくはいった。「みんなが列をつくって『ああ、わたしを！　お願いだ！　お願いだから、わたしを！　わたしを選んでくれ！』というたぐいのものじゃない」

「じつはもうそうなっているのよ」とストラットがいった。

ラマイがぼくの腕に針を刺した。ぼくは思わず目をそらした。ぼくは自分の血がチューブに勢いよく流れこむのを見ると、ちょっと気分が悪くなる。「どういうことです、そうなっているって？」

「志願者はもう何万人も集まっているの。全員、これが片道旅行だということはしっかり了解しているのよ」

「ワオ」とぼくはいった。「そのうち何人が狂人だか自殺志願者だかなんですかね？」

「たぶん相当な数でしょうね。でもリストには経験豊富な宇宙飛行士も何百人も名を連ねているのよ。宇宙飛行士は科学のために命を危険にさらす覚悟のある勇敢な人たちだから、人類のために命をさしだす人も大勢いるの。感服するのみよ」

「何百人もですか」とぼくはいった。「何千人もではない。その宇宙飛行士のなかにひとりでも該当者がいたらラッキーですね」

「これまでずいぶん運に恵まれてきたわ」とストラットはいった。「この先も、まだ期待していいんじゃないかしら」

大学を出てすぐの頃、ガールフレンドのリンダがぼくのところに引っ越してきた。ぼくらの関係はその後八カ月つづいたが、まったく悲惨なものだった。しかし、そこはいまはどうでもいい。

彼女が引っ越してきたとき、ぼくの狭いアパートメントに持ちこむ必要があると彼女が判断したガラクタの多さに、ぼくは衝撃を受けた。彼女が二〇年以上にわたってなにひとつ捨てることなく貯めつづけてきたものを詰めこんだ箱また箱。

リンダはロッキーに比べたら質素そのものだった。

彼は置き場所などないほど大量のガラクタを持ちこんできた。

共同寝室はキャンバス地的な素材のダッフルバッグ的なものでほぼ埋め尽くされてしまった。どれもこれも泥のような濁った色合いのものばかり。視覚的な美しさなど誰も気にしないなら、手に入るのはなんにせよ生産過程で生じる色のものだけということだ。なかになにが入っているのかすら、ぼくにはわからない。彼はまったく説明してくれず、これで終わりだろうと思うたびに、彼はさらにバッグを運びこんでくる。

いや、〝彼〟といったが、実際はぼくだ。ぼくがすべての作業をこなしているあいだ、彼はのほほんとボールのなかにいて磁石で壁にくっついている。これまたリンダを思い出さずにはいられない。

「ずいぶんたくさんあるんだな」とぼくはいった。

「イエス、イエス」と彼がいう。「ぼくはこれらが必要」

「ずいぶん多いな」

「イエス、イエス。了解。トンネルにあるものが最後のもの」

「オーケイ」ぼくは不平がましい声でいいながらもふわふわとトンネルにもどって、最後に残った数個のやわらかい箱をつかむ。コックピットを抜け、ラボを通って、共同寝室に下りる。そしてなんとか詰めこむ場所を見つける。空きスペースはほんのわずかしか残っていない。いったいどれくらいの質量がこの船に追加されたのだろうと、ぼんやり考える。

ぼくのベッドまわりだけはかろうじて空けてある。そして床にはロッキーが寝場所と決めたスペースがある。それ以外のスペースは部屋中、テープで互いに留め付けたり、壁や空きベッド、その他もろもろにテープ留めして漂っていかないようにしたやわらかい箱で埋まっている。

「これで終わりかな?」

「イエス。こんどはトンネルをはずす」

ぼくは唸り声をあげた。「きみがトンネルをつくった。きみがはずす」

「ぼくはどのようにはずす、質問? ぼくはボールのなか」

「じゃあ、ぼくはどうやってはずすんだ? ぼくはキセノナイトのことはわからない」

彼は二本の手でなにかを回す動きをしてみせた。「トンネルを回転する」

「オーケイ、オーケイ」ぼくは船外活動(EVA)スーツをつかんだ。「ぼくがやるよ。この人でなし」

「最後の言葉、わからない」

「重要ではない言葉だ」ぼくはスーツに入って背中のフラップを閉じた。

ロッキーはボールのなかから二つの磁石を操っていろいろやるのだが、それがなかなかにうまくて驚いた。

彼のダッフルバッグにはぜんぶ金属パッドがついていて、彼はそれを利用してバッグの山にのぼり、必要に応じて並べ替えている。たまに彼が手がかりとして使っているバッグがテープからはずれて、彼が宙に浮いてしまうことがある。そうなると彼はぼくを呼び、ぼくは元の位置にもどしてやる。

ぼくはベッドにつかまって、彼の作業を見守る。「オーケイ、ステップ・ワン。アストロファージのサンプリング」

「イエス、イエス」彼が身体のまえで二本の手を上げて、一本でもう一本のまわりにぐるっと円を描く。「タウのまわりを回る惑星。アストロファージはタウからそこへいく。エリダニとおなじ。アストロファージはそこで二酸化炭素を使ってもっとたくさんのアストロファージをつくる」

「イエス。きみはサンプルを採ったのか?」

「ノー。ぼくの船にはそのための装置があった。でも装置が壊れた」

「修理できなかったのか?」

「故障ではない。装置が壊れた。旅の途中で船から落ちた。装置はなくなった」

「ああ。ワオ。どうして落ちてしまったんだ?」

彼は甲羅をもぞもぞ動かしている。「わからない。たくさんのものが壊れる。ぼくの人々、急いで船をつくる。すべてのものがうまく動くようにつくる時間ない」

最終期限が引き起こす品質問題――全銀河系共通の課題だ。

「ぼくは代わりをつくろうとする。失敗する。つくろうとする。失敗する。つくろうとする。失敗する。ぼくは船をアストロファージの通り道に入れる。少し船体につくかもしれない。しかし船体のロボット、なにも見つけられない。アストロファージとても小さい」

彼の甲羅ががっくり落ちる。通気口が肘より低い位置になっている。悲しいと甲羅が下がるのは何度か目にしたが、これほど低くなったことはない。

彼の声が一オクターヴ低くなる。「失敗、失敗、失敗。ぼくは修理エリディアン。ぼくは科学エリディアンではない。賢い、賢い、賢い科学エリディアンたちは死んだ」

「なあ……そんなふうに考えるのはよせよ……」とぼくはいった。

「了解しない」

「うーん……」ぼくは彼のバッグの山に近寄る。「きみは生きている。そしてきみはここにいる。そしてきみはあきらめていない」

しかし彼の声は低いままだ。「ぼくは何度もやってみる。ぼくは何度も失敗する。科学、得意ではない」

「ぼくは得意だ。ぼくは科学人間。きみはものをつくったり直したりするのが得意。いっしょにこの問題を解決しよう」

彼の甲羅が少し上がる。「イエス。いっしょに。きみはアストロファージのサンプルを採る装置を持っている、質問？」

〝船外収集ユニット〟だ。コントロール・ルームに初めて入った日に見た覚えがある。そのときはあまり深く考えもしなかったが、これにちがいない。「イエス。そういう装置がある」

「安心！　ぼくはとても長くためす。何回も。失敗する」彼はふと黙りこむ。「長い時間ここ。長い時間ひとり」

「ここにひとりで、どれくらい長い時間？」

思案している。「あたらしい言葉が必要」

ぼくは壁のラップトップを引き寄せる。毎日あたらしい言葉を打ちこんではいるが、その数は日に日に少なくなっている。われながらたいしたものだと思う。

周波数分析アプリを起動させ、辞書スプレッドシートを立ち上げる。「準備完了」

「七七七六秒が♩♫♩♪♪。エリドは一♩♫♩♪♪で一回まわる」

この数字はすぐにわかった。ロッキーの時計を研究しているときに出てきた数字だ。七七七六は六の五乗。エリディアンの時計がぜんぶゼロにもどるのにかかるエリディアン秒数だ。かれらは一日をとても便利な、（かれらにとっての）メートル法の秒数に分割している。そうする理由はよくわかる。

「エリディアン日」とぼくは辞書に入力する。「惑星が一回まわるのが〝一日〟だ」

「了解」と彼がいう。

「エリドは一九八・八エリディアン日でエリダニのまわりを一回まわる。一九八・八エリディアン日は♫♩♪♫♪」

「年」とぼくはいって入力する。「惑星が恒星のまわりを一回まわるのが一年。だからそれはエリディアン年だ」

「ぼくらは地球単位を使う。そうでないときみは混乱する。地球日はどれくらいの長さ、質問？　そしてどれくらいの地球日が一地球年、質問？」

「一地球日は八万六四〇〇秒。一地球年は三六五・二五地球日」

「了解。ぼくはここに四六年いる」

「四六年?!」ぼくは思わず息を呑んだ。「地球年で？」

「ぼくはここに四六地球年いる、イエス」

彼はぼくが生きてきた年数よりも長いこと、この星系にとどまっている。

「どれくらい……エリディアンはどれくらいの長さ、生きるんだ?」

彼が鉤爪を小刻みに揺らす。「平均は六八九年」

「地球年で?」

「イエス」少し鋭い口調で彼がいう。「つねに地球単位。きみは計算、悪い。だからつねに地球単位」

しばらく言葉が出てこない。

「きみは何年、生きているんだ?」

「二九一年」少し間を置いて、「イエス。地球年」

なんと。ロッキーは合衆国より年を取っている。彼が生まれたのはジョージ・ワシントンが生まれたのとおなじ頃だ。

しかも彼は彼の種属のなかではそれほど年を取っているわけではない。コロンブスが(すでに大勢の人がいた)北アメリカを発見するより前に生まれて、いまも生きているエリディアンがいるのだ。

「きみはなぜそんなに驚く、質問?」とロッキーがたずねる。「人間はどれくらい長く生きる、質問?」

第16章

「これは地球の重力、質問?」とロッキーがたずねる。彼のボールはコントロール・ルームの床に置かれている。操縦席の隣だ。

ぼくは〝遠心機〟コントロール・スクリーンをチェックする。もう最大回転速度に達し、スプールに巻かれていたケーブルも最大限のびている。クルー・コンパートメントはきっちり一八〇度回転完了。表示された図は船の前部と後部が完全に分離した状態になっていることを示している。ぼくらは虚空でなめらかに回転している。〝ラボ重力〟の数値は〝一・〇〇G〟。

「イエス。これは地球の重力だ」

彼はジオデシックドームの床との接地面を切り替えて、ドームを右に傾けたり左に傾けたりしている。「あまり大きくない重力。数値は、質問?」

「九・八メートル毎秒毎秒」

「あまり大きくない重力」と彼はくりかえした。「エリドの重力は二〇・四八」

「それはずいぶん大きい重力」とぼくはいったが、そうだろうと思ってはいた。彼からはエリドについていろいろ聞いていて、そのなかには質量や直径も含まれていたので、エリドの地表重力は地球の二倍程度だろうと見当はついていたのだ。ぼくの計算が正しかったことが証明されてよかった。

ちなみに――ワオ、ロッキーの質量は一六八キログラム。つまり故郷の惑星では彼の体重は八〇、〇〇ポンド近くあることになる。だが、生まれ故郷の環境のなかでは、おそらくなんの問題もなく動きまわれるはずだ。

体重八〇〇ポンドで身軽に動けるやつ。脳内メモ：エリディアンと腕相撲はするな。

「それで」とぼくはいって、操縦席の背もたれによりかかる。「どうする？　ペトロヴァ・ラインに飛びこんでアストロファージを採集するか？」

「イエス！　しかしその前にキセノナイトでぼくの部屋をつくる」ハッチから下のクルー・コンパートメントのほうを指さしている。「ほとんどは寝る部屋のなか。しかしラボにトンネルとコントロール・ルームに小さいエリア。オーケイか、質問？」

ふむ、彼もいつまでもボールのなかにいるわけにはいかないだろう。「イエス。大丈夫だ。キセノナイトはどこにある？」

「キセノナイト部品、共同寝室のバッグのなか。液体。混ぜる。キセノナイトになる」

エポキシ樹脂みたいなものか。しかし、じつに、じつに強いエポキシ樹脂だ。

「興味深い！　いつかキセノナイトのことをすべて知りたい」

「ぼくは科学わからない。ぼくは使うだけ。謝罪」

「いいんだ。ぼくも考える機械のつくり方は説明できない。使うだけだ」

「よい。きみ、了解」

「キセノナイト建設作業はどれくらい長くかかる？」

「四日。五日かもしれない。なぜたずねる、質問？」

「早く仕事がしたいから」

「なぜそんなに早くしたい、質問？　ゆっくりのほうが安全。まちがい少ない」

ぼくはすわりなおして背筋をのばした。「地球は悪い状態。どんどん悪くなっている。ぼくは急がなくてはならない」

「了解しない。なぜ地球はそんなに速くそんなに悪い、質問？　エリドはゆっくり悪くなる。大きな問題になるまでに少なくとも七二年ある」

七二年？　ああ、地球にそれだけの時間があったらどんなにいいか。しかしこのままだと七二年後には地球は凍てついた不毛の地と化し、人類の九九パーセントは死んでしまうことになる。

なぜエリドはそれほどひどい影響を受けていないのか？　眉間にしわを寄せて考える。が、答えはすぐに見つかった。すべては熱エネルギー保存の問題だ。

「エリドは地球よりずっと熱い。そしてずっと大きくてずっと大気が濃い。だからエリドの大気内にはずっと多くの熱が蓄えられている。地球は早く冷えてしまう。とても早く。一四年後には、大半の人間が死ぬことになる」

「了解。ストレス。不安」声が一本調子になっている。とても深刻な口調だ。

「イエス」

彼が二つの鉤爪を合わせてカチカチという音を立てる。「では、ぼくらは仕事する。すぐ仕事する！　アストロファージの殺し方、学ぶ。きみは地球へもどる。きみは説明する。地球を救う！」

ぼくは溜息をついた。いずれは説明しなくてはならないだろう。いま話したほうがいいのかもしれない。「ぼくはもどらない。ぼくはここで死ぬ」

彼の甲羅が震える。「なぜ、質問？」

「ぼくの船にはここにくるだけの燃料しかない。家に帰るための燃料はない。とても小さい探査機があって、それがわかったことを地球に持って帰る。しかしぼくはずっとここにいる」

「なぜこのようなミッション、質問？」

「ぼくの惑星は、時間内でそれだけしかつくることができなかったんだ」

「きみは地球を離れるときにそれを知っていた、質問?」

「イエス」

「きみはよい人間」

「ありがとう」差し迫った運命のことは考えないようにする。「だからアストロファージを採集しよう。どうやってサンプルを採るか、考えがあるんだ。ぼくの機器はとてもよいから、ほんのわずかな量でも検知できて——」

「待て」彼が鉤爪をひとつ上げる。「きみの船は地球へもどるためにどれくらいのアストロファージが必要、質問?」

「うーん……二〇〇万キログラムくらいかな」

「ぼくは与えることができる」

思わず背筋がのびる。「えっ?!」

「ぼくは与えることができる。ぼくは予備を持っている。それだけ与えることができて、ぼくがエリドに帰るための量も充分にある。きみはもらうことができる」

心臓の鼓動が一回飛んだ。「ほんとうに?! すごい量だぞ。もう一度いわせてくれ——二〇〇万キログラム。二掛ける一〇の六乗だぞ!」

「イエス。ぼくはたくさんのアストロファージを持っている。ぼくの船はここにくる旅、予定より効率的だった。きみは二〇〇万キログラムもらうことができる」

ドシンと背もたれによりかかる。呼吸が速い。過呼吸になりそうだ。じわりと涙が出てくる。「ああ、神さま……」

「了解しない」

ぼくは生きられる！

「ありがとう！　ありがとう、ありがとう！」

「ぼくはしあわせ。きみは死なない。惑星たちを救おう！」

もうだめだ。うれし涙が止まらない。ぼくは生きられる！

「イエス！」すすり泣く。「イエス、ぼくはオーケイ。ありがとう！　ありがとう、ありがとう！」

「きみはオーケイ、質問？」

涙をぬぐう。

中国人乗組員の半数が飛行甲板に出ていた。仕事をしている者もいたが、大半は人類の救世主たちをひと目見ようと集まった連中だった。科学チームも顔をそろえていた。週一の定例ミーティングに出席しているいつもの面々だ。ストラット、ぼく、ディミトリ、ロッケン、そして最近加わったラマイ博士。ああ、そしてギャンブル依存症のペテン師、ボブ・レデルも科学チームの一員ではあるから、ここにいる。

公正を期していっておくが、ボブはまかせられた仕事をみごとにやり通した。〝サハラ・アストロファージ・ファーム〟をりっぱに管理運営してのけたのだ。科学者にして経営、行政能力に長けた人物はそうそういるものではない。けっして簡単な仕事ではないのに、ファームは彼が約束したとおりのペースでアストロファージを生産しつづけていた。

ヘリコプターは低空からゆっくりと接近してきて、完璧な体勢でヘリパッドに着陸した。グラウンド・クルーが駆け寄って固定する。まだローターが回っているうちに貨物口が開いた。

ブルーのジャンプスーツ姿の人物が三人、出てきた。ジャンプスーツの肩にはそれぞれの国の国旗がついている。中国人男性、ロシア人女性、そしてアメリカ人男性。

グラウンド・クルーがかれらを安全な場所まで誘導するや否や、ヘリが飛び立った。そしてすぐにまた二機めが着陸する。一機めとおなじように、このヘリにも三人の宇宙飛行士が乗っていた。こんどはロシア人男性、ロシア人女性、そしてアメリカ人女性だ。

この六人が〈ヘイル・メアリー〉の正規クルーと予備クルーになるわけだ。二機のヘリはどちらも六人全員を乗せることができるが、ストラットは非常にきびしいルールを課していた——どのような状況においても、正規クルー、予備クルーはけっしておなじ飛行機、ヘリコプター、あるいは車に乗ってはならない。クルーそれぞれの担当は非常に専門的なもので、身につけるには何年にもおよぶ特殊な訓練が必要だ。人類が生きのびるチャンスをたった一度の交通事故で無にするわけにはいかないのだ。

候補者のプールはけっして深くなかった。任務の遂行に〝不可欠な資質(ライトスタッフ)〟を持つ昏睡状態耐性者であり、かつ喜んで特攻ミッションに赴(おもむ)くという人材は、やはりそうそういるものではない。

しかし、たとえプールは小さくても、候補者をふるいにかけ選び抜く過程は、長く、きびしく、関係する各国政府の果てしない政治駆け引きの連続だった。ストラットは、ただただ最良の候補者を選ぶことだけを頑(かたく)なに主張したが、譲らざるをえないこともあった。

「女性が」とぼくはいった。

「ええ」ストラットはいったが、不満そうな声だった。

「あなたのガイドラインに反して」

「ええ」

「よかった」

「よくないわ」彼女は眉間にしわを寄せた。「アメリカとロシアに押し切られたんだから」

ぼくは腕を組んだ。「女性が女性に対してそこまで性差別するとは思いもしませんでしたよ」

「性差別じゃないわ。現実主義よ」彼女は顔にかかった髪をかき上げた。「わたしのガイドラインは候補者は異性愛者の男性にかぎるというものだった」

「どうして異性愛者の女性ではだめなんですか？」

「科学者も訓練を受けた宇宙飛行士候補生も、圧倒的多数が男性よ。そういう世界にわたしたちは生きているの。気に入らない？　だったら教え子の女子生徒にＳＴＥＭ（科学・技術・工学・数学）を勉強しろと発破をかけることね。わたしは社会的平等を法制化するためにここにいるわけではない。なんであれ人類を救うのに必要なことをするためにここにいるのよ」

「それでも性差別主義者に見えますよ」

「なんとでもいえばいいわ。このミッションに性的緊張を持ちこむ余裕はないの。恋愛関係のもつれだの、いい争いだの起きたらどうする？　もっと些細なことでも殺人は起きるわ」

ぼくは甲板の反対側にいる候補者たちに目をやった。ヤン艦長がかれらを歓迎している。同国人には特別の関心を抱いているようだ――二人は満面の笑みで握手を交わしている。

「中国人の登用にも反対していましたよね。中国の宇宙計画は歴史が浅すぎるといって。でも、彼を正規クルーの指揮官に選んだのはあなただと聞きましたよ」

「彼が最適任者。だから彼が指揮官」

「あのロシア人やアメリカ人も適任者かもしれませんよ。文字通り世界を救おうという人たちは徹底的にプロでありつづけるかもしれない。宇宙飛行士は下半身を抑えきれないのではないかという理由で才能ある人材の半分を切り捨ててしまうのは名案とはいえないかもしれない」

「あとはもう祈るしかないわ。あのロシア人女性――イリュヒナ――も正規クルーに入っている。彼女は材料工学の専門家で、他の追随を許さない最適任者よ。科学のエキスパートはマーティン・デュボア――アメリカ人男性。男二人に女がひとり。災厄の処方箋だわ」

ぼくはいかにも驚いたというふうに胸に手を当てた。「あれっ！　デュボアは黒人みたいだぞ！

あなたが許したとは驚きだなあ！　心配じゃないんですか？　彼がラップとバスケの話でミッションをだいなしにするんじゃないかとは思わないんですか？」

「お黙り」と彼女はいった。

　ぼくらは宇宙飛行士たちが艦の乗組員に囲まれている光景を眺めていた。みんな完全にスター軍団に魅了されている――とくにヤオに。

「デュボアは博士号を三つ持っているわ――物理学、化学、それに生物学」ストラットはアメリカ人女性を指さした。「あそこにいるのがアニー・シャピロ。シャピロ法と呼ばれるあたらしいDNAスプライシング法を開発した人」

「マジで？」とぼくはいった。「あのアニー・シャピロ？　彼女はDNAスプライシングに使える酵素をゼロから、三つもつくりだして――」

「はいはい。とても頭のいい女性よ」

「彼女、博士論文でそれを書いたんですよ。博士論文で。院生時代にやった研究でノーベル賞を狙える人って何人いるか知ってますか？　そうはいませんよ、それはまちがいない。なのに科学のエキスパートとしては二番手なんですか？」

「彼女は存命のDNAスプライシング専門家としてはもっとも才能ある人よ。でもデュボアはさまざまな分野に明るい、それがいちばん大事なの。向こうでなにに出くわすかわからない以上、土台に幅広い知識を持っている人が必要なのよ」

「すごい人たちだな」とぼくはいった。「ベスト・オブ・ザ・ベストだ」

「感銘を受けてくれたようで、よかったわ。あなたにはデュボアとシャピロの訓練をしてもらうことになるから」

「ぼくが？　ぼくは宇宙飛行士の訓練法なんて知りませんよ！」

「宇宙飛行士関係のことはNASAとロスコスモスが担当するから」とストラットはいった。「あなたには科学関係のことをお願いするわ」

「冗談でしょう？　二人ともぼくなんかよりずっと優秀な人たちだ。なにを教えるっていうんです？」

「自分を過小評価してはだめ」とストラットはいった。「あなたはアストロファージ生態学の分野では第一人者なのよ。あなたが知っていることをひとつ残らず、二人に伝えてもらいます。ほら、正規クルーがくるわよ」

ヤオ、イリュヒナ、そしてデュボアがストラットに歩み寄ってきた。

ヤオがお辞儀をした。そしてかすかになまりがあるが、それ以外は完璧な英語でいった。「ミズ・ストラット、やっとお会いできて光栄です。この重大なミッションの指揮官に選んでいただいたこと、深く感謝しています」

「お会いできて、わたしもうれしく思います」とストラットがいった。「あなたは最適任者です。感謝する必要などありませんよ」

「こんにちは！」イリュヒナが一歩まえに出て、ストラットをハグした。「地球のために死ぬつもりでここにきました！　すごいでしょ、ね?!」

ぼくはディミトリのほうに身体を傾けた。「ロシア人はみんな頭がおかしいんですか？」

「そうとも」彼はにっこり笑って答えた。「それがロシア人でありながら、同時にしあわせでもいられる唯一の方法だ」

「それは……暗いな」

「それがロシア人だ！」

デュボアがストラットと握手しながらほとんど聞き取れないほどの静かな声で話しかけている。

「ミズ・ストラット、このような機会を与えていただき、ありがとうございます。けっして落胆はさせませんから」

ぼくもほかの科学チームの面々も三人の宇宙飛行士と握手を交わした。フォーマルな挨拶というよりは、双方入り乱れた無秩序なやりとりだ。

そのさなかにデュボアがぼくのほうを見ていった。「あなた、ライランド・グレース？」

「ええ」とぼくは答えた。「お会いできて光栄です。あなたがなさっていることはほんとうに……あなたがどれほどの犠牲を払おうとしているのか、ぼくには理解のしようもありません。いや、こんな話はすべきではなかったかな？　まいったな。こんな話、するべきじゃありませんよね？」

彼は微笑んだ。「そのことはしょっちゅう考えていますよ。この話題は避けるべきではないと思うな。それに、あなたとわたしは同類のようだし」

ぼくは肩をすくめた。「のようですね。いや、あなたのほうが遥かに上だけれど、ぼくも細胞生物学が大好きですから」

「ああ、はい、それもたしかに」と彼はいった。「しかしわたしがいったのは昏睡状態耐性のことで。あなたも昏睡状態耐性の遺伝子マーカーを持っていると聞きましたよ、わたしやほかのクルーとおなじで」

「ぼくが？」

デュボアは片眉をきゅっと上げた。「聞いていないんですか？」

「聞いてません！」ぼくはさっとストラットに視線を投げたが、彼女は横領犯ボブとヤオ船長と話しこんでいる最中だった。「初耳です」

「それはおかしいな」とデュボアはいった。

「彼女、どうして教えてくれなかったんでしょう？」

「グレース博士、たずねる相手をまちがえていますよ。しかしおそらく、結果はストラットにだけ伝えられ、ストラットは知る必要がある人たちだけに話したんでしょう」

「ぼくのDNAですよ」とぼくは不平がましくつぶやいた。「誰か教えてくれてよさそうなものなのに」

デュボアは手際よく話題を変えた。「なんにせよ――わたしはアストロファージのライフサイクルを詳しく教えていただくのを楽しみにしています。シャピロ博士も――彼女は予備クルーのわたしのカウンターパートですから――非常に興奮していますよ。生徒は二人ということになりそうですが。教師役のご経験は？」

「じつはあるんです」とぼくはいった。「たっぷり」

「それはすばらしい」

ぼくはニヤニヤしっぱなしだ。死なずにすむとわかって三日たったが、まだニヤニヤが止まらない。いや、実際には死んでしまう可能性はまだいくらでもある。家に帰る道のりは長く危険に満ちている。ここへくるまでは昏睡状態で、それは無事のりきったが、だからといって帰路も無事といえるわけではない。帰りは起きたままで、ふつうの食べものが尽きたら食餌チューブの混濁液で生きのびることになるのか？　四年くらいひとりぼっちでも大丈夫だ、よな？　ぼくらは殺し合いにならないように昏睡状態にされた。だがたったひとりで幽閉状態ですごすとなると、まったくべつの心理的ダメージが生じることになる。そのへんのことを調べなくては。

だがそれは直近の問題ではない。いまやらなければならないのは地球を救うことだ。ぼく自身が生き残れるかどうかはそのあとの問題。とはいえ、あくまでも問題なのであって、なんの希望も持てない確定した死ではない。

〝遠心機〟スクリーンのライトが瞬いてグリーンになる。

「フル重力になった」と笑顔でいう。

ぼくらは少しのあいだゼロG状態にもどっていたが、いままた遠心機モードにもどったところだ。〝スピンダウン〟しなければならなかったのは、エンジンを使う必要があったからだ。遠心力と推力を同時に使うことはできない。船が二つに分離して一〇〇メートルのケーブルでつながっている状態でスピン・ドライヴを駆動させたらどうなるか想像してみてくれ。楽しい気持ちにはなれない。

ロッキーは何十年も前から（ああ！）ここにいて、この星系をじっくりと調べてきた。そしてそのあいだに集めた情報をぼくに教えてくれた。彼は六つの惑星の大きさ、質量、位置、軌道の特徴、そして大気組成を一覧表にまとめていた。そのために星系内を巡ったわけではない。〝ブリップA〟から天体観測をしただけ。エリディアンも人間同様、好奇心が強いということがわかった。

そしてそれが功を奏した。『スタートレック』ではないのだから、スキャナーをポンと作動させれば星系の全情報が手に入る、というわけにはいかない。ロッキーは何カ月もかけて、ここまで詳しく調べ上げたのだ。

そしてさらに重要なのは、ロッキーがここのペトロヴァ・ラインの全容を知っているということだ。思ったとおり、ペトロヴァ・ラインはあるひとつの惑星へとのびていた——たぶんいちばん二酸化炭素が多い惑星だろう。この場合、それはタウ・セチの第三惑星、〝タウ・セチe〟だった。とりあえず、地球ではそう呼んでいる。

というわけで、それがぼくらの最初の行き先だ。

たしかに〈ヘイル・メアリー〉でペトロヴァ・ラインのどこかの部分を突っ切ってアストロファージを集めることもできる。だが、ライン内にいられる時間はわずか数秒間だ。恒星系はじっと動かないものではない。ぼくらは少なくともタウ・セチを巡る軌道を維持できるだけの速度で飛びつづけなければならない。

だがタウ・セチeはペトロヴァ・ラインのいちばん幅が広い部分にある大きくてりっぱな惑星だ。ぼくらは〈ヘイル・メアリー〉を周回軌道上に停めていれば、毎回惑星を半回転するあいだどっぷりとアストロファージに浸ることができる。そしてそこに好きなだけとどまって、ここのアストロファージとペトロヴァ・ライン自体の変化にかんするデータを必要なだけ集めることができる。

だからぼくらはいまその謎の惑星に向かっている最中だ。

ぼくはミスター・カトー（『スタートレック』に登場する宇宙船パイロット）にコースをプロットしてくれと指示できるわけではないので、二日間かけて計算し、何度もチェックしなおしてやっと適切な角度と推力を割り出した。

たしかにアストロファージはまだ二万キログラム残っている。一・五Gを得るのに毎秒六グラムの消費ですんでいることを考えれば、膨大な量だ。それにロッキーの船にはアストロファージがしこたまあるらしい（どうして彼がそこまで大量の予備を持っているのか、まだ謎だ）。だが、とにかく燃料は節約したい。

かなりの速度でタウ・セチeに向かうコースに乗ったので、一一日後には軌道投入燃焼ということになる。それまでのあいだは重力があるのとおなじ。だからぼくらは遠心機モードにもどっている。

一一日。まったくすごい。目的地までの移動距離は一億五〇〇〇万キロメートル以上。ほぼ地球から太陽までの距離に等しい。ぼくらはそれを一一日間でカバーしようとしている。どうやって？　途方もない速度で飛ぶことで。

航行を継続するためにエンジンを噴射した時間は三時間。そしてタウ・セチeに着いたら減速するためにまた三時間、噴射することになる。いまは毎秒一六二キロメートルで航行している。ばかばかしいほどのスピードだ。仮にそのスピードで地球を出発したら、四〇分で月に着いてしまう。

最後に減速するときの分も含めて、この一連の操船で消費される燃料は一三〇キログラム。

アストロファージ。とんでもないやつだ。

ロッキーはコントロール・ルームの床に設置された透明キセノナイトの球根型の部屋のなかで立っている。

「退屈な名前」とロッキーがいう。

「え？　なんの名前が退屈なんだ？」

彼は数日がかりで船中に〝エリディアン・ゾーン〟を構築した。デッキからデッキへ、自分用のトンネルまでつくっている。あちこちに巨大なハムスターの透明ケージがあって、それがぜんぶトンネルでつながっているようなものだ。

彼がひとつの取っ手からべつの取っ手へと体重を移す。「タウ・セチe。退屈な名前」

「じゃあ、名前をつけろよ」

「ぼく、名前をつける、質問？　ノー。きみ、名前をつける」

「最初にここにきたのはきみだ」ぼくはシートベルトをはずして、のびをする。「きみが存在を確認したんだし、軌道や位置をプロットしたんだから。きみが名前をつけてくれ」

「これはきみの船。きみが名前をつける」

ぼくは首をふる。「地球文化のルール。どこかの場所にきみが最初にいったら、そこで発見したものはすべて、きみが名前をつける」

彼はじっくり考えている。

キセノナイトは掛け値なしにすばらしい。厚さわずか一センチの透明キセノナイトが、ぼくの五分の一気圧の酸素大気と彼の二九気圧のアンモニア大気を分離している。もちろん、ぼくの気温二〇℃とロッキーの気温二一〇度℃もそのキセノナイトをはさんで両立している。

場所によっては彼のほうが広い面積を専有しているところもある。共同寝室はいまやほとんどが彼の領土だ。ぼくが彼のガラクタはぜんぶ彼の部屋に入れてくれと主張し、ぼくらは共同寝室の大半を彼のものにするということで合意した。

彼は共同寝室にも大きいエアロックを設置していた。船内の重要なものすべてがエアロックを通り抜けられる大きさになっているという仮定のもと、〈ヘイル・メアリー〉のエアロックとほぼおなじサイズのものをつくったのだ。ぼくは彼のゾーンに入ることさえできない。EVAスーツが彼の環境には耐えられないからだ。もし入ったら、ブドウのようにグシャッと潰れてしまうだろう。だからこのエアロックは実際はものをやりとりするためのものだ。

ラボはほとんどがぼくのものになっている。彼のゾーンはトンネルだけだ。側面に向かうものと、上にのびて天井沿いに走り、天井を貫いて上のコントロール・ルームに抜けるものと。彼はぼくの科学関係の作業をすべて見ることができる。しかし、けっきょくのところ地球の機器類は彼の環境では使えないので、機器類はすべてぼくのものということになる。

コントロール・ルームにかんしては……狭苦しい。ロッキーはキセノナイトの球根型の部屋をハッチの横の床に設置した。専有面積を極力少なくするよう努力してくれたのはたしかだ。彼はぼくの船の隔壁に何カ所か穴を開けたが、それで船の構造的完全性が損なわれることはないと請け合ってくれた。

「オーケイ」ついに彼がいった。「名前は♫♩♪♫」

もう周波数分析は必要ない。いまのはミドルCの下のAメジャー5、Eフラット・オクターヴそしてGマイナー7。ぼくはそれをスプレッドシートに入力した。なぜなのかはわからない。スプレッドシートはもう何日も見ていなかった。「どういう意味なんだ？」

「ぼくの配偶者の名前」

ぼくは目を見開いた。こいつめ！　配偶者がいるなんて一度もいわなかったじゃないか！　たぶんエリディアンは口が堅いのだろう。

これまで、基本的なレベルだが、生物学的なこともいろいろ話してきた。ぼくは人間がどうやってさらに多くの人間をつくるか説明し、彼はエリディアンの赤ん坊がどうやって生まれてくるか教えてくれた。かれらは両性具有で卵を二つ隣り合わせに産むことで繁殖する。二つの卵のあいだで変化が起き、片方がもう一方を吸収して、生存能力のあるひとつの卵になり、それが一エリディアン年——地球日で四二日——後に孵化するという。

要するに、いっしょに卵を産むことがエリディアンにとってはセックスにあたる行為なわけだ。そしてかれらは一生、連れ添う。だが、ロッキーに生涯連れ添う配偶者がいたとは知らなかった。

「きみには配偶者がいるんだね？」

「不明」とロッキーがいう。「配偶者、あたらしい配偶者がいる可能性。ぼくは長いあいだいない」

「悲しいな」とぼくはいった。

「イエス。悲しい。しかし必要。エリドを救わなければならない。きみは♫♩♪♫の人間の言葉を選ぶ」

固有名詞は頭が痛い。たとえばハンスという名前の男にドイツ語を習っているとしたら、彼のことはハンスと呼ぶ。だがぼくはロッキーが出す音を出すことができないし、その逆もおなじだ。だからぼくらのどちらかがなにかの名前をいうと、いわれたほうは自分の言語でその名前をあらわす言葉を選ぶかつくるかしなければならない。ロッキーのほんとうの名前は一連の音だ——一度、聞かせてくれたのだが、その名前には彼の言語でこれといって意味はないという。だからぼくは〝ロッキー〟で通すことにしたのだ。

しかしぼくの名前は英語の単語だ。だからロッキーはぼくのことをエリディアン語の〝優雅(グレース)〟にあたる言葉で呼んでいる。

なにはともあれ、いま〝ロッキーの配偶者〟を意味する英語の言葉が頭に浮かんだ。

「エイドリアン」とぼくはいった。当然だろう？　「人間の言葉では〝エイドリアン〟（映画『ロッキー』の主人公の恋人の名）だ」

「了解」彼はそういって、ラボにつながるトンネルを下りていく。

ぼくは両手を腰にあて、首をのばして、下りていく彼を見守る。「どこへいくんだ？」

「食べる」

「食べる?!　待った！」

ぼくは彼が食べるところを見たことがない。甲羅にあるラジエーターの通気口以外の孔を見たことさえない。彼はどうやって食べものを取りこむのか？　それをいえば、どうやって卵を産むのか？　そういうことになると、彼はとても用心深い。船同士がつながっていたときには、自分の船のなかで食べていた。たまにはぼくが寝ているあいだにこっそり食べていたこともあるんじゃないかと思う。

ぼくは大急ぎで梯子を下りてラボに入る。彼は、たくさん付けてある取っ手を使って、垂直のトンネルをもう半分ほど下りている。ぼくは梯子を使って追いかける。「おい、見たいんだけど！」

ロッキーがラボの床面に着いて、動きを止める。「プライベート。ぼくは食べたあと寝る。きみはぼくが寝るのを見たい、質問？」

「ぼくはきみが食べるのを見たいんだ！」

「なぜ、質問？」

「科学」とぼくは答えた。

ロッキーは甲羅を二、三度、左右に揺らした。少し困っているときの、エリディアンのボディランゲージだ。「生物学的。下品」

「科学」

彼がまた甲羅を揺する。「オーケイ。きみは見る」そういってまた下りはじめる。

「イエス！」ぼくは彼のあとを追う。

共同寝室の狭いエリアに身体をよじるようにして入りこむ。最近では、ぼくが使えるのはベッドとトイレとロボットアームだけだ。

が、公正な目で見れば、彼が動ける空間もそう多くはない。部屋のほとんどは彼のゾーンだが、とにかくガラクタが多いのだ。しかも彼はそのなかに臨時の作業場をつくり、自分の船から持ってきた部品を使って生命維持装置も設置している。

彼が側面がやわらかいバッグのひとつを開けて、密閉されたパッケージを取り出した。鉤爪でパッケージを破って開ける。なかには、なんとも形容しがたいいろいろな形のものが入っている。ほとんどが彼の甲羅のような岩に似た質感のものだ。彼はそれを鉤爪を使ってどんどん小さくちぎっていく。

「それがきみの食べもの？」とたずねる。

「社会的不快」と彼がいう。「話さない」

「すまない」

たぶん食べることはかれらにとって自分だけでするべき下品なことなのだろう。

彼が食べものから岩のような質感のものを剝ぎ取ると、下から肉があらわれた。まちがいなく肉——地球の肉にそっくりだ。ぼくらがおなじ生命素材を基盤にしてそれぞれ進化したのはまちがいなさそうだから、それを考えれば、ぼくらがおなじタンパク質を利用し、進化過程のさまざまな問題の解決法がおなじということになってもふしぎはないだろう。

ぼくはまた憂鬱な気分になった。残る人生、エリディアン生物学の研究に没頭したい！　だが、まずは人類を救わねばならない。いまいましい人類め。ぼくの楽しみの邪魔をするとは。

彼が岩のようなものをぜんぶ剝き終えて脇に置く。そして肉の塊を小さく引き裂いていく。その間ずっと、食べものは入っていたパッケージの上に置いている。床には置かない。ぼくも食べものを床に置くようなことはしない。

しばらくして、食べられる部分を引き裂く作業が終わる。彼の手でこれ以上は無理というほど細かくなっている。人間が自分の食べものでやっても、あそこまではできないだろう。

つぎに彼は食べものをそこに置いたままにして彼の部屋の奥に向かった。密閉された箱から平べったい円筒形の容器を引き出して自分の胸部の下のほうにあてがう。

そこから……エグいことになっていく。彼は下品だと予告していた。文句はいえない。

ロッキーの腹部の岩のような被甲が割れた。被甲の下の肉質の裂け目が開くのが見える。銀色に輝く液体が数滴したたり落ちる。血か？

そのうち灰色のどろっとしたものが彼の身体から出てきて平べったい容器に落ちた。ビシャッと湿った音がしてハネが上がる。

彼が平べったい容器を密閉して箱にもどす。

そして彼は食べもののところにもどり、さっとひっくり返って仰向けになった。腹部の孔はまだ開いたままだ。なかが見える。やわらかそうな肉がのぞいている。

彼が手を二、三本のばして食べものを少しずつつかむ。そしてそれを開口部に持っていき、なかに落とす。この動作がゆっくりと機械的にくりかえされ、やがて食べものがすべて彼の……口におさまる。いや、胃か？

嚙んではいない。歯もない。見るかぎり、なかに動いている部分はない。

彼が最後のひと口を食べ終えて、腕をだらりと下げる。床に仰向けで腕をぜんぶひろげて寝転がっている。じっと動かない。

大丈夫かと声をかけたくなる衝動を押さえこむ。死んでしまったように見えるのだ。しかしこれがエリディアンの食べ方、そして排泄の仕方なのだろう。うん。最初に出てきたあのどろっとしたものは、前の食事の残りではないかと思う。彼は単口――つまり、食べものが入るのとおなじ開口部から排泄物が出てくるのだ。

腹の開口部がゆっくり閉じていった。皮膚が割れていた部分にかさぶたのようなものができていく。だが長くは見ていられなかった。まもなく腹の岩のような覆いがもとの位置にもどってしまったのだ。

「ぼくは……寝る」と彼が眠そうな声でいう。「きみは……見る……質問？」

ロッキーにとって、満腹になって睡魔に襲われる食後傾眠は些細なことではない。これはけっして自発的にやっているわけではない。生理学的にあらがいようのない食後の昼寝だ。

「イエス。ぼくは見る。寝ろ」

「寝……る……」彼がもぞもぞという。そしてコトンと寝てしまう。仰向けのままだ。

彼の呼吸が速くなっていく。寝入りばなはいつもそうだ。高温の循環系から熱を排出しなければならないのだろう。

数分後、呼吸が落ち着く。これでやっと彼は本格的に眠ったわけだ。呼吸が落ち着くと、そのあと二時間は起きない。これまでずっとそうだった。そのあいだはそっとその場を離れて自分の用事ができる。今回は、いま見た消化サイクルのことをひとつ残らず記録したい。

第一段階：対象者は口から排泄する。

「うーん」ついひとりごとが洩れる。「あれはほんとにかなりエグかったたな」

第17章

目が覚めるとロッキーが見つめている。

毎朝のことだ。が、やっぱりムズムズする。

身体が五角形で目のない生物が〝見つめている〟とどうしてわかるのか？　とにかくわかる。ボディランゲージのなにかがそう思わせるのだ。

「きみは起きる」と彼がいう。

「ああ」ぼくはベッドから出て、のびをする。「食べもの！」

アームがのびてきて熱々のボックスを渡してくれる。開けてのぞくと、卵とソーセージのようだ。

「コーヒー」

アームが従順にカップに入ったコーヒーをさしだす。重力があるとカップを、ないとパウチをさしだすのは、考えてみるとなかなかクールだ。〈ヘイル・メアリー〉のイェルプ（店舗のレビューを投稿できる口コミサイト）レビューを書きこむときには忘れずに書くようにしよう。

ロッキーのほうを見る。「ぼくが寝ているあいだ、見ていなくてもいいんだけどね。大丈夫だから」

彼が共同寝室のなかの彼のゾーンにある作業台に意識を向ける。「エリディアン文化のルール。見ていなければならない」なにかの装置を手にして、いじりはじめる。

ああ、出た。万能の言葉、〝文化〟。お互い、暗黙の了解で、文化にかんすることはそのまま受け入れなければならないと思っている。それが出たら、些細ないい争いは打ちきりになる。要するに、「ぼくはそういうふうに育ったのだから、そうしてくれ」ということだ。文化の衝突に発展したことはない……これまでのところは。

ぼくは朝食を食べ、コーヒーを飲む。そのあいだ、ロッキーはひとことも話しかけない。絶対にしゃべらない。それがエリディアンの文化なのだ。

「ゴミ」

ぼくがいうとアームが空になったコーヒーカップと食事のパッケージを回収してくれる。

ぼくはコントロール・ルームに上がって操縦席にすわる。メインスクリーンに望遠鏡の画像を出す。まんなかに惑星エイドリアンが鎮座している。ぼくは過去一〇日間、それがだんだん大きくなっていくのを見守ってきた。近づけば近づくほど、ロッキーの天体観測スキルへの敬意の念が強まる。彼が観測した惑星の動きと質量にかんする数値は正確そのものだった。

重力の値もそうだといいのだが。そうでないと周回軌道に入るのに時間的余裕がなく負担が大きい入り方をしなければならなくなる。

エイドリアンは淡いグリーンの惑星で、大気上層に霞のような白い雲が浮かんでいる。大地はまったく見えない。ぼくはまたしても、この船のコンピュータに投入されているにちがいないソフトウェアの優秀さに驚かされた。ぼくらは宇宙空間を高速で飛びながら回転しているのに、スクリーンの画像はまったくぶれないのだ。

「だいぶ近づいてきた」とぼくはいった。ロッキーは二つ下のフロアにいるが、ぼくはとくに声を張り上げているわけではない。ふつうのボリュームでも彼は問題なく聞き取れる。

「きみはもう空気がわかっている、質問？」とロッキーが大声でいう。ぼくが彼の聴力のすごさを知っているように、彼にはぼくの聴力の限界がわかっている。

「いま、もう一度やってみるから」

〝分光計〟スクリーンに切り替える。〈ヘイル・メアリー〉はさまざまな面で驚くほど信頼性が高いが、それでもなにもかもが完璧に作動するというわけではない。分光計はこのところ調子が悪い。デジタイザーが関係しているのではないかと思う。毎日、動かしているのだが、そのたびに分析に必要なデータ量が得られない、と表示される。

　エイドリアンに照準を合わせて、また試してみる。近づけば近づくほど多くの反射光が得られるから、そろそろ充分な光量になっていて分光計がエイドリアンの大気組成を教えてくれるかもしれない。

分析中……

分析中……

分析中……

分析完了
「うまくいったぞ！」

「うまくいった、質問?!」ロッキーがいう。ふつうより一オクターヴ高い。彼はトンネルを通って、コントロール・ルームの球根型の部屋にすっ飛んできた。「エイドリアンの空気はなに、質問？」

　ぼくはスクリーンに表示された結果を読み上げていく。「ええと……二酸化炭素が九一パーセント、メタンが七パーセント、アルゴンが一パーセント、あとは微量ガスだ。かなり濃いようだな。どれも透明なのに、地表が見えない」

「ふつうは宇宙から地表が見える、質問？」

「大気が光を通せば、イエスだ」

「人間の目は驚くべき器官。うらやましい」

「いや、それほどでもないよ。エイドリアンの地表は見えないんだから。大気がほんとうに濃いと光も通さなくなる。でもまあ、それはどうでもいいことだ。メタン――これは変だなあ」

「説明する」

「メタンは残らないんだ。太陽光にあたるとすぐ分解してしまう。なのにどうしてメタンがあるんだ？」

「地質がメタンをつくる。二酸化炭素プラス鉱物プラス水プラス熱がメタンをつくる」

「イエス。ありうる。しかし量が多い。かなり濃い大気の七パーセントだぞ。地質学的なことだけでそんなに大量のメタンができるか？」

「きみはべつの理論を持っている、質問？」

ぼくはうなじをこすりながらいった。「ノー。とくにはないんだが。やっぱりおかしい」

「矛盾は科学。きみは矛盾について考える。理論をつくる。きみは科学人間」

「イエス。考えてみる」

「軌道までどれくらい、質問？」

〝ナビゲーション〟コンソールに切り替える。ぼくらは予定通りのコースを進んでいる。軌道投入燃焼は二二時間後の予定だ。「あと一日もかからない」

「興奮」と彼がいう。「ぼくらはエイドリアンでアストロファージのサンプルを採る。きみの船のサンプラーはうまく動いている、質問？」

「イエス」と答えはしたが、ほんとうにそうなのかどうか、わかっているわけではない。ぼくが自分の船の操作法をおぼろげにしか知らないということをわざわざロッキーに知らせる必要はない。

科学機器類をザーッと見ていって、やっと〝船外収集ユニット〟に到達。スクリーンの図を眺める。

かなりシンプルだ。サンプラーは長方形の箱で、起動すると船体に対して垂直になるまで起き上がる。そして長方形の両側の扉が開く。なかには粘着性の樹脂がある——飛びこんでくるものはなんでもつかまえようと待ちかまえている。

そう。ハエ取り紙だ。すてきな宇宙のハエ取り紙。とはいえ、ただのハエ取り紙だ。

「採集のあと、サンプルはどのように船に入る、質問?」

シンプルだから便利とはかぎらない。ぼくの知るかぎり、サンプルをどうこうする自動システムはない。「ぼくが取りにいかなければならない」

「人間は驚き。きみは船を離れる」

「ああ、まあね」

エリディアンはわざわざ宇宙服をつくるようなことはしなかった。なぜか? かれらにとって宇宙空間はなんの感覚入力もない虚空。人間がスキューバダイビングのギアをつけて黒ペンキの海に飛びこむようなものだ。やったところでなんの意味もない。エリディアンはEVA作業に船体ロボットを使う。〈ヘイル・メアリー〉にはそういうものはひとつもないから、EVA作業はぜんぶぼくがやるしかない。

「驚きはちがう言葉」と彼がいう。「驚きは褒め言葉。もっとよい言葉は♫♪♫♪」

「それはどういう意味なんだ?」

「人がふつうに行動しないときの言葉。自分にとって危険なときの言葉」

「ああ」そういってぼくは言語データベースにあたらしい和音をつけ加えた。「クレイジー。それはぼくの言葉では〝クレイジー〟」

「クレイジー。人間はクレイジー」

ぼくは肩をすくめた。

「ああ、くっそお！」とぼくは口走っていた。

「言葉に気をつけて！」と無線の声がいった。「しかし、まじめな話、なにが起きた？」

サンプルが入った小瓶（バイアル）がぼくの手を離れてゆっくりとプールの底へ落ちていく。三フィート落ちるのに数秒かかるが、世界最大の水泳プールの底でEVAスーツを着た状態では、手をのばしてもつかむことはできない。

「三番のバイアルを落としてしまった」

「オーケイ」とフォレスターがいった。「これで三つめだ。クランパーの締め方をどうにかしないといけないようだな」

「ツールのせいではないかもしれない。たんにぼくのせいという気がする」

ぎごちない動きしかできないグローブをした手のなかのツールは完璧にはほど遠いが、それでもとてもよくできている。EVAスーツのグローブの不器用な動きを反対側で繊細な動きに変えてくれるツールだ。ぼくが人差し指で引き金を引くと、クランプが二ミリすぼまる。中指でべつの引き金を引くと時計方向に九〇度まで回転する。薬指と小指の引き金を引くと前方に九〇度まで傾く。

「スタンバイ。ビデオをチェックする」とフォレスターがいった。

ジョンソン宇宙センターにあるNASAの無重力環境訓練施設（NBL）は、それ自体、工学技術の驚異といえるものだ。そこの巨大プールは国際宇宙ステーション（ISS）の原寸大レプリカがすっぽり入るほど大きい。宇宙飛行士はEVAスーツを着てこのプールに入り、ゼロG環境での動き方の訓練をする。

数え切れないほどのミーティングの末に（不幸なことにぼくも強制的に参加させられていたのだが）、微生物学グループはこのミッションにはカスタムデザインのツールが必須だとストラットを納得させることに成功した。彼女は、ミッションにとって致命的なものにならないのであれば、という条件付きでＯＫを出した。彼女は重要なものはすべて何百万時間もの消費者テストをくぐり抜けた市販品にすべきだと堅く信じていたのだ。

そして、彼女の可愛い科学愛玩犬だったぼくは、そのＩＶＭＥキットのテストをするという役目を仰せつかってしまった。

ＩＶＭＥというのは、いくら神でも組み合わせようとはけっして思わなかったにちがいない四つの言葉の頭文字だ――真空内微生物学用具（イン・バキュオ・マイクロバイオロジー・エクイップメント）。アストロファージは宇宙空間で生きている。ぼくらは地球上で、地球の大気内で、いくらでもアストロファージを研究できるが、真空中で、しかもゼロＧで研究しなければアストロファージの振る舞いの全容を知ることはできない。だから〈ヘイル・メアリー〉のクルーにはこういうツールが必要なのだ。

ぼくはＮＢＬの片隅に立っていた。うしろには堂々たるＩＳＳの実物大フィギュア。近くには緊急事態が発生した際にはぼくを救うべくダイバーが二人、浮かんでいる。

ＮＡＳＡはぼくのために金属製のテーブルをプールに沈めてくれていた。最大の問題は真空中でちゃんと使える機器類をつくることではなかった――とはいえ宇宙空間では吸引力は働かないからピペットは一から設計し直さなくてはならなかったが。問題は機器類を使う人間がつけなくてはならないＥＶＡグローブの不器用さだった。アストロファージは真空が好きかもしれないが、人体は真空とはまったくそりが合わない。

だが、まあ、ロシアのＥＶＡスーツの使い方はたっぷり学んだ。

そう、ロシアのだ。アメリカのではない。ストラットは数人の専門家に聞き取りをしたが、その全員がロシア製オーランＥＶＡスーツがもっとも安全でもっとも信頼がおけると太鼓判を押した。それでミッションにはロシアのオーランが採用されることになったのだ。

「オーケイ、どういうことかわかった」ヘッドセットからフォレスターの声が聞こえてきた。「きみはクランプに横に傾けといったのに、クランプはリリースしてしまった。内部のマイクロケーブルがもつれているんだろう。いまそっちへいく。浮上してクランプを見せてもらえるかな?」

「了解です」ぼくはダイバーたちに手をふって、上を指さした。二人はうなずいて、ぼくが浮上するのに手を貸してくれた。

ぼくはクレーンでプールから吊り上げられて、そばのデッキに下ろされた。技術スタッフが数人寄ってきて、スーツから出るのを手伝ってくれる。といってもじつはすごく簡単だ——背中のパネルから外へ出るだけでいい。ぼくはサナギ型スーツが好きになっていた。

隣接するコントロール・ルームからフォレスターが出てきてツールを回収した。「ちょっといじってみる。二時間後にもう一度やることにしよう。きみがプールに入っているあいだに電話があった——三〇号棟にきてほしいそうだ。シャピロとデュボアがフライト・コントロール・シミュレーターをリセットするあいだ、二時間休憩に入っている。しかし悪人に休憩なし。ストラットが、きみにそっちへいって二人にアストロファージの知識を叩きこめといってる」

「了解、ヒューストン」とぼくはいった。たとえ世界が終わろうとしている最中でも、NASAの主要施設のまっただなかにいるなんて、ぼくにとってはすごすぎて、とても興奮を抑えきれるものではなかった。

ぼくはNBLを出て、三〇号棟に向かった。頼めば車を回してくれるが、車には乗りたくなかった。徒歩でもたった一〇分でいける距離だ。それに、わが国の宇宙史のなかを歩き回るのは楽しい。

セキュリティ・チェックを通り抜けてなかに入り、このプロジェクト用に用意された小さな会議室に向かう。なかに入るとブルーのフライト・ユニフォームを着たマーティン・デュボアが立ち上がった。握手しながら彼はいった。「グレース博士、またお会いできてなによりです」

彼のまえには几帳面に書きこまれた書類やメモがきちんと並んでいる。隣の机にはアニー・シャピロの書き散らしたメモや丸めた紙が散らばっているが、彼女の姿はない。

「アニーはどこにいるんです?」とぼくはたずねた。

彼が椅子にすわった。すわるときでさえ、かっちりとした完璧な姿勢を崩さない。「彼女は洗面所を使う必要があって。すぐにもどるでしょう」

ぼくも腰をおろしてバックパックを開けた。「あのう、ぼくのことはライランドと呼んでください。ここではみんな博士ですから。ファーストネームでいいと思いますよ」

「申し訳ない、グレース博士。わたしはそういう環境で育っていないので。しかしわたしのことはマーティンと呼んでいただいてかまいません」

「それはどうも」ぼくはラップトップを引っ張り出して起動させた。「最近はどんな感じですか?」

「順調です、おかげさまで。シャピロ博士とわたしは性的関係を開始しました」

ぼくは固まった。「はぁ。なるほど」

「あなたにはお知らせしたほうが賢明だと思いまして」彼はノートを開いて、横にペンを置いた。

「ミッション関係者の中枢内で隠し事があってはいけない」

「たしかに、たしかに」とぼくはいった。「いや、問題ないと思いますよ。あなたは正規科学要員でアニーは予備。二人いっしょに任務に就くシナリオはないわけですから。しかし……その……あなた方の関係は……」

「ええ。おっしゃるとおりです」とデュボアはいった。「わたしは一年以内に特攻ミッションに赴くことになる。そしてもしなんらかの理由でわたしが不適格あるいはミッション遂行が不可能ということになったら、彼女がいくことになる。それは二人ともわかっています。この関係が死で終わるしかないことも自覚しています」

「ぼくらはきびしい時代に生きていますから」とぼくはいった。

彼は胸のまえで手を組んだ。「シャピロ博士もわたしもそんなふうには考えていません。わたしたちは非常にアクティブな性的遭遇を楽しんでいます」

「ああ、オーケイ、そこまで立ち入ったことは――」

「コンドームも必要ありません。彼女はバースコントロールしていますし、二人ともプログラムの一環として徹底的な医学的検査を受けていますから」

ぼくは彼が話題を変えてくれることを期待しながら、ラップトップのキーを叩きつづけた。

「非常に楽しいものですよ」

「そうでしょうね」

「とにかく、あなたには知らせておくべきだと思って」

「ええ、いや、たしかに」

ドアが開いて、アニーが駆けこんできた。

「悪い！　悪い！　おしっこしたくて。なんかもう……いっぱいいっぱいで」と、世界一優秀で、世界一の業績を誇る微生物学者はいった。「奥歯が浮いちゃったわよ！」

「おかえりなさい、シャピロ博士。いまグレース博士にわたしたちの性的関係について話したところです」

ぼくは両手で頭を抱えた。

「クール」とアニーはいった。「これで隠し事はなにもなしね」

「それはさておき」とデュボアがいった。「わたしの記憶が正しければ、前回の授業ではアストロファージのミトコンドリア内における細胞生物学の話をしていただいたと思いますが」

ぼくはオホンと咳払いした。「はい。きょうはアストロファージのクエン酸回路についてお話しします。これは地球のミトコンドリアのものとおなじですが、もう一段階——」

アニーが手を上げた。「ああ、ごめんなさい。もうひとつだけ——」そういって彼女はマーティンのほうを向いた。「マーティン、この授業のあと、つぎの訓練までのあいだが一五分あるの。廊下の奥のトイレで落ち合ってセックスしたいんだけど」

「それはいい提案だね」とデュボアがいった。「ありがとう、シャピロ博士」

「オーケイ。クール」

二人ともぼくを見て、授業を受ける態勢になっている。ぼくは数秒待って、いった。「オーケイ、アストロファージのクエン酸回路は異なる——待った。セックスの最中も、シャピロ博士と呼んでいるんですか？」

「もちろん。それが彼女の名前ですから」

「それ、わたしもけっこう気に入ってるの」と彼女がいった。

「聞いたぼくがばかでした」とぼくはいった。「さて、クエン酸回路は……」

惑星エイドリアンにかんするロッキーのデータは正確そのものだった。質量は地球の三・九三倍で半径は一万三一八キロメートル（地球のほぼ二倍）。平均速度毎秒三五・九キロメートルでタウ・セチのまわりを粛々と回っている。おまけに彼は惑星の位置も誤差〇・〇〇〇一パーセントの範囲内で正確に特定していた。そのデータこそ軌道投入燃焼を割り出すためにぼくが必要としていたものだった。

こうした数値が正確でよかった。もしそうでなかったら軌道投入に失敗して深刻な緊急事態が生じるところだった。ひょっとしたら生死にかかわることになっていたかもしれない。

スピン・ドライヴを使うからには、当然、遠心機モードは終了させなければならない。ロッキーとぼくはコントロール・ルームでふわふわ浮かんでいる。彼は天井の球根型の部屋で、ぼくは操縦席で。ぼくはばかみたいにニヤニヤ笑いながら、スクリーンのカメラ・フィード画像を見つめている。

ぼくはべつの惑星にいる！　こんなに興奮するのはおかしい。ぼくはべつの恒星のそばに数週間前からいるのだから。しかしこれは、なんというか深奥に触れるという感じがするのだ。タウ・セチは太陽そっくりだ。まばゆく輝き、あまり近くまではいけず、放つ光の周波数帯までよく似ている。それに比べると、あたらしい惑星のそばにいるほうが、なぜか興奮度が大きい。

エイドリアンの霞のような雲がぼくらの下を流れていく。いや、もっと正確にいうと、雲はほとんど動いていない。ぼくらが上空を高速で飛んでいるのだ。エイドリアンの重力は地球より大きいので、ぼくらの軌道速度は毎秒一二キロメートル強——地球を回るのに必要な速度よりずっと速い。

ぼくは一一日間にわたって淡いグリーンの惑星を見つづけてきたが、こうして間近にくるとさらに細かいところまで見える。ただのグリーン一色ではない。濃いグリーンと薄いグリーンの二本の帯が惑星を取り巻いている。木星や土星のように。だがその二つのガス巨星とはちがって、エイドリアンは岩石惑星だ。ロッキーの記録のおかげで、半径と質量がわかっているから、密度もわかる。その密度はガスではありえない数値だった。だから地表があるのはまちがいない。ただ見えないだけだ。

ああ、着陸船が手に入るなら、なんだって捧げるのに！

だが現実問題、そんなものがあってもどうにもならない。仮にエイドリアンの地表に下りる手段があったとしても、大気で押し潰されてしまうだろう。金星に着陸するようなものだ。それをいえば、エリドもおなじこと。くそっ、ロッキーが着陸船を持っていればなあ。ここの気圧はエリディアンにとっては耐えられないほどのものではないかもしれない。

ている。ほぼ銃のような形のものだ。宇宙戦争をはじめた覚えはないから、たぶんほかのなにかだろう。

　エリドで思い出したが、ロッキーはコントロール・ルーム内の自分の部屋でなにかの装置を調整している。ほぼ銃のような形のものだ。宇宙戦争をはじめた覚えはないから、たぶんほかのなにかだろう。

　彼はその装置を一本の手で持ち、べつの手でトントンと叩き、さらにべつの二本の手で長方形のパネルを持っている。パネルは短いケーブルで銃のような装置とつながっている。彼は残った一本の手で取っ手につかまって身体を支えている。

　彼がスクリュードライバーのようなものでさらに装置を調整すると、突然、パネルに命が宿った。完全にのっぺりしていた面に質感が生まれている。彼が銃の部分を左右に動かすと、パネル上のパターンも左右に動く。

「成功！　機能する！」

　ぼくはもっとよく見ようと操縦席から身を乗り出す。「それはなに？」

「待て」彼が銃の部分をぼくの外部カメラ映像表示スクリーンに向ける。そして操作部分を少し動かして調整すると、長方形のパネルに出ているパターンが動いて円になった。さらに身を乗り出してよくよく見ると、円の一部がほかの部分より少し盛り上がっている。立体地図のような感じだ。

「この装置は光を聞く。人間の目のように」

「おお。それはカメラだ」

「♫♪♫」とすぐさま彼がいう。これで辞書に〝カメラ〟という言葉が加わった。

「これは光を分析して、質感として見せる」

「おお。それできみはその質感を感じ取れるんだな？」とぼくはいう。「クールだ」

「ありがとう」彼はカメラを透明キセノナイトの部屋の壁に押し付けて、ぼくのメインスクリーンに向くように角度を調整している。「人間が見られる光の波長はなに、質問？」

「三八〇ナノメートルから七四〇ナノメートルのあいだの全波長だ」たいていの人はいきなりそんなことを聞かれても答えられない。だが、たいていの人は教室の壁に可視波長域の大きな図を貼り出している中学教師ではないのだから、しかたがない。

「了解」彼が装置のつまみをいくつか回す。「いまぼくはきみが見ているものを〝見て〟いる」

「きみはすごいエンジニアだな」

彼がそっけなく鉤爪をふる。「ノー。カメラは古いテクノロジー。ディスプレイは古いテクノロジー。科学のため、両方、ぼくの船にある。ぼくはなかで使えるように変えただけ」

エリディアンの文化は謙遜を重んじるのかもしれない。でなければロッキーが褒め言葉を受け付けないタイプなのか。

彼がディスプレイの円を指さす。「これはエイドリアン、質問?」

ぼくは彼が指さしているエイドリアンの正確な場所をチェックして、スクリーンと比較した。「イエス。そしてその部分は〝グリーン〟だ」

「ぼくはそれをあらわす言葉を持たない」

当然の話だが、エリディアン語には色をあらわす言葉はない。あるはずがない。色がミステリアスなものだなんて考えたこともなかった。しかし、もし色というもののことを一度も聞いたことがないとしたら、かなり奇妙なものと感じるにちがいない。ぼくらは電磁スペクトルの周波数帯に名前をつけているのだ。その一方で、生徒たちは目を持っているのに、〝X線〟や〝マイクロ波〟や〝Wi-Fi〟そして〝紫〟はぜんぶ光の波長なのだというと驚く。

「じゃあ、きみが名前をつけろよ」

「イエス、イエス。ぼくはこの色」と彼がいう。「ぼくはこの色に名前をつける——ミドル・ラフ。ぼくのディスプレイ・パターンは高周波数の光はスムーズ。低周波数の光はラフ。この色はミドル・

ラフ」

「了解。それに、イエス、グリーンは人間に見える周波数のちょうどまんなかだ。ミドルでぴったりだよ」

「よい、よい。サンプルの準備よし、質問？」

軌道に入ってほぼ一日。サンプラーはここに着いたときに作動させてある。〝船外収集ユニット〟スクリーンに切り替えると、フル稼働していて、どれくらい開いているかも表示されている――二時間一七分。

「ああ、そのようだ」

「きみが取る」

「うーん」ぼくは唸り声を上げげた。「EVAはたいへんなんだぞ！」

「怠惰な人間。取りにいく！」

思わず笑った。彼がジョークをいうときは、口調がほんの少しちがう。聞き分けられるようになるのには、ずいぶん時間がかかった。なんというか……間合いがちがうのだ。言葉と言葉の間隔、タイミングの取り方、拍子がちがう。これこれこうとはっきりいえるわけではないが、聞くとわかる。

〝船外収集ユニット〟スクリーンからサンプラーに、扉を閉じてもとのたいらな形にもどれと指示する。パネルに完了したという報告が入り、船体カメラで確認する。

ぼくはオーランEVAスーツに入り、エアロックのサイクルを開始する。

じかに見るエイドリアンはじつにゴージャスだ。船体の一カ所にとどまったまま数分間、この巨大な惑星をじっと見つめる。濃いグリーンと淡いグリーンの帯が球体を包み、タウ・セチからの光を反射しているさまには、ただただ息を呑むばかりだ。何時間でも見ていられる。

たぶん、地球を見たときもそうしていただろうと思う。思い出せたらいいのに。ああ、覚えていたらどんなにいいかとつくづく思う。きっとどこをどう切り取っても美しかったにちがいない。

「きみは外、長い時間」ヘッドセットからロッキーの声が聞こえてきた。「きみは安全、質問?」

ぼくの無線の音声はコントロール・ルームのスピーカーを通して〝EVA〟パネルで聞けるようにセットしてある。それにロッキーの球根型の部屋にヘッドセット・マイクをテープ留めして、そこから音声が取れるようにもしておいた。彼がしゃべりさえすれば、そいつが放送してくれる。

「いま、エイドリアンを見ている。きれいだ」

「あとで見る。サンプルを採る」

「きみはせっかちだな」

「イエス」

エイドリアン光に浸って、船体上を進んでいく。なにもかもがうっすらと淡いグリーンに染まっている。サンプラーは所定の位置にある。

思ったほど大きくない。長辺が五〇センチくらい。横に赤と黄のストライプ柄のレバーがある。文字も書いてある――このレバーを引くとECU分離――ПОТЯНУТЬ РЫЧАГ ЧТОБЫ ОСВОБОДИТЬ ECU――拉杆释放ECU。

ユニットに都合よく開いている穴(たぶん、まさにこのためにあるのだと思う)に命綱(テザー)をカチッと留めて、レバーを引く。

サンプラーが船体からふわっと浮き上がってくる。

サンプラーを引っ張ってエアロックにもどる。一連の手順を踏んで空気が満たされたところでスーツから出る。

「すべてよい、質問?」とロッキーがたずねる。

「イエス」

「よい！　きみは科学ギアで調べる、質問？」

「イエス。いますぐ」ぼくは〝遠心機〟パネルを呼び出す。「重力にそなえろ」

「イエス、重力」彼が三つの鉤爪で取っ手をつかむ。「科学ギアのため」

遠心機モードになると同時にぼくはラボで仕事に取りかかる。

ロッキーがラボの天井を走るトンネルに駆けこんできて、じっと見守っている。いや、〝見守っている〟ではない。じっと聞いている、だろう。

サンプラーをラボのテーブルに置いて、片方の扉を開ける。タウ・セチに面していた側だ。なかのパネルを見たとたん、笑みが浮かぶ。

首をのばしてロッキーを見上げる。「このパネルは最初は白かったんだ――それがいまは黒い」

「了解しない」

「サンプラーの色がアストロファージの色に変わったんだ。大量のアストロファージが手に入ったぞ」

「よい、よい！」

それから二時間、サンプラーの両側にセットされたパネルからくっついているものをこそげ落として、それぞれべつの容器に入れた。そしてそれぞれのサンプルを充分に水洗いして、アストロファージを底に沈ませる。こそげ落としたときにパネルの粘着物質もかなり混じっていただろうから、それを洗い流したかった。

一連の試験を実施。まずはアストロファージ数個のDNAマーカーを調べて、地球で発見されたものとおなじかどうかを見る。おなじだ――少なくともチェックしたマーカーはまったくおなじだ。

つぎに二つの容器それぞれのサンプル総数を調べる。

「おもしろい」とぼくはいった。

ロッキーがすっと身体を持ち上げる。「なにがおもしろい、質問？」

「どっちのパネルのアストロファージも数がまったくおなじなんだ」

「予想外」と彼がいう。

「予想外」そのとおりだ。

サンプラーの一方の側はタウ・セチのほうを向き、もう一方はエイドリアンのほうを向いていた。アストロファージは繁殖のために移動する。元気いっぱいのアストロファージがひとつ、目を輝かせてエイドリアンに向かうと二つになって帰ってくる。だから大雑把にいって、エイドリアンからタウ・セチに向かうアストロファージの数は反対方向に移動するアストロファージの倍になるはず。ところがそうなってはいない。出ていく数と帰ってくる数がおなじだ。

ロッキーがもっとよく見ようと、ラボの天井沿いのトンネルを移動して近づいてくる。「数え方に欠点、質問？　どのように数える、質問？」

「両方のサンプルそれぞれの総熱エネルギー出力を計った」どれくらいのアストロファージを扱っているか知るには鉄壁の方法だ。どのアストロファージも頑なに摂氏九六・四一五度でいつづけるのだから。その数が多ければ多いほど、ぼくが当てた金属プレートに吸収される総熱量も多くなる。

ロッキーが二つの鉤爪をコツンと合わせた。「それはよい方法。数はおなじにちがいない。どうして、質問？」

「わからない」〝帰る途中〟のアストロファージ（エイドリアンからタウ・セチへ向かうアストロファージ）をスライドに塗りつける。それを顕微鏡のところへ持っていく。

ロッキーは素早くトンネルを移動してついてくる。「それはなに、質問？」

「顕微鏡だ。とても小さいものを見るのを助けてくれる。これでアストロファージを見ることができる」

「驚き」

ぼくは顕微鏡をのぞいて息を呑んだ。アストロファージだけではない。もっとたくさんいろいろなものがいる!

見慣れたアストロファージの黒い点はサンプルじゅうに散らばっている。だがおなじように、透明な細胞やもっと小さいバクテリアのようなものや螺旋状のもの等々も存在している……多すぎて数え切れない。数え切れないほどたくさんのちがう種類のもの。まるで湖の水一滴のなかにいる生物を見ているようだ!

「ワオ! 生物だ! このなかに山ほど生物がいる! アストロファージだけじゃない。べつの種が山ほどいるんだ!」

ロッキーがトンネルの壁を蹴ってボールのように弾んでいる。「驚き! 驚き、驚き、驚き!」

「エイドリアンはただの惑星じゃない」とぼくはいった。「エイドリアンには生物がいる! 地球やエリドとおなじだ! だからメタンがあるんだ。生物はメタンをつくるんだから!」

ロッキーが固まった。と思うと、すっとまっすぐ上に身体をのばした。彼の甲羅がそこまで高く持ち上がるのを見るのは初めてだった。「生物は数の矛盾の原因にもなる! 生物が原因!」

「え?」彼は見たことがないほど興奮している。「どういうことだ? わからないなあ」

彼が鉤爪でトンネルを叩く。ぼくの顕微鏡を指さしている。「エイドリアンの生物のいくつか、アストロファージを食べる! 数のバランス。自然の秩序。これがすべてを説明する!」

「オー・マイ・ガー!」ぼくは喘いだ。心臓が口から飛び出しそうだ。「アストロファージを捕食する生物がいるんだ!」

エイドリアンには完全な生物圏が存在している。アストロファージだけではない。そしてペトロヴァ・ラインのなかにも活発な生物圏があるのだ。

これがすべてのはじまりだ。そうにちがいない。そうでなければ、なぜ無数のまったく異なる生物がすべて宇宙空間を移動するように進化したのか説明がつかない。かれらの遺伝子の根源はひとつ。みんなおなじ遺伝子から進化したのだ。

アストロファージはここで進化した数多くの生物のうちのひとつにすぎない。そしてすべての生物には変種が存在し、捕食者が存在する。

エイドリアンはたんなるアストロファージに感染した惑星ではない。エイドリアンはアストロファージの生まれ故郷なのだ！　そしてアストロファージの捕食者の故郷でもある。

「驚いたなあ！」とぼくは叫んだ。「捕食者を見つけられたら……」

「故郷に持って帰る！」ロッキーがふつうより二オクターヴ高い声でいう。「それはアストロファージを食べる、繁殖する、もっと多くのアストロファージを食べる、繁殖する、もっと、もっと、もっと食べる！　星々、救われる！」

「イエス！」ぼくはトンネルの壁に拳を押し付けた。「フィストバンプ（拳と拳を合わせるしぐさ。グータッチ）だ！」

「なに、質問？」

ぼくはまたトンネルを叩いた。「これ。これをやる」

彼がトンネルの壁の向こう側でぼくの動作を真似てぼくと拳を合わせる。

「やったぜ！」

「やったぜ！」

第18章

〈ヘイル・メアリー〉のクルーは、それぞれ好きな飲み物を手にして休憩室のカウチにすわっていた。ヤオ船長はドイツビール、エンジニアのイリュヒナは悲惨なほど大きいタンブラー入りのウォッカ、そして科学スペシャリストのデュボアは、充分に呼吸させるために一〇分前にグラスに注いでおいた二〇〇三年のカベルネソーヴィニヨン。

休憩室を設置するにあたっては、ひと悶着あった。ストラットはなんであれミッションに直接関係しないことにかんしてはいい顔をしなかったし、空母には余分なスペースがふんだんにあるというわけでもなかった。それでも世界中から集められた一〇〇人以上の科学者にくつろげる場所が必要だと迫られて、さすがの彼女も折れた。格納庫甲板の片隅の小部屋は〝贅沢〟を旨としてつくられている。

そこに何十人もの人々が所狭しと集い、壁掛けテレビを見ていた。暗黙の了解で、クルーはカウチにすわっている。クルーはおよそ実現可能なあらゆる特権、利得を手にしていた。かれらは人類のために命をさしだしているのだ。そんなかれらに特等席を提供するのはお安い御用だった。

「まもなく打ち上げの時刻となります」とBBCのリポーターがいった。アメリカのニュース、中国のニュース、ロシアのニュース、どれを見ることもできたが、すべておなじということだった。ロスコスモスのバイコヌール宇宙基地の遠景に、ときおり発射台上の巨大な打ち上げロケットのショットが挿入される。

　リポーターはモスクワにあるミッション・コントロール・センターを見おろす展望室に立っている。

「きょうの打ち上げはプロジェクト・ヘイル・メアリーの全一六回の打ち上げ中、九回めということになりますが、もっともむずかしいものになるのではないかといわれています。今回のペイロードはコックピット、ラボ、そして共同寝室モジュールです。ＩＳＳの宇宙飛行士たちはこれらのモジュールを受け取る準備を整えており、これから二週間かけてそれぞれのモジュールを〈ヘイル・メアリー〉のフレームに設置していくことになります。フレーム自体はこれまでの数回にわたる遠征で組み立てられたもので……」

　イリュヒナがウォッカのタンブラーを掲げた。「我が家をめちゃくちゃにしないでよ、ロスコスモスのクソ野郎ども！」

「かれらは友だちじゃないの？」とぼくはたずねた。

「どっちにだってなれるわよ！」彼女は笑いながら大声でいった。

　画面にカウントダウンの数字が出た。もう一分を切っている。

　ヤオが身を乗り出した。じっと画面を見つめている。行動をモットーとする軍人としては、これほど重要なことが進行していくのをただ黙って見ているだけというのは辛いことにちがいない。

　ヤオの表情を見て、デュボアがいった。「大丈夫、打ち上げは成功しますよ、ヤオ船長」

「うむ」とヤオ。

「あと三〇秒」イリュヒナがいった。「そんなに長いこと待っていられないわ」ウォッカを飲み干して、すぐ二杯めを注ぐ。

　カウントダウンがつづくあいだ、集まった科学者たちはじりじりとまえへ出てきている。気がつくとぼくはカウチのうしろに押し付けられるかたちになっていた。だがそんなことはどうでもいい。ここは画面に集中だ。

デュボアが首をのばしてぼくをふり返った。「ミズ・ストラットは同席されないのですか?」

「こないと思いますよ」とぼくはいった。「打ち上げのようなおもしろいことには興味のない人ですから。オフィスでスプレッドシートでも見直しているんじゃないですかね」

彼はうなずいた。「では、あなたがいてくれて幸いだ。ある意味、あなたは彼女の代理ですから」

「ぼくが? 彼女の代理? どうしてそう思うんです?」

イリュヒナがふり返ってぼくを見た。「あなたはナンバー・ツーでしょ? プロジェクト・ヘイル・メアリーの副操縦士でしょ?」

「え? まさか! ぼくは一科学者。ほかの人とおなじだ」ぼくはうしろにいる男たち女たちを指さした。

イリュヒナとデュボアが顔を見合わせ、それからそろってぼくを見た。「本気でそう思ってるの?」とイリュヒナがいった。

ボブ・レデルがうしろから声をかけてきた。「きみはぼくらとはちがうぞ、グレース」

ぼくは肩をすくめた。「いや、そうですよ。そうに決まってるじゃないですか」

「ポイントは」とデュボアがいった。「あなたが、なぜかミズ・ストラットにとって特別な存在だということです。わたしはあなた方が性的関係を結んでいるものと思っていました」

ぼくはあんぐりと口を開けた。「え――ええっ?! なにを考えてるんですか? まさか! とんでもない!」

「ふーん」とイリュヒナがいった。「それもいいんじゃない? 彼女はお堅いからベッドでいちゃいちゃがあってもいいんじゃないかしら」

「ああ、まさかまさか。みんなそんなふうに思ってるってこと?」ぼくがうしろにいる科学者たちをふり返ると、ほとんどの連中が目をそらした。「そんなことはいっさいありません！　それにぼくはナンバー・ツーではありません！　ただの一科学者です――みなさんとおなじようにこのプロジェクトに採用された一科学者ですから！」

ヤオがあたりを見回して、一瞬、ぼくを見つめた。部屋が静まり返る。ヤオは無口なほうだから、しゃべるときには誰もが耳を傾ける。

「きみはナンバー・ツーだ」そういうと、彼はテレビに向き直った。

BBCのアナウンサーが画面のタイマーに合わせて残りの秒数を読み上げている。「三……二……一……発射！」

炎と煙がロケットを包みこみ、ロケットが上昇していく。最初はゆっくりと、そしてどんどんスピードアップしていく。

イリュヒナが数秒間タンブラーを掲げてから歓声を上げた。「発射塔クリア！　打ち上げ成功！」ウォッカをグイッとあおる。

「まだ地上からたったの一〇〇フィートだ」とぼくはいった。「軌道に入るまで待ったほうがよくない？」

デュボアがワインを口に含んだ。「宇宙飛行士は塔をクリアしたらお祝いするものなのです」

ヤオが、なにもいわずにビールのグラスに口をつけた。

「なぜ。うまく。いかないんだ？」ひとことというたびに、両方のてのひらで額をピシャッと叩く。

がっくりきて、ラボの椅子にドサッとすわりこむ。

ロッキーが上のトンネルから見ている。「捕食者いない、質問？」

「捕食者いない」ぼくは溜息をつく。

じつに単純な実験だ。ガラス球にエイドリアンの空気を詰める。実際にエイドリアンから採ってきたものではないが、気体の割合は分光器で得た大気のデータに基づいたものになっている。気圧は非常に低い——一〇分の一気圧。エイドリアンの大気上層はそれくらいのはずなのだ。

ガラス球のなかにはぼくらが採集したエイドリアンの生物と新鮮なアストロファージも入っている。元気いっぱいのアストロファージがたっぷりいれば、捕食者の数がぐんと増えて、それがもっとも優勢な細胞型になれば、それをサンプルから分離できる。

ところがうまくいかなかった。

「まちがいない、質問?」

即席でつくった熱エネルギー・インジケーターをチェックする。名前はりっぱだが、ただの熱電対だ。一部を氷水に浸けて一部をガラス球に当てる。その結果出た熱電対の温度で、アストロファージによって産み出され、氷によって消費される。熱エネルギーはアストロファージがどれだけの熱エネルギーを放ったかがわかる。温度が下がったら、それはアストロファージの数が減ったということを意味している。だが、そうなってはいない。

「ああ、まちがいない。アストロファージの数は変わっていない」

「ガラス球の温度、高すぎるかもしれない。熱すぎる。エイドリアンの大気上層はたぶんきみの室温より低い」

ぼくは首をふった。「エイドリアンの温度は関係ない。捕食者はアストロファージの温度でも大丈夫なはずだから」

「ああ、イエス。きみは正しい」

「捕食者理論がまちがっているのかもしれないな」とぼくはいった。

彼がカチッカチッと音を立てながらトンネルのなかをラボの奥のほうへ移動していく。彼は歩きながら考え事をする。人間とエリディアンがおなじ振る舞いをするというのはおもしろい。「捕食者は唯一の説明。捕食者はペトロヴァ・ラインのなかに住んでいないかもしれない。捕食者は大気のずっと下のほうに住んでいるかもしれない」

ぼくはハッと顔を上げた。「かもしれない」

ラボのモニターを見上げる。モニターには外部カメラがとらえているエイドリアンの映像が出るようにしてあった。科学的な理由からではない——ただクールな光景だからだ。ちょうどこの瞬間、ぼくらは明暗境界線を越えて惑星の昼の側へ入ろうとしていた。軌道から見る夜明けの光輝が美しい弧を描いている。

「オーケイ、捕食者は大気中に住んでいるとしよう。高度は？」

「どの高度がもっともよい、質問？　もしきみが捕食者なら、どこへいく、質問？　きみはアストロファージへいく」

「オーケイ、ではアストロファージはどの高度にいる？」この質問自体が答えになっていた。「ああ！　繁殖高度がある。空気中にアストロファージの繁殖に必要な二酸化炭素が充分にある場所」

「イエス！」彼がトンネルをカタカタと移動して、ぼくの上に立つ。「ぼくらは発見できる。簡単。ペトロヴァ・スコープを使う」

ぼくは拳とてのひらをバシッと合わせる。「イエス！　そうとも！」

アストロファージはどこかで繁殖しなくてはならない。二酸化炭素の分圧が鍵になるだろう。だがそれを割り出したり推測したりする必要はない。アストロファージが分裂すると、もとのものとそれから生まれたものとはタウ・セチに帰る。そしてそのためにかれらは赤外線（IR）放射を使う。つまり、惑星のその特別な高度からはペトロヴァ周波数の光が出ているということだ。

「コントロール・ルームへ！」

「コントロール・ルーム！」彼はラボの天井のトンネルを突っ走って彼用のコントロール・ルームの入り口の向こうへと姿を消す。ぼくもその横を進んでいくが、彼ほど速くない。

梯子を上って操縦席につき、〝ペトロヴァ・スコープ〟を起動させる。ロッキーはすでに球根型の部屋に陣取ってメインスクリーンにカメラを向けている。

スクリーン全体が真っ赤に輝いている。

「これはなに、質問？　データがない」

「待て」コントロールとオプションを呼び出して、つまみをスライドさせていく。「ぼくらはペトロヴァ・ラインのなかにいる。まわりじゅうアストロファージだらけだ。いちばん明るい光源だけが見えるように、いまセッティングを変えるから……」

かなりいろいろな調整が必要だったが、やっと明るさの範囲の設定に成功。最終的に得られた画像はエイドリアンから出ているIRの不規則なしみのようなものだった。

「これが答えだと思う」

ロッキーは、ぼくが見ているものを〝見よう〟と、彼の触感スクリーンに身体を近づけている。

「ぼくが思っていたのとはちがう」

ぼくはIRの輝きが、ある高度に全体的に広がっているものと思っていた。ところがこれはまったくちがう。しみのような塊は要するに雲だ。しかし可視光で見える霞のような雲とは一致しない。これは、いい言葉が浮かばないが、IR雲だ。

というか、もっと正確にいうとIRを放射しているアストロファージの雲だ。どういうわけかアストロファージは、あるエリアではほかのエリアより盛んに繁殖している、ということになる。

「異常な配分」とロッキーがいう。ぼくの考えとぴったり一致している。

「イエス。天候が繁殖に影響するのかな？」

「かもしれない。きみは高度を計算できる、質問？」

「イエス。待て」

ペトロヴァ・スコープをズームインしパンしてエイドリアンの地平線の真上にあるアストロファージの雲をとらえる。船の軸にたいするカメラの現在の角度が表示される。その数字をメモして、〝ナビゲーション〟コンソールに切り替える。ここには軌道の中心に対する船の角度が出ている。その情報と三角法を駆使して、アストロファージ雲の高度を割り出す。

「繁殖高度は地表から九一・二キロメートルだ。幅は二〇〇メートル以内」

ロッキーが鉤爪のひとつをべつの鉤爪に重ねる。このボディランゲージの意味はわかっている。考えているのだ。「もし捕食者が存在するなら、捕食者はそこにいる」

「同意する。しかしどうやってサンプルを採る？」

「ぼくらの軌道はどれくらい近づくことができる、質問？」

「惑星から一〇〇キロ。それ以上近づくと、大気圏内で船が燃えてしまう」

「それは不運。繁殖ゾーンから八・八キロ。もっと近づくことできない、質問？」

「軌道速度で大気に当たったらぼくらは死ぬ。しかし速度を落とせばどうだ？」

「速度を落とすことは軌道だめということ。空気のなかに落ちる。死ぬ」

肘掛けから身を乗り出して彼を見る。「エンジンを使って落ちないようにすることはできる。惑星から離れる方向に推進しつづけるんだ。大気圏内に下りていって、サンプルを採って、惑星から離れる」

「うまくいかない。ぼくらは死ぬ」

「どうしてうまくいかないんだ？」

「エンジンは大量のＩＲを出す。それを空気のなかで使うと空気がイオンになる。爆発。船を破壊する」

ぼくは思わず身をすくめた。「たしかに、そのとおりだ」

ディミトリが初めてスピン・ドライヴの試験をしたとき、わずか一〇〇マイクロ秒間、噴射しただけで、うしろにあった一メートルトンの金属シリコンが溶けてしまった。そのときの試験での出力は〈ヘイル・メアリー〉のエンジン出力の一〇〇〇分の一だった。真空中ならなんの問題もない。しかし空気中で使ったら、核爆弾が爆竹に見えるほどの火の玉が生まれてしまう。

ぼくらはじれったい思いを抱えて、しばらく押し黙っていた。ぼくらの惑星を救ってくれるものが一〇キロ下にあるのに、手がとどかない。なにか方法があるはずだ。どうすればいい？　なにもぼくらがそこへいく必要はない。そこの空気のサンプルが採れればいいのだ。どんなに少量でもいいから。

「キセノナイトはどうやってつくるんだっけ？　二種類の液体を混ぜるんだったよな？」

ロッキーは突然の問いかけに不意を突かれたようだったが、すぐに答えてくれた。「イエス。液体と液体。混ぜる。キセノナイトになる」

「きみはそれをどれくらいつくれる？　きみはその液体をどれくらい持ってきた？」

「ぼくはたくさん持ってくる。ぼくはゾーンをつくるために使う」

スプレッドシートを立ち上げて数字を打ちこむ。「ぼくらは〇・四立方メートルのキセノナイトが必要。きみはそれだけつくることができるか？」

「イエス。〇・六一立方メートルつくるのに充分な液体が残っている」

「オーケイ。じつは……考えがあるんだ」ぼくは両手で尖塔の形をつくった。

シンプルなアイディアだが、ばかげたアイディアともいえる。大事なのは、ばかげたアイディアも成功すれば天才的なアイディアになるということだ。どちらになるかは、そのうちわかる。

アストロファージの繁殖地はエイドリアンの大気を一〇キロ下降したところだ。そこまで〈ヘイル・メアリー〉で下りていくことはできない。いったら空気が濃すぎて〈ヘイル・メアリー〉が燃えてしまう。大気圏内でエンジンを使うことはできない。使ったらとんでもないことになって、なにもかもが吹き飛んでしまう。

だから、釣りにいくことにする。長さ一〇キロの鎖をつくって、その端っこに採集装置をつける（ロッキーがつくってくれる）、そしてそれを引きずるようにして飛ぶ。すごく簡単だ、そうだろう？

大まちがいだ。

〈ヘイル・メアリー〉は軌道上にとどまるためには毎秒一二・六キロメートルの速度を保たなければならない。それより遅くなると軌道が減衰して燃えてしまう。しかしその速度で鎖を引きずると、空気中にある鎖は――いくらキセノナイトの鎖でも――ちぎれて蒸発してしまう。

だから速度を落とさなくてはならない。しかし速度を落とせば惑星に真っ逆さまだ。そうならないためには、エンジンを使って高度を一定に保つしかない。だがそれをやると、ぼくは鎖と採集装置と正反対の方向に進むことになる。そうなるとエンジンの排気で鎖も採集装置も蒸発してしまう。

だから、角度をつけてエンジンを噴射することにする。きわめてシンプルだ。

まったく理屈に合わないように見えるだろう。〈ヘイル・メアリー〉は垂直から三〇度傾いたかたちで、その角度を保って上向きに推進しつづける。その下には長さ一〇キロメートルの鎖が大気中へまっすぐにぶら下がっている。推進装置の背後の大気はイオン化して炎と化す。かなりの見物になるだろう。だがそれはぼくらの後方で起きることなので、鎖はなんの影響も受けていない空気中を飛ぶことになる。

結局、横速度は毎秒一〇〇メートルを少し超える程度になる。この速度なら高高度の薄い大気中の鎖に問題は起きない。垂直から二度程度しかそれないと計算で出ている。

もうサンプルが採集できただろうと思ったら、さっさと逃げる。これなら失敗するはずがない！

これは皮肉だ。

ぼくは超一流の3Dモデル製作者ではないが、CADでちゃんとした鎖の輪っかをつくるぐらいのことはできる。しかしこの輪っかはただの楕円形の輪っかではない。ほぼ楕円形だが、ほかの輪っかとつなげるための細い開口部がある楕円形だ。輪っかをつなげるのは簡単だが、カタカタ揺れてもはずれないようにするのは恐ろしくむずかしい。とくに張力がかかる場合には。

アルミニウムの塊をフライス盤にのせる。

「これはうまくいく、質問？」天井のトンネルからロッキーがたずねる。

「そのはずだ」とぼくは答える。

フライス盤のスイッチを入れると、すぐさま動き出した。希望通りの鎖の輪っかの金型が削り出されていく。

できあがったものを引っ張り出してアルミニウムの削り屑を払い、トンネルのほうへ掲げる。「どうだい、これ？」

「とてもよい！」とロッキーがいう。「ぼくらはたくさん、たくさん、たくさんの輪っかが必要。たくさんの金型があると、ぼくは一度にもっとたくさんつくれる。きみはたくさんの金型をつくることができる、質問？」

「そうだなあ」ぼくは備品キャビネットを調べて、いった。「アルミニウムの量はかぎられているんだ」

「きみは船のなかに使わないもの、たくさん持っている。たとえば、共同寝室の二つのベッド。それを溶かす。塊をつくる。もっとたくさんの金型をつくる」

「ワオ。きみは何事も半端にはすませられないたちだな」

「了解しない」

「ぼくはそのへんのものを溶かすことはできない。どうやれというんだ？」

「アストロファージ。なんでも溶かす」

「それはたしかに」とぼくはいった。「しかしだめなんだ。高温になりすぎて、ぼくの生命維持システムではコントロールできない。それで思い出した。どうしてきみはそんなにたくさん余分のアストロファージを持っているんだ？」

彼は少し考えてから、「奇妙な話」といった。

ぼくは思わず首をのばす。奇妙な話と聞くとテンションが上がる。彼がカチッカチッとトンネルを移動して、幅が少し広くなっているところに落ち着く。「科学エリディアンはたくさんの計算をする。旅を計算する。多くの燃料はより速い旅を意味する。だからぼくらはたくさん、たくさん、たくさんアストロファージをつくる」

「どうやってそんなにたくさんつくるんだ？　地球はつくるのにとても苦労した」

「簡単だった。二酸化炭素といっしょに金属球に入れる。海に入れる。待つ。アストロファージ、二倍、二倍、二倍。たくさんのアストロファージ」

「なあるほど。きみたちの海はアストロファージより熱いからな」

「イエス。地球の海はちがう。悲しい」

アストロファージの生産にかんしては、エリドは苦労知らずだった。惑星そのものが圧力釜なのだ。二九気圧で摂氏二一〇度だと、地表では水は液体だ。そしてエリドの海はアストロファージの臨界温度より遥かに、遥かに高温だ。かれらはただアストロファージを海水に浸けて熱を吸収させ、繁殖させるだけでいい。

うらやましい。ぼくらはアストロファージを繁殖させるためにサハラ砂漠にブラックパネルを敷き詰めなければならなかった。かれらはアストロファージを海水に放りこむだけでよかった。エリドの海に蓄えられている熱エネルギーは途方もない。海全体——地球の海の何倍もある海全体——が摂氏二〇〇度前後の温度を保っている。膨大な量のエネルギーだ。

そしてそれが、地球は数十年で凍りついてしまうのに、エリドは一世紀程度の猶予がある理由だ。エリドの大気が熱を蓄えているからだけではない。海はもっと蓄えている。ここでもかれらは恵まれている。

「科学エリディアンは船と必要な燃料を設計する。六・六四年かかる旅」

一瞬、引っかかる。エリダニ40はタウ・セチから一〇光年のところにあるから、エリドの視点から見れば一〇年以内で到達することはできない。六・六四年というのは、時間の遅れ効果のおかげで彼の船が経験する時間のことにちがいない。

「旅で奇妙なことが起こる。クルーが病気。死ぬ」声が低くなる。「いまは放射線だったとわかる」

ぼくはうつむいて、つぎの言葉を待った。

「みんな病気。ぼくだけ、船を走らせる。もっと奇妙なことが起こる。エンジンが正しく働かない。ぼくはエンジン専門家。ぼくは問題を解決することができない」

「エンジンが壊れたのか？」

「ノー。壊れない。推進、正常。しかし速度……増えない。説明することができない」

「ふうん」

彼は話しながらカタカタといったりきたりしている。「そしてもっと奇妙——予定より早く中間地点に到達。ずっと早く。ぼくは船を反転させる。速度を落とすために推進。しかしタウ・セチは遠くなる。どうして？　まだタウ・セチに向かって動いている、しかしタウ・セチが離れていく。とても混乱」

「おーっと」ある考えが頭に忍びこんでくる。非常に不穏な考えだ。

「ぼくは速度を上げる。下げる。大きな混乱。しかしここに着く。たくさんのまちがいと混乱があっても、ぼくはここに三年で着く。科学エリディアンがいう時間の半分。だからたくさん混乱」

「ああ……ああ、まさか……」とぼくはつぶやく。

「たくさん、たくさん、たくさんの燃料、残る。残るべき量よりずっとたくさん。文句ない。しかし混乱」

「うん……。教えてくれ——エリドでの時間はきみの船での時間とおなじなのか？」

彼が甲羅をつんと持ち上げる。「質問はナンセンス。もちろん時間はおなじ。どこでも時間はおなじ」

ぼくは頭を抱えた。「うわあ」

エリディアンは相対論的物理学を知らないのだ。

かれらはタウ・セチまでの旅をニュートン物理学に基づいて計算した。かれらは速度はいくらでも速くすることができる、光の速度は問題ではないという前提ですべてを割り出したのだ。

かれらは時間の遅れを知らない。ロッキーはエリドでは彼がこの旅で経験したよりずっと多くの時間が流れてしまっていることを理解していない。かれらは長さの収縮を知らない。タウ・セチまでの距離は、タウ・セチに対して速度を落とすと、実際には長くなってしまう——たとえタウ・セチに向かって進みつづけていても、そうなる。

惑星の全知識人が総力を結集し、あやまった科学的仮定に基づいて宇宙船を建造し、奇跡的にたったひとり生き残ったクルーが賢明にもトライ・アンド・エラーをくりかえして問題を解決し、ついに目的地にたどり着いた。

そしてその大いなるへまが、ぼくの救済につながった。かれらはもっと大量の燃料が必要だと思っていた。だからロッキーの船には大量の燃料が残っていて、ぼくに分けてくれることができるわけだ。

「オーケイ、ロッキー」とぼくはいった。「楽にしてくれ。これからたくさんの科学を説明するから」


彼は二回ノックして、ぼくのオフィスをのぞきこんだ。「グレース博士？　おたく、グレース博士？」

けっして広いオフィスではなかったが、空母で私的空間を持てるのは幸運なことだ。ぼくのオフィスになるという栄誉に輝く前は、この部屋はトイレの備品の倉庫だった。毎日拭かねばならない乗組員のケツの数は三〇〇〇。ぼくはつぎの寄航地に着くまでのあいだ、この部屋をオフィスとして使うことになっていた。そのあとはまた備品が詰めこまれることになる。

ぼくはトイレットペーパーと肩を並べるくらい、なくてはならない存在なのだ。

ぼくはラップトップから顔を上げた。背の低い、なんとなくだらしない感じの男がドアのところでぎごちなく手をふっている。

「ああ」とぼくはいった。「グレースです。きみは……？」

「ハッチです。スティーヴ・ハッチ。ブリティッシュコロンビア大学の。はじめまして」

ぼくはデスクとして使っている折り畳みテーブルのまえにある折り畳み椅子を手で指した。

彼がすり足で入ってきた。なにか球根状の金属製のものを抱えている。見たことがないものだ。彼はそれをドスンとぼくのデスクに置いた。

その物体はメディシンボール（トレーニングに使用する、バスケットボールに似た重量のあるボール）を平らにつぶして、片方の端に三角形を、もう一方の端に台形をくっつけたような形だった。

彼が椅子に腰を下ろして両腕を大きく広げた。「いやあ、へんな感じだった。ヘリコプターに乗ったのは初めてで。乗ったことあります？　そりゃあ、もちろんあるか。でなきゃここにこられないしね。いや、船を使ったかもなと思って。でもたぶんちがうな。アストロファージの実験中に大事故が起きた場合に備えて、空母は陸から遠いところにいるって聞いたから。正直いって、船のほうがよかった。ヘリで吐きそうになっちゃって。でも文句をいってるんじゃありません。参加できてしあわせですよ」

「ええと」――ぼくはデスクに置かれた物体を手で指した――「これは？」

彼はなぜかますます勢いづいてしゃべりだした。「ああ、そうそう！　これはカブトムシ（ビートル）！　まあ、とりあえずそのプロトタイプ。うちのチームは、問題点はほぼクリアできたと考えていて。ほら、問題点をぜんぶクリアするなんて無理だけど、実際にエンジン・テストするところまではきたんで。そうしたら大学にそれは空母でないとできないといわれてね。ブリティッシュコロンビア州当局もそういってて。ああ、それからカナダ政府も。ぼく、カナダ人なんですよ。でも心配しないで、アンチ・アメリカのカナダ人じゃないから。ぼくはあなたたちはべつに問題ないと思ってますよ」

「ビートル？」

「はーい！」彼が物体を持ち上げて、台形の部分をぼくのほうに向けた。「これで、〈ヘイル・メアリー〉のクルーは情報を送り返してくるんです。タウ・セチから地球まで自動的にナビしてもどってくる自律型の小型宇宙船。まあ、どこからだってもどってきますけどね。うちのチームはこの一年、こいつの開発をしてたんです」

台形の部分をのぞきこむと、表面がガラスのように光っていた。「あれはスピン・ドライヴ?」とぼくはたずねた。

「そのとおり! いやあ、あのロシア人たちはよくわかってる。かれらが設計したのを取り入れたらなにもかもうまくいって。少なくとも、ぼくはそう思ってるんですよ。まだスピン・ドライヴは試してなくて。ナビとステアリングが厄介なんでね」

彼が物体をひっくり返して、三角形の船首のほうをぼくに向けた。「ここにカメラとコンピュータ。大袈裟な高精度慣性航法なんたらかんたらは、なし。ふつうの可視光を使って星を見るんです。星座を識別して、自分の位置を割り出す」そういって球根状の甲羅部分のまんなかを叩く。「ここに小型の直流発電機が入ってます。アストロファージがあれば電力に不自由はしない」

「なにを乗せるのかな?」

「データです。いくらなんでもここまでは必要ないだろうというくらいの膨大なメモリ・ストレージを擁するRAIDがあってね」彼が球根状の部分をコンコンと叩いた。かすかに音が反響する。「こいつの大部分は燃料貯蔵庫でね。こいつの旅にはアストロファージが一二五キロ必要なんです。ずいぶん多いようだけど……ほら……一二光年だから!」

ぼくはその装置を持ち上げて二回ほど上下させ、重さを見た。「方向転換はどうやって?」

「なかにリアクションホイールが」と彼がいった。「リアクションホイールが一方に回転すると、船は反対方向に回転する。ちょろいもんです」

「恒星間ナビゲーションが〝ちょろい〟?」ぼくはにっこり微笑んだ。

彼がにやにや笑いを浮かべた。「まあ、ぼくらがしなくちゃならないことにかんしては、そうなんですよ。こいつには地球からの信号につねに耳を澄ましている受信機がある。それが信号を受信したら、自分の位置を発信して〝深宇宙ネットワーク〟からの指示を待つ。だから超精密なナビを搭載しておく必要はない。地球の無線がとどく範囲にきてくれればいいんです。土星の軌道あたりまでもどってくれたら充分なんで」

ぼくはうなずいた。「そうしたら科学者たちがどうやって帰ってくればいいか、細かく教えてやる。クレバーだな」

彼が肩をすくめた。「うん、そうかもしれないけど。じつはその必要はなくてね。まず無線で全データを送信させるんです。まず情報が届く。なんならあとでこいつを回収してもいいけど。ああ、これ、四基つくるんです。どれかひとつが無事に帰ってくればそれでいい」

ビートルを右へ左へ、ひっくりかえしてみた。驚くほど軽い。せいぜい数ポンドだろう。「オーケイ、ではこれが四基あるわけだ。それぞれが無事に帰ってくる可能性はどれくらい？　少なくともシステムの予備は搭載されているんだろう？」

彼は肩をすくめた。「いや、そこまでは。でも〈ヘイル・メアリー〉ほど長く飛ばなくていいんで。いろいろとそんなに長持ちしなくても大丈夫なんですよ」

「おなじルートで帰ってくるんだろう？」とぼくはたずねた。「どうしておなじだけの時間がかからないんだ？」

「それは〈ヘイル・メアリー〉はやわらかくて潰れやすい人間が乗ってて、加速が制限されるからで。ビートルにはその問題はない。乗ってるのはぜんぶ何百Gでも耐えられる軍隊グレードの巡航ミサイル用電子機器とか部品だから、ずっと早く相対論的速度に達しちゃうんですよ」

「ああ、おもしろいね……」これで生徒向けにいい問題がつくれるんじゃないかと考えたが、すぐにあきらめた。計算が複雑で八年生にはむずかしすぎるからだ。

「ええ」ハッチがいった。「〇・九三c（cは光速を表す記号）の巡航速度に達するまで五〇〇Gで加速してね。地球にもどるのに一二年以上かかるけど、最終的にそいつらが経験するのはたった二〇カ月で。神を信じます？　個人的な質問だってことはわかってるけど。ぼくは信じてるんですよ。で、〝彼〟は相対論をすごいものにしてくれたと思ってるんです。そう思いませんか？　速く進めば進むほど、経験する時間が少なくなる。まるで〝彼〟がぼくらに宇宙を探検しろといってるみたいじゃないですか、ねえ？」

　彼がふっと口をつぐんで、ぼくを見つめた。

「まあ」とぼくはいった。「非常にみごとだ。すばらしい仕事だね」

「ありがとうございます！」と彼はいった。「それでテスト用にアストロファージをいくらかもらえますかね？」

「いいとも」とぼくはいった。「どれくらい欲しいんだ？」

「一〇〇ミリグラムとかは？」

　ぼくは思わずたじろいだ。「おいおい、無茶いうなよ。とんでもないエネルギー量だぞ」

「はいはい、はいはい。でもチャレンジする男子を責めちゃ、だめだめ。一ミリグラムではどうです？」

「ああ、それならなんとか」

　彼はパンッと手を叩いた。「やったあ！　アストロファージが手に入る！」彼はぼくのほうに身を乗り出してきた。「すごくないですか？　アストロファージって。なんというか……最高にクールだ！　またしても、神はぼくらに未来を手渡そうとしているんですよ！」

「クール?!」とぼくはいった。「絶滅レベルの話だぞ。神がなにか手渡そうとしているとしたら、それは黙示録だ」

　彼は肩をすくめた。「いや、ちょっとそうかなと。しかし。完璧なエネルギー貯蔵体だ！　想像してみてくださいよ、電力がぜんぶ電池でまかなえる家。そう——単3電池一個でいい、ただしアストロファージがいっぱい詰まったやつ。一〇万年もちますよ。車を買っても、一度も充電しなくていいとか、想像してみてくださいよ。送電線網なんて概念は過去のものになる。そして月とかで繁殖できるようになれば、クリーンで再生可能なエネルギーになる。必要なのは太陽光だけなんだから！」

「クリーン？　再生可能？」とぼくはいった。「きみはアストロファージが……環境にとってよいものになるかもしれないといいたいのか？　じつはそうはならないから。たとえ〈ヘイル・メアリー〉が解決法を見つけたとしても、大量絶滅はすでにはじまっているだろう。二〇年後には地球上の種の多くが絶滅している。そしてぼくらはいま、人類がそのひとつにならないように必死で働いているんだ」

彼は手をふって、ぼくの言葉を否定した。「地球はこれまで五回も大量絶滅を経験してるんですよ。それに人類はクレバーだ。絶対、切り抜けますよ」

「絶対に飢える！」とぼくはいった。「何十億もの人間が飢えることになる」

「いやいやいや」と彼はいった。「もう食料を備蓄しはじめてるんですよ。太陽エネルギーを逃がさないように大気中のメタンの量も増やした。大丈夫ですって。〈ヘイル・メアリー〉が成功しさえすれば」

ぼくはしばし、ただじっと彼を見つめていた。「きみは、まちがいなく、ぼくが出会ったなかでもっとも楽観的な人だな」

彼は両手でサムズアップした。「ありがとうございます！」

そして彼はビートルを持って立ち去ろうとした。「おい、ピート、アストロファージが手に入るぞ！」

「ピート？」とぼくはたずねた。

彼が肩越しにいった。「そう。ビートルズにちなんだ名前をつけてるんで。イギリスのロックバンドのビートルズ」

「ファンなのか？」

彼はくるりとふりむいてぼくを見た。「ファン？　ああ、そうですよ。誇張する気はないけど、『サージェント・ペパーズ・ロンリー・ハーツ・クラブ・バンド』は人類史上最高の音楽的業績だ。わかってます、わかってます。反対する人は多い。でもかれらがまちがってるんです」

「妥当だと思うよ」とぼくはいった。「しかし、どうしてピートなんだ？　ビートルズはジョン、ポール、ジョージ、リンゴだろ？」

「たしかに。だから〈ヘイル・メアリー〉に搭載するやつらはその名前になります。でもこいつは地球低軌道のテスト用なんです。ぼくだけのためにスペースX社が打ち上げしてくれることになってて！　びっくりでしょ？　とにかく、こいつはピート・ベストにちなんだ名前にしたんです。ピート・ベストはリンゴが入る前のビートルズのドラマーだったんで」

「なるほど。それは知らなかった」とぼくはいった。

「もう覚えましたよね。これからアストロファージをもらいにいきます。ビートルズがちゃんと……〝ゲット・バック〟するようにしなくちゃいけないんで」

「オーケイ」

彼が不服そうに眉をひそめた。「『ゲット・バック』。そういう曲があるんです。ビートルズの」

「そうだな。オーケイ」

彼はくるりと踵（きびす）を返して出ていった。「世のなかには、クラシックがわかってない人もいるんですよねえ」

彼が去ったあと、ぼくは大いなる困惑のなかに取り残されていた。そんな思いをしたのはけっしてぼくが初めてではなかったと思う。

第19章

ロッキーは相対論の話を聞いて唖然としていた。最初の二時間はまったく信じようとしなかった。だがそのあと、彼の旅で起きたことが相対論で説明がつくことを何度も何度も話して聞かせると、さすがの彼も折れた。気に入ってはいないものの、宇宙がぼくらが目にしている以上に複雑なルールを採用していることは受け入れた。

そしてその後は二人して延々と鎖をつくりつづけている。

ぼくはできるだけ速く金型をつくり、ロッキーはキセノナイトをどんどんセットしてつぎつぎに輪っかをつくっていく。すばらしいシステムだった――幾何級数的に結果が大きくなっていくシステム。ぼくがあたらしい金型をつくるたびにロッキーが一回につくれる輪っかの数がひとつずつ増えていく。

鎖、鎖、鎖。

もう一生涯、二度と鎖は見たくない。来世でもごめんだ。一〇キロメートルの鎖――ひとつひとつの輪っかの長さは五センチメートル。だから輪っかの総数は二〇万個。それをひとつひとつ、手あるいは鉤爪でつないでいく。けっきょく二人が毎日八時間、鎖をつなぐことだけに専念して、二週間かかった。

目を閉じても鎖が見えていた。毎晩、鎖の夢を見た。食事がスパゲティのことがあったが、ぼくの目にはスパゲティではなく白くてなめらかな鎖に見えた。

しかしぼくらはやり遂げた。

輪っかをぜんぶつくってつなぐときには、並行して作業を進めていった。それぞれが一〇メートルつないだら、それをつないで二〇メートルにするというかたちで。とりあえずそのほうが効率がよかった。問題はできあがったものをどこに置くかだった。一〇キロメートルの鎖といったら、たいへんな量だ。

けっきょくラボが置き場所のようなものになってしまった。しかもそれでも収まりきれなかった。つねに優秀なエンジニアであるロッキーはぎりぎりエアロックを通り抜けられる大きさのスプールをつくった。そしてぼくはたっぷりEVAをやってスプールをすべて船体に据え付け、そのあと鎖を五〇〇メートルずつスプールに巻き付けた。だがいうまでもなくEVAをするためには遠心機をスピンダウンしなければならなかった。だからそれからあとはすべてゼロGでの作業だ。

きみはゼロGで鎖を扱ったことがあるだろうか？ けっして楽しいものではない。

最後に五〇〇メートルずつの鎖をつなぐのは、控えめにいってもむずかしい作業だった。EVAスーツを着て、二〇本の鎖をつなげなければならなかったのだから。さいわいIVMEから発展したマニピュレーターがあった。NASAは意図していなかった使い方だが、ぼくはそれを鎖をつなぐのに使わせてもらった。

いま、ロッキーとぼくはコントロール・ルームに浮かんでいる。ロッキーは球根型の部屋のなかで、ぼくは操縦席で。

「プローブの状態は？」

ロッキーが数値をチェックする。「装置は機能している」

ロッキーはサンプラー・プローブづくりにすばらしい手腕を発揮してくれた。少なくとも、ぼくはそう思っている。ぼくはエンジニアリングは得意ではないので。

サンプラーは直径二〇センチのスチールの球体だ。てっぺんに太い輪っかがついていて、鎖とつながっている。球の赤道にあたる部分にはぐるりと小さい穴が開いている。そしてその穴は内側の中空の小室につながっている。そこには気圧センサーが一台と作動装置が数台入っていて、気圧センサーがプローブが目的の高度に達したことを感知すると、作動装置が小室を密閉する。仕組みは単純だ。内側の小室が少し回転して外側の球体の穴をふさぎ、ちょうどいい位置にガスケットがついているので、そのエリアの空気がなかに閉じこめられる。

ロッキーは小室のなかに温度計とヒーターも入れた。サンプラーが密閉されるとヒーターが作動して、その時点での温度が保たれるようになっている。じつに単純なことだが、ぼくは思いつかなかった。生物は温度変化にとても敏感で小うるさいものだ。

最後にもうひとつ、小さい送信機も搭載されている。そいつは奇妙なアナログ信号を送信してくるのだが、ぼくの装置では読み取ることも解読することもできなかった。まちがいなくきわめて標準的なエリディアンのデータ通信手段だ。しかしロッキーが受信機を持っているから問題はない。

というわけでロッキーは、極力複雑さを排したかたちで、エイドリアンの生命体用の生命維持システムもつくっていたわけだ——前もってどんな状況かわかっていなくてもいいシステム、つまり現状を維持するというシステムを。

彼は掛け値なしの天才だ。エリディアンはみんなそうなのか、それとも彼が特別なのか。

「そろそろ……準備完了ということでいいかな？」あまり自信はないが、いってみる。

「イエス」とロッキーが震え声でいう。

ぼくは操縦席のストラップを締め、彼は自分の球根型の部屋のなかで三本の手を使って取っ手につかまる。

〝姿勢制御〟パネルを呼び出して、回転を開始する。船を逆方向へ向けて、下の大地と平行になるようにしていく。そして平行になったら回転を止める。いまぼくらは船尾を先にして秒速一二キロで飛んでいるが、それをゼロにする必要がある。

「方向よし」とぼくはいった。

「イエス」とロッキーがいう。彼はじっと自分のスクリーンを見ている。そこに出ているのは、ぼくのほうのスクリーンの質感バージョン。彼が前もって据え付けたカメラのおかげだ。

「さあ、いくぞ……」スピン・ドライヴを始動させる。一秒もかからずにゼロGから一・五Gになり、ぼくは操縦席に押し付けられ、ロッキーは三本の手に加えて四本めの手でも取っ手をつかんで体勢を維持している。

〈ヘイル・メアリー〉の速度が落ちるにつれ、ぼくらは軌道上にいられなくなってくる。〝レーダー〟パネルをちらっと見て高度が落ちてきていることを確認。船の姿勢を水平からほんの少しだけ上を向いたかたちに調整する。上を向いたといっても一度の何分の一かの角度だ。

そんなわずかな角度なのに、やりすぎだった！　レーダーは、ぼくらが急速に高度を上げていることを示している。そこで角度を下げる。宇宙船の飛ばし方としては、ずさんで、危険で、身の毛がよだつが、それしかできないのだからしょうがない。このマヌーバリングを前もって計算してもむだだ。変数やらなにやらが多すぎて計算がぐちゃぐちゃになってしまうので、けっきょくはすぐにマニュアルで飛ばすことになるのだ。

過度な修正を数回くりかえして、やっとコツがつかめた。船の惑星に対する速度が減じていくのに合わせて、角度を少しずつ増していく。

「きみは、いつプローブをリリースするかいう」とロッキーがいう。彼の鉤爪は、スプールを射出モードにして鎖を落とすボタンの上にある。ボタンを押したら、あとは鎖がもつれたりしないことを祈るのみだ。

「まだだ」

姿勢を表示するスクリーンに水平から九度と出ている。これを六〇度までもっていかなくてはならない。右のほうになにか目を引くものがある。外部カメラからの映像だ。下の惑星が……真っ赤になっている。

いや、惑星全体が、ではない。ぼくらのすぐうしろの部分だけだ。エンジンから放射されるＩＲに大気が反応しているのだ。〈ヘイル・メアリー〉はタウ・セチが放射するエネルギーの何十万倍ものエネルギーをその部分に投棄している。

ＩＲで極端に熱せられた空気はイオン化し、文字通り真っ赤に燃え上がる。ぼくらの角度が上がるにつれて輝きはどんどん増していく。そして影響を受ける範囲がひろがっていく。一見の価値はあるだろうと思っていたが、まさかこれほどとは。ぼくらは大空に真っ赤な航跡を残して、空気中のものすべてを破壊していく。純粋な熱エネルギーによっておそらく二酸化炭素は微粒炭素と遊離酸素に引き裂かれてしまうだろう。酸素ももはやO_2を形成してはいられないかもしれない。とんでもない量の熱だ。

「エンジンの噴射でエイドリアンの空気が高温になっている」

「きみは、どうしてわかる、質問？」

「熱が見えることもあるんだ」

「なに、質問？　どうしてきみはそれをぼくにいわない、質問？」

「これは視覚にかんすることで……説明している時間がなかった。とにかく、ぼくを信じてくれ――ぼくらのせいで大気がとても熱くなっているんだ」

「危険、質問？」

「わからない」

「ぼくはその返事、好きではない」

ぼくらはどんどん角度を上げていく。ぼくらの背後の輝きはますます明るくなっていく。ついに、ぼくらは目的の角度に達した。

「角度達成」とぼくはいった。

「しあわせ！　リリース、質問？」

「スタンバイ。速度……」――〝ナビゲーション〟コンソールをチェックする――「秒速一二七・五メートル！　計算通りだ！　なんと、うまくいったぞ！」

エイドリアンの引きが感じられる。身体が椅子のほうへ引っ張られている。

これは生徒たちに何度も説明しなくてはならなかったことのひとつだ。軌道上では、重力はただ〝なくなってしまう〟ものではない。実際、軌道上で経験する重力は、地上で経験する重力とおなじなのだ。軌道上で宇宙飛行士たちが経験する無重力は、コンスタントに落下しつづけていることで生じている。だが地球はカーヴを描いているので、きみは落ちていくのとおなじ割合で地面から遠ざかっていくことになる。だからきみは永遠に落ちつづける。

〈ヘイル・メアリー〉はもう落下していない。エンジンがぼくらを宙に浮かばせ、傾きが秒速一二七メートル――時速約二八五マイル――でぼくらを前方にずらしていく。車なら速いが、宇宙船としては驚くほど遅い。

背後の空気があまりにも高温になっているので、外部カメラがシャットダウンしてしまった。デジタイザーを守るためだ。

〝生命維持〟パネルが勝手にメインスクリーンに出てきた。**外部温度、極度に高温**、と警告を発している。

「空気が熱くなっている」とぼくは大声でいった。「船が熱くなっている」

「船、空気に触れていない」とロッキーがいう。「どうして船が熱くなる、質問?」

「空気がぼくらが出しているIRをぼくらに向かって跳ね返しているんだ。それに空気そのものも熱くなって、空気自体がIRを放射している。ぼくらは料理されているんだ」

「きみの船はアストロファージ冷却されている、質問?」

「イエス。アストロファージが船を冷やしている」

アストロファージ・コンジットはこういうときのために船体中にめぐらせてある。まあ、〝スチールも溶かすほどのIRで惑星の大気に猛攻撃をかける〟場合に備えてではなく、太陽やタウ・セチが船体を熱して、その熱がどこにも行き場がない、といった状況を想定してのことだが。

「アストロファージ、熱を吸収する。ぼくらは安全」

「同意。ぼくらは安全。さあ、もういいぞ。プローブ、投下だ!」

「プローブ、投下!」彼が鉤爪でバシッと投下ボタンを叩く。

スプールがひとつずつ順番に船体をすべって下の惑星めがけて落ちていくキキーッ、ガチャンという音が聞こえてくる。スプールはぜんぶで二〇。それがひとつ落ちては巻きがほどけ、またつぎが落ちてという具合につづいていく。鎖がもつれないようにするための最大限の工夫だ。

「スプール6、落下……」ロッキーが報告する。

〝生命維持〟パネルがまた警告を発したので、またミュートにする。アストロファージは恒星に住んでいるのだし、IRが多少反射したところでアストロファージが扱えないほどの高温にはならないと、ぼくは確信している。

「スプール12、落下……」とロッキーがいう。「サンプラー信号、よい。サンプラー、空気を検知している」

「よし！」

「よし、よし」と彼がいう。「スプール18、落下……空気密度増加……」

外部カメラはオフになっているので、外がどうなっているのかは見えない。しかしロッキーが得ているデータは、ぼくらの計画が予定通りに進んでいることを示している。いまは鎖がつぎつぎと落下している最中だ。傾斜したエンジンのおかげでぼくらは宙にとどまっているが、鎖はなにものにも妨げられずにまっすぐ落下していく。

「スプール20、落下。すべてのスプール、リリースした。サンプラーの空気密度、ほぼアストロファージ繁殖地点レベル……」

ぼくは固唾(かたず)を呑んでロッキーを見つめる。

「サンプラー、閉じた！　密閉、完全、ヒーター、オン！　成功、成功、成功！」

「成功！」とぼくも叫ぶ。

うまくいっている！　ほんとうに、うまくいっている！　エイドリアンのアストロファージ繁殖ゾーンのサンプルが手に入った！　捕食者がいるのなら、そこにいるはず、だ、そうだろう？　どうかいてくれ。

「いよいよステップ・ツーだな」ぼくは溜息を洩らす。けっして楽しいものにはならないからだ。

シートベルトをはずして操縦席から立ち上がる。エイドリアンの一・四Ｇの重力が三〇度の角度でぼくを下へ引っ張る。部屋全体が傾いているような気がする。なぜなら実際、傾いているからだ。いま感じているのはエンジンの推力ではない。重力だ。

一・四Ｇは、そう悪くはない。なにをするにも少し骨が折れるが、理不尽なほどではない。よいしょとオーランＥＶＡスーツに入る。これは控えめにいっても、むずかしい作業になる。ぼくは外へ出てＥＶＡをしなければならない。完全に重力の影響下で。

いうまでもなく、ＥＶＡスーツもエアロックも、あるいはぼくの訓練も、こんな状況はまったく想定していなかった。一Ｇの重力があるなかで、船体上をドスンドスン歩き回ることなど誰が想像しただろう？　しかも、実際は一Ｇ以上だ。

おまけに、どんなに重力が大きかろうと、空気はないときている。最悪の世界だ。だが、ほかに方法はない。ぼくがサンプルを回収するしかない。

いまサンプラーは一〇キロメートルの鎖の先にある。その鎖は空中にぶら下がっている。船に回収するのは簡単なことではない。

この計画を考えついたときは、エンジンを噴射して惑星を離れ、ゼロＧにもどったところでサンプラーを回収するつもりだった。問題はサンプラーを蒸発させずに回収する方法は事実上皆無という点だ。船をエイドリアンの重力の影響を受けないところに出すには――たとえ安定軌道に入るだけでも――どうしてもスピン・ドライヴを使うしかない。スピン・ドライヴは船を押してくれるが、そうなると鎖とサンプルは船のうしろに引きずられ、ＩＲに直撃されてしまう。そしてサンプラーもそのなかのものも鎖も、ばらばらの、超高温の原子になってしまう。

つぎに考えたのは鎖を巻き上げる巨大なウインチをつくることだった。しかしロッキーに、長さ一〇キロの鎖を巻き上げられるほど巨大で頑丈なウインチをつくるのは絶対に無理だといわれてしまった。

ロッキーはひとつすばらしいアイディアを持っていた。サンプラーが自分で鎖を上ってくるというものだ。しかし何回か実験したあと、彼はこのアイディアを放棄した。リスクが大きすぎるということだった。

そこで……またべつの、この方法ということになったわけだ。

ロッキーが設計した特性ウインチをつかんでＥＶＡスーツのツールベルトに取り付ける。

「きみはもう友だち」
ぼくはエアロックを抜けて、外を眺め渡した。
「ありがとう」
「ありがとう。きみも友だちだ」
「気をつけて」とロッキーがいう。

これはふしぎな体験だった。宇宙空間は漆黒。眼下には堂々たる惑星。軌道上から見えて当然の風景だ。ところが重力がある。

惑星から出ている真っ赤な光輝が〈ヘイル・メアリー〉の船体の縁からのぞいている。ぼくはバカではない——惑星の大気から跳ね返ってくる致死的な熱にさらされないよう、船体が楯になるかたちに船の姿勢を調整してある。

エアロックのドアは〝上〟を向いている。ぼくは自分自身——と一〇〇ポンドのギア——を持ち上げて、開口部をくぐり抜けなければならない。しかもそれを一・四Gの重力下でやらなければならないのだ。

たっぷり五分かかった。ウウッと呻き、不敬すれすれの言葉をひとしきり吐き、それでもやり遂げた。そしていま、ぼくは船の上に立っている。ひとつまちがえたら死へまっさかさまだ。それほど時間はかからない。船の下へ落ちたとたんに、エンジンが死への切符を切ってくれる。

テザーを足元の手すりに取り付ける。落ちたら、ゼロG用のテザーでもぼくを救えるのだろうか？登山用のとはちがう。こんな状況を想定してつくられたわけではない。ないよりはまし、と思うことにする。

船体上を歩いて鎖のアンカー・ポイントに到着。ロッキーがつくった大きなキセノナイト製の正方形の定着器具だ。彼はそれをどうやって船体に固定するか事細かに説明してくれた。ちゃんと役目を果たしてくれたようで、鎖はしっかり固定されている。

アンカー・ポイントに手をのばして四つん這いになる。このEVAスーツを着ていると、重力が容赦なくのしかかってくる。このスーツはどこをとっても、こんな状況を想定してつくられてはいない。手近の手すりに（なんの役にも立たないかもしれない）テザーを取り付けて、ツールベルトからウインチを取り出す。

鎖は三〇度の角度で垂れ下がって、下の惑星のなかに消えている。延々とのびているので、一キロぐらい下までしか見えない。だがロッキーのデータから、鎖が一〇キロ下までのびていることはわかっている。その先端に、二つの惑星の住人の命を救える可能性のあるものが詰まったサンプル容器がぶら下がっている。

鎖とアンカー・ポイントのあいだにウインチを押しこむ。鎖は頑として動かない――一ミリも。だがこれは予期していたことだ。人間の筋力でこれほど重いものを動かすことはできない。

ウインチをアンカー・プレートにフックで引っかける。ウインチのケーシングもキセノナイトだから、キセノナイトとキセノナイトのつながりは、これからかかる負荷に耐えられるだけの強靱さを発揮してくれるはずだ。

ウインチを二度、バシッと置き直して、すわりを確認する。大丈夫だ。

そして始動ボタンを押す。

ウインチのまんなかからポンと歯車が立ち上がる。ひとつの歯が鎖の輪っかの穴にはまる。歯車が回って鎖をウインチ内部の駆動部へ引きこむ。内部では輪っかが一八〇度回転し、すべってはずれていく。

鎖をつくるにあたって、ぼくらはちょっとした仕掛けのある輪っかをつくった。輪っか同士をつなげたときに切れ目をしっかり閉じなくても連結できる形にしたのだ。ランダムな動きで連結がはずれてしまう可能性はほとんどない。だが、ウインチはまさにはずすための動きができるように設計されていた。

輪っかがはずれると、ウインチが脇にどかして、つぎの輪っかでまたおなじことがくりかえされる。

「ウインチはちゃんと動いている」とぼくは無線で報告した。

「しあわせ」とロッキーの声が返ってくる。

ウインチはシンプルで、確実で、優雅で、あらゆる問題を解決している。力強く鎖を引き上げている。そして輪っかを分離し、つぎつぎに下の惑星めがけて落としている。もし引き上げている鎖の隣に長い鎖がぶら下がるようなかたちになったら、それこそ悲惨なことになる。イヤホンのワイアが絡まったら、と想像してみて欲しい。そしてそれが一〇キロメートルつづいたら、と。

だが、そうはならない。輪っかはひとつひとつそれぞれの道筋を通って忘却の彼方へ落ちていく。引き上げられていく鎖はなんの影響も受けない。

「ウインチが二一六の輪っかのところにきたら、きみはスピードを上げる」

「イエス」

これまでいくつ引き上げたのか、見当もつかない。だが、作業は順調にはかどっている。一秒に二個くらいだろうか。安全なゆっくりとした幕開けだ。二分間、見守る。そろそろいいだろう。「すべてよし。もう二一六以上になっている」

「スピードを上げる」

毎秒二個ならそこそこ速いと思うかもしれないが、その割合でいくと鎖をぜんぶ引き上げるのに約三〇時間かかることになる。そんなに長いこと船外にいたくないし、そんなに長いことこの危険な推進状態を維持しつづけるのもごめんだ。コントロール・レバーを向こう側へ押す。ウインチのスピードが上がる。なにも不具合はなさそうなので、いちばん奥まで押す。

輪っかが、数え切れないほどの速さでウインチから飛びだしていき、鎖が小気味よいスピードで引き上げられていく。

「ウインチ、最大スピード。すべてよし」

「しあわせ」

コントロール・レバーに手を置いたままにして、鎖から目を離さないようにする。もしサンプラーがウインチにぶつかったらなにもかも水の泡だ。サンプル容器はばらばらになり、サンプルは全滅し、ぼくらはもう一本、鎖をつくらねばならなくなる。

それはしたくない。神さま、どんなにしたくないか、言葉ではいいあらわせないほどです。

目を細くして遠くを凝視し、いっときたりと目を離さないようにする。いま最大の問題は、飽きてしまうことだ。鎖ぜんぶを引き上げるにはまだしばらくかかることはわかっているが、サンプラー回収に備えておかなくてはならない。

「サンプル装置の無線信号、強い」とロッキーがいう。「近くなっている。準備する」

「準備している」

「とても準備する」

「とても準備している。落ち着け」

「落ち着いている。きみが落ち着く」

「いや、きみが落ち——待て。サンプラーが見えた！」

鎖の端が、そこに取り付けられているサンプラーが、下の惑星からぼくに向かって突進してくる。

コントロール・レバーをつかんでウインチのスピードを落とす。サンプラーの上がり方がだんだんゆっくりになって、ついには這い進むくらいの速さになる。最後の輪っか数個を残して鎖は悲しい運命をたどり、ついにサンプラーが手の届く範囲にやってくる。ウインチを停止する。

大きな球体をつかみそこねて落としてしまうようなばかげたリスクは冒さず、鎖のいちばん端の輪っかをつかんでウインチからはずす。いまぼくは球体と短い鎖を手にしている。後生大事に鎖をつかんでベルトに留め付ける。それでも手は離さない。絶対にどんなリスクも冒すつもりはない。

「状況は、質問？」

「ぼくがなかに入るまで、しあわせとかいうな！」

「驚き！　しあわせ、しあわせ、しあわせ！」

「サンプラーを回収した。これからもどる」

「了解」

二歩進んだと思ったら、船が揺れた。船体に倒れこんで手がかりの取っ手を二つつかむ。

「なんだ、いまのは？」

「ぼくはわからない。船が動く。突然」

船がまた揺れた。こんどはしっかりと引っ張られた感じだ。「おかしな方向にスラストしている！」

「なかに入る、早く、早く、早く！」

視界に水平線が入ってくる。もはや〈ヘイル・メアリー〉は角度を維持できていない。前方に傾きつつある。そんなことが起きるはずはないのに。

取っ手から取っ手へと這い進む。いちいちテザーを留めたりはずしたりしている時間はない。ただ落ちないことを祈るしかない。

またいきなり揺れがきて、船体が足元で横に傾く。ひっくり返ってしまうが、サンプラーの鎖は死んでも離さない。なにが起きているんだ？　いや、考えている時間はない。船がひっくり返ってぼくの息の根を止める前になかに入らなければ。

必死で取っ手をつかんでじりじりとエアロックに近づいていく。ありがたいことに、まだなんとか上向きになっている。サンプラーを胸に抱えて、エアロックのなかに落ちる。頭から着地。オーランのヘルメットが頑丈で助かった。

不格好な宇宙服のなかに入っている状態で最大限にあがいて、どうにか立ちあがり、外部ハッチに手をのばして力一杯、閉める。エアロックのサイクル手順を踏み、できるだけ速くEVAスーツから出る。いまはサンプラーをエアロックに置いたままにしておこう。船がどうなってしまったのか確認しなくてはならない。

半分上り、半分落ちるかたちでコントロール・ルームに入る。ロッキーは自分の球根型の部屋にいる。

「スクリーンが光る、たくさんの色！」騒音にかぶせて彼が叫ぶ。質感スクリーンのフィードを見ながら、カメラをあちこちに向けている。

どこか下のほうから金属的な唸りが聞こえてくる。なにかが、曲がりたくないのに曲がりつつある。船殻だろうと思う。

操縦席につく。ストラップを締めている時間はない。「あの音はどこからきている？」

「まわりじゅうから」と彼がいう。「しかし、最大は右舷の共同寝室の壁の部分。内側に曲がっている」

「なにかが船を引き裂こうとしているんだ！　重力にちがいない」

「同意」

だが、なにかが引っかかる。この船は加速に耐えられるようにつくられている。一・五Gに四年間、耐えたのだ。だったらこの種の力には耐えられるんじゃないのか？　どうもおかしい。

ロッキーは取っ手を数個つかんで身体を支えている。「ぼくらはサンプラーを持っている。ぼくらはもう去る」

「ああ、とっととおさらばしよう!」スピン・ドライヴをフル稼働させる。船は、いざというときには二Gまで加速できる。いまこそがそのときだ。

船がいきなり前方に傾く。これはしっかり計算された優美な燃焼ではない。まさにパニック状態でのフライトだ。

重力井戸から出るために有効な方法はすなわち、オーベルト効果を利用する方法だ。船を下の惑星と曲がりなりにも平行になるようにしようと頑張る。エイドリアンから脱出しようとしているわけではない。ただエンジンを噴射しつづける必要のない安定軌道に乗せたいだけだ。欲しいのは速度で、距離ではない。

とにかく一〇分間、ドライヴ全開の状態を保たなければならない。そうすれば軌道にとどまっているのに必要な秒速一二キロが得られるはずだ。そのためには水平線より少し上に船首を向けてスラストすればいい。

とりあえず、そうしたのだが、そうなっていない。船は偏走し、横にずれていく。どうなってるんだ?

「なにかがおかしい」とぼくはいった。「船がぼくに逆らっている」

ロッキーはなんの問題もなく体勢を維持している。ぼくの何倍も力があるからだ。「エンジンのダメージ、質問?　エイドリアンから多くの熱」

「そうかもしれない」〝ナビ〟コンソールをチェックすると、速度は増している。少なくとも、これはいいニュースだ。

「船殻が曲がっている。共同寝室の下の大きな部屋」とロッキーがいった。

「え？　そんな部屋はないんだが――ああ」彼はエコーロケーションで船全体を感知することができる。居住エリア以外のところも。彼が〝共同寝室の下の大きな部屋〟といったら、それは燃料タンクのことだ。

ああ、たいへんだ。

「エンジンを切る、質問？」

「いまの進み方はゆっくりすぎる。切ったら大気内に落ちてしまう」

「了解。希望を持つ」

「希望を持つ」そうだ、希望を持つ。いまぼくらにできるのはそれだけだ。船が壊れる前に安定軌道に入れますように。

それからの数分間は緊張しっぱなしだった。生涯でこんなに緊張したことはなかった。しかも、いわせてもらえるなら、この数週間、かなり緊張した状態がつづいていた。船体はあいかわらずぞっとするような音を立てつづけているが、ぼくらは死んでいないからどこも破れてはいないのだろう。やがて、一〇分よりだいぶ長い時間かかったように感じられたが、軌道にとどまっていられる速度に達した。

「速度よし。エンジン停止」

スピン・ドライヴの出力スライダーをゼロの位置にもどす。ほっとして、ヘッドレストにドサッと頭を預ける。これでゆっくり、なにがおかしかったのか考えられる。もうエンジンを使う必要はない……。

待てよ。

ぼくはいまヘッドレストにドサッと頭を預けた。頭がヘッドレストにドサッと落ちた。

両腕をまえへのばして、力を抜く。両腕が落ちる。左側へ落ちる。

「うーん……」

「重力、まだある」ぼくの観測に基づく判断に呼応するようにロッキーがいう。

〝ナビ〟コンソールをチェックする。速度は問題ない。ぼくらはエイドリアンをめぐる安定軌道に乗っている。だが、じつはとんでもなくいびつな軌道だ──遠地点が近地点より惑星から二〇〇〇キロも遠い。だが、くそっ、それでも軌道は軌道だ。しかも安定している。

もう一度、〝スピン・ドライヴ〟パネルをチェックする。三つのドライヴはすべて出力ゼロ。推力はゼロだ。診断スクリーンを調べまくって、三つのドライヴにびっしり並んだ一〇〇九基の回転する三角形たちが静止しているかどうか確認する。ちゃんと静止している。

また腕をだらんと落としてみる。やはりあの変な動きだ。下へ、そして左へ落ちる。

ロッキーがおなじように腕を落としてみている。「エイドリアンの重力、質問？」

「ノー。ぼくらは軌道にいる」ぼくはポリポリと頭を搔く。

「スピン・ドライヴ、質問？」

「ノー。ぜんぶオフラインだ。スラストはゼロ」

また腕を落としてみる。と、こんどは操縦席の肘掛けに当たった。

「ううっ！」ぼくは手をふった。マジで痛い。

実験的にもう一度、腕を落としてみる。さっきより落ち方が速い。だから痛かったのだ。

ロッキーがジャンプスーツのツールベルトからツールを出してひとつずつ落としている。「重力、増えている」

「まるで理屈に合わない！」

また〝ナビ〟パネルをチェックする。速度がさっき見たときよりかなり速くなっている。「速度が増している！」

「エンジン、オン。唯一の説明」

「ありえない。スピン・ドライヴは切ってある。ぼくらを加速させるものはなにもない！」

「力、増えている」と彼がいう。

「イエス」息がしにくくなってきている。なんだかわからないが、いま感じているのは一Gや二Gではない。もう手に負えなくなってきている。

力をふりしぼってスクリーンに手をのばし、パネルを順に見ていく。〝ナビゲーション〟、〝ペトロヴァ・スコープ〟、〝外部ビュー〟、〝生命維持〟……どれも完全に正常だった。〝構造〟パネルにいきつくまでは。

これまで〝構造〟パネルにそれほど注意を払ったことはなかった。船の輪郭がグレーで表示されているだけだからだ。しかしいまは、初めてなにか訴えている。

左舷の燃料タンクに不規則な形の赤いしみが表示されている。船体が破れたということなのか？可能性はある。燃料タンクは耐圧容器の外側にある。そこに大きな穴が開いていても空気は失われない。

「船に穴が開いている……」とぼくはいった。どうにかこうにか外部カメラに切り替える。

ロッキーは自分のカメラと質感パッドを介して、ぼくのスクリーンを見ている。特に支障はないようだ――膨大な力がかかっていても、まったく問題はないらしい。

ダメージを受けた船体部分を見るために、カメラの角度を調整する。

あった。船の左舷に大きな穴が開いている。長さ二〇メートル、幅はその半分くらいだろうか。穴の縁がすべてを物語っている――船体が溶けたのだ。

エイドリアンからの逆流が原因だった。物理的な爆発ではなく、空気が反射する純然たる赤外線で穴が開いてしまったのだ。船は船体が熱くなりすぎていると、ぼくに警告しようとしていた。ちゃんと耳を傾けるべきだった。

ぼくは船体が溶けることはないと思っていた。アストロファージが冷やしてくれているんだから、と！　だがもちろん溶けるのだ。たとえアストロファージが完璧な熱吸収体だとしても（たぶんそうだとは思うが）、熱はアストロファージに吸収される前に金属に伝わってしまう。分厚い船体を通して熱がアストロファージに伝わるより早く船体の外層が融点に達してしまえば、アストロファージはなすすべがない。

「確認。船体ブリーチ。左舷燃料タンク」

「なぜ、推進、質問？」

すべてがカチッとはまった。「ああ、くそっ！　燃料ベイのアストロファージだ！　宇宙空間にさらされている！　つまりエイドリアンが見えているんだ！　ぼくの燃料が、繁殖するためにエイドリアンに移住しているんだ！」

「悪い、悪い、悪い！」

推力はそこから生まれているのだ。繁殖準備が整ったやる気満々の無数の小さなアストロファージ。それが突然、エイドリアンを目にした。二酸化炭素の源というだけではない。かれらの祖先の故郷。何十億年もかけて進化して、やっと見つけ出した惑星だ。

外側にいるアストロファージの層がエイドリアンめざして船から出ていくと、つぎの層がいちばん外側になる。船は、出ていくアストロファージが放つＩＲの力で押されることになる。幸いなことにまだ残っているアストロファージがエネルギーを吸収してくれる。しかしエネルギーを吸収すると同時に運動量も吸収してしまう。

完璧なシステムにはほど遠い。無秩序な、ブツブツ飛び散るような爆発だ。ぼくらは、いつなんどき、もっとずっと大きな、もっと方向の定まらないＩＲの激発に見舞われて蒸発してしまうかわからない。なんとかこれを止めなくてはならない。

燃料ベイは投棄できる！　コントロール・ルームに初めて入った日に見た覚えがある！　どこにあるんだったか……？

スクリーンまで手を上げるのに持てる力を総動員しなければならないが、どうにか〝アストロファージ〟パネルを呼び出す。船の地図が出ていて、燃料ベイのエリアは九つの長方形に分割されている。この長方形と船体が破れた部分とを照らし合わせている時間はない。唸りながら腕をまえにのばして、これだろうと思うやつをタップする。

「悪い……燃料……ベイを……投棄……する」食いしばった歯のあいだから言葉を絞り出す。

「イエス、イエス、イエス！」とロッキーがぼくを元気づけてくれる。

ポンと〝燃料ポッド〟スクリーンが出てくる――**アストロファージ　112・079KG**。その隣に〝投棄〟と表示されたボタンがある。それを叩く。確認ダイアログが出る。確認する。

いきなりガクンと加速して、横に飛ばされる。ロッキーでさえ耐えられず、球根型の部屋の壁に打ち付けられてしまうが、すぐに体勢を立て直し、五本の手ぜんぶで取っ手をつかむ。

船体の唸りが前より大きくなっている。加速が止まらず、視界がぼやけてくる。操縦席が曲がりはじめている。失神してしまいそうだ。たぶん六Gかそれ以上になっているだろう。

「推進、つづく」ロッキーの声が震えている。

返事ができない。声が出せない。

投棄した燃料ベイが破れたエリアのものだったことはまちがいない。破れたベイはひとつだけではないのだろう。細かいことをいっている時間はない。ぐずぐずしていると重力がもっと大きくなってスクリーンに手をのばすことができなくなってしまう。もしもうひとつ破れたベイがあるなら、いま投棄したベイの隣のやつのはずだ。だが、該当するものが二つある。適当にひとつを選ぶ。確率は二分の一。渾身の力をこめてアイコンをタップし、〝投棄〟ボタンを押し、確認する。

船が激しく揺れ、ぼくはぬいぐるみのようにふりまわされてしまう。どんどん暗くなっていく視界の片隅でロッキーが身体を丸めて壁から壁へと弾き飛ばされるのが見える。当たったところに銀色の血液が飛び散っている。

さっきより衝撃が強かった気がする。だが、待てよ……方向がちがう。

操縦席に押し付けられるのではなく、逆方向へ引っ張られた。ぼくの身体は操縦席に押し付けられるのではなく、シートベルトに押し付けられている。

こともあろうに〝遠心機〟スクリーンが前面に出てきた。**警告・過度な遠心力**という文字が点滅している。

「ぬううう」ああ、神さま、といいたかったのだが、もう息ができない。

宇宙空間へと勢いよく飛び出していった燃料……あの燃料は礼儀正しく船の長軸に沿って去るようなことはしなかった。角度をつけて飛び去り、ぼくらをコマのように回転させた。そして投棄された燃料ベイが事態をさらに悪化させたのだろう。

だが、とりあえず燃料漏れは止めた。もうあらたな推進ベクトルが船に加わることはない。あとは回転だけなんとかすればいい。なんとか息を吸いこむ。遠心力は、コントロールされていない推進力よりは小さいが、それでも途方もない力だ。しかし、ほら、腕をスクリーンから遠ざけるのではなく、スクリーンのほうへ引っ張っている。

スピン・ドライヴをオンラインにもどせれば、もしかしたら――。

操縦席の椅子がついに壊れた。固定されている部分がバキッと折れる音が聞こえた。ぼくは前方へ、スクリーンめがけて、倒れこむ。金属製のシートにシートベルトで固定されたままだ。シートがうしろからガツンとぶつかってくる。

椅子は通常の重力下ならたいした重さではないだろう。おそらく二〇キロ程度か。しかしこれほどの求心力が働いていると、まるでセメント・ブロックを背負っているようだ。息ができない。

そう。椅子が重すぎて、肺をふくらませることができないのだ。めまいがする。

これは機械的窒息と呼ばれている。ボア・コンストリクター（大型のヘビ）はこの方法で獲物を絞め殺す。

今際（いまわ）の際にこんなことを考えるなんて、おかしな話だ。

すまない、地球。ほら。こっちのほうがずっといい。

肺が二酸化炭素でいっぱいになってパニックを起こしている。しかしアドレナリンが放出されても、そこから逃れられるほどの力は湧いてこない。アドレナリンはただ、死を詳細に体験できるよう、ぼくの意識を保つのに役立っているだけだ。

ありがとう、副腎。

いつのまにか船の唸りが止まっている。きっと壊れるべきものはすべて壊れて、ストレスに耐えられるものだけが残ったのだろう。

目がうるんでくる。痛い。どうしてだ？　ぼくは泣いているのか？　ぼくは人類という種の役に立つことができなかった。そのせいでみんな死ぬことになる。だから泣いてもふしぎはない。しかしこれは感情的な涙ではない。痛みからくる涙だ。鼻も痛い。物理的に圧迫されて、というわけではない。鼻腔が焼け付くように痛い。内側からくる痛みだ。

きっとラボのなかのなにかが壊れて、中身が外に出てしまったのだろう。なにか危険な化学薬品とか。息ができないからわからないが、きっといやな匂いにちがいない。

と、突然、呼吸ができるようになった！　どうやってなのか、なぜなのか、まったくわからないが、呼吸できる自由を得て、ゼイゼイハーハー喘ぐ。そしてたちまち激しく咳きこむ。アンモニアだ。まわりじゅうアンモニア。強烈だ。肺が悲鳴を上げ、目から涙があふれる。そのとき、べつの匂いがした。

火事。

くるりとふり向くと、うしろにロッキーがいる。彼のエリアのなかではない。コントロール・ルームにいる！

彼がシートベルトを切って椅子から解放してくれたのだ。彼が椅子を脇へ押しやる。

彼はふらふらしながら、ぼくにのしかかるようにして立っている。数インチ先の彼の身体から放射される熱が感じられる。甲羅の上にあるラジエーターの通気口から煙が出ている。

彼ががっくりとくずおれて、ぼくの横に倒れこむ。スクリーンが壊れる。液晶画面が真っ暗になり、プラスチックの枠が溶けていく。

ふと見ると、煙はトンネルからラボへ、さらにその先へとつながっている。

「ロッキー！　なにをしたんだ！」

クレイジーなろくでなしめ、共同寝室の大きなエアロックを使ったにちがいない！　ぼくを救うために、ぼくのエリアに入ってきたのだ。そしてそのせいで死にかけている！

彼は五肢をぜんぶ身体の下に丸めこんで、ぶるぶる震えている。

「地球……救う……エリド……救う……」彼はブルッと震えたと思うと、がっくり沈みこんでしまった。

「ロッキー！」なにも考えず、彼の甲羅をつかむ。両手をバーナーの炎に突っこんだようなものだ。とっさに引っこめる。「ロッキー……まさか……」

だが彼はピクリとも動かない。

第20章

ロッキーの身体の熱で、室温が上がっている。

ぼくはほとんど動けない。遠心力が大きすぎる。

「ぬううう!」と力んで、割れたモニターから身体を離す。身体を引きずって、破片の向こうにある隣のモニターへ移動する。身体をいっきに起こしすぎないように気をつける——力を温存しなければならない。

モニターの端から指をすべらせて、いちばん下にあるスクリーン選択ボタンをタップする。チャンスは一度だけだ。

ナビゲーション・コントロールを思い浮かべる。マニュアル・コントロールのところにすべての回転をゼロにするボタンがある。いまはすごくそそられるが、リスクは取れない。燃料ポッドを二つ投棄したから、燃料ベイには大きな空間ができている。それに、ほかにどんなダメージがあるか見当もつかない。絶対にやりたくないのはスピン・ドライヴを駆動させること——姿勢制御のために一部を使うのもだめだ。

〝遠心機〟スクリーンを出す。まだ船が過剰に回転しているのに腹を立てて、赤くなったり白くなったり、点滅をくりかえしている。どうにか警告を黙らせて、マニュアル・モードに入る。〝おい、これはやるな〟的なダイアログがいくつも出るが、ぜんぶ黙らせる。すぐにケーブル・スプールを直接制御できるようになる。ただちに最大速度で回転させる。

部屋が妙な具合に回転し、傾く。なぜかというと船の前部と後部が分離していくので、それがこのコントロール・ルームにいるぼくが感じる力におかしな影響を与えているからだ、ということはわかっている。だがこの場合、論理は無力だ。ぼくはうしろを向いて、壁に向かって吐いた。

数秒後、力が劇的に弱まる。だいぶ動きやすくなった。実際には一G以下。すべては遠心機の数学マジックのおかげだ。

遠心機のなかで感じる力は半径の二乗に反比例する。ケーブルをのばすことで、ぼくは半径を二〇メートル（船の全長の半分）から七五メートル（ケーブルをフルにのばしたときのコントロール・ルームから質量の中心までの距離）にひろげた。前はどれくらいの力が働いていたのかわからないが、いまはその一四分の一になっている。

まだモニターに押し付けられてはいるが、前ほどではない。〇・五Gくらいだろうか。またちゃんと呼吸ができるようになっている。

なにもかもが逆さまになっている感じだ。マニュアル・モードで遠心機にしたから、船はぼくがやれといったことだけをして、ほかはなにもしていない――ケーブルをのばしただけだ。クルー・コンパートメントが内側を向くように反転させる作業はしていない。遠心機があらゆるものをクルー・コンパートメントの船首側に押し付けている。いま、ラボはぼくから見て〝上〟にあり、共同寝室はさらにその〝上〟にある。

ぼくはクルー・コンパートメントを反転させるマニュアル・コントロールがどこにあるのか知らないし、探している時間はない。いまはすべて、逆さまランドにいるつもりでやるしかない。

エアロックに飛びついてドアを開ける。なかはぐちゃぐちゃだが、そんなことはどうでもいい。丸まったEVAスーツをひろげてグローブをはずし、手にはめる。

コントロール・ルームにもどってコンソールの上に立つ(いま、コントロール・パネルは〝下〟を向いている)。あまりダメージが出ないといいのだが。ロッキーに覆いかぶさって甲羅の両脇をグローブをした手でつかみ、持ち上げる。

うーん。だめだ。

彼を下におろす。このやり方で動かそうとしたら、腰をやられる。だが、少しのあいだとはいえ、持ち上げることはできた。二〇〇ポンドくらいあったような気がする。ありがたいことに、いまは〇・五Gだ。一Gだったら彼は体重四〇〇ポンドということになる。

彼を持ち上げるには手以外のなにかが必要だ。

グローブを投げ捨ててエアロックにもどり、あれこれかきわけてテザーを発見。二本のテザーをロッキーの甲羅の下に巻き付け、結んで輪っかにして自分の肩にかける。やっているあいだに腕を数カ所、火傷(やけど)したが、それはあとでなんとかすればいい。

肩にかけたテザーを左右それぞれ、腋の下で輪っかをつくるように留め付ける。快適ではないし、見た目がクールでないのはまちがいないが、これで両手が自由になるし、彼を足の力で持ち上げられる。

両手でラボへのハッチから身体を持ち上げ、梯子のいちばん近くの段をつかむ。最初はゆっくりとだ。コントロール・ルームに梯子はない。あるはずがない。上下逆さまになるなんて、誰も考えなかったのだから。

肩が痛みで悲鳴を上げる。これはきちんとパッキングされた高機能のバックパックではない。鎖骨に食いこむ二本の細いヒモでくくられた体重二〇〇ポンドの異星人だ。そしてぼくは、ナイロン・テザーの融点がロッキーの体温より高いことを祈るしかない。

唸り声を上げ、しかめっ面で、梯子を一段一段上がり、ようやく足までラボのなかに入る。ハッチの縁で足を踏ん張って、ロッキーを引き上げる。

ラボは悲惨なありさまだ。いろいろなものが天井に積み重なっている。頭上の床に残っているのはテーブルと椅子だけ——それだけは床にボルトで留め付けてあるからだ。そしてありがたいことに、よりデリケートな機器類のほとんどはそのテーブルに固定してある。だが、ふつうにデリケートな普及品クラスの器具、備品類はポップコーンのように飛び散って、六Gから七Gの重力にさらされていた。いったいどれくらいのものが救いようのないほど壊れてしまったのだろう？

いまはコントロール・ルームより上になっているラボの重力は下より小さい。遠心機の中心により近いからだ。上にいけばいくほど、仕事が楽になる。

ラボの消耗品や備品類を蹴散らし、ロッキーを共同寝室のハッチへ引き上げていく。さっきとおなじ苦しい作業のくりかえしだ。かかる力はさっきより小さいが、それでもきつい。ふたたびハッチの縁を支えにしてロッキーを共同寝室に入れる。

共同寝室のぼくのエリアは狭くて、ぎりぎり二人が入れる程度しかない。ロッキーのエリアは、ラボとおなじでぐちゃぐちゃだ。作業台はボルトで固定されていなかったから、いまは天井にある。

ロッキーを引きずって天井を進み、ベッドに上がる。壁に一点で固定されて回転する仕様になっているから、完全にひっくり返って、いつも通りの向きになっている。ぼくのエリアとロッキーのエリアを隔てるエアロックへの格好の足場になる。

エアロックのドアはぼくの側へ開いたままになっている。彼はぼくを助けるためにここから出たのだ。

「まったく、どうしてあんなことをしたんだよ？」とぼくは愚痴った。

彼はぼくをほうっておくこともできた。たとえぼくが死のうと、そうすべきだった。彼なら遠心力も問題にはならない。時間をかけてなにかを発明し、それを使って船を制御できていただろう。ああ、彼がいいやつで、ぼくの命を救ってくれたことはわかっているが、これはぼくらだけの問題ではない。ああ、彼には救うべき惑星がある。どうしてぼくのために、自分の命と大事なミッションを危険にさらしたりするんだ？

エアロックのドアは天井には接していないから、エアロックに入るには〝床は溶岩〟ごっこの要領でいくしかない。

ベッドからエアロックに飛び移り、テザーを引っ張ってロッキーをなかに入れる。そしてドアのほうへもどろうとしたとき、コントロール・パネルが目に入った。

というか、かつてはコントロール・パネルだった壊れた箱が見えた。

「ああ、嘘だろ！」とぼくは叫んだ。

コントロール・パネルはエアロックの両側にある。必要に応じてロッキーなりぼくなりが操作できるようにしてあるのだ。だがぼくのは壊れてしまった――たぶんあのカオス状態のなかで飛んできたものに直撃されたのだろう。

ぼくは彼を彼の環境にもどしてやらなくてはならない。しかし、どうやって？　ひとつ考えがある。いい考えではない。エアロック室自体のなかには緊急バルブがある。ロッキーの側から空気を入れることができるバルブだ。

これは非常に特殊な限界ぎりぎりの事態を想定してのものだ。船内のロッキーのエリアにぼくが入る方法はない。もちろんぼくは彼の環境に耐えられないし、EVAスーツもブドウのように潰されてしまう。しかしロッキーは自作のボール型宇宙服的なものに入って、ぼくのエリアにくることができる。というわけで、万が一に備えて――ロッキーがボールに入ってエアロックにいるときに緊急事態が起きた場合に備えて――彼の側の空気を取り入れる安全弁があるのだ。それは大きな鉄のレバーで、ロッキーがボールのなかにいるときに使う磁石で動かせるようになっている。

エアロックのなかのレバーに目をやる。ぼくのコンパートメントにつづくエアロックのドアを、そしてそのホイール型のロックをちらっと見る。そしてまたレバーに視線をもどし、ドアを見る。

筋肉をぎゅっと引き締めて、頭のなかで三つ数える。

レバーを引いて、自分のコンパートメントへ飛びこむ。

燃えるように熱いアンモニアがエアロックと共同寝室にあふれてくる。エアロックから飛び出し、ドアをバンッと閉めてホイール・ロックを回す。反対側からシューッという音が聞こえてくるが、なにも見えない。もう二度と、なにも見えなくなってしまうのかもしれない。

目が焼けるように痛い。肺が、一〇〇本のナイフがダンス対決しているのかと思うほど痛い。身体の左側の皮膚がしびれている。そして鼻が——もういい。匂いがあまりにも強烈すぎて、嗅覚が匂いを感じるのをあきらめてしまっている。

喉が完全に閉じてしまう。身体がアンモニアとかかわりたくないといっている。

「コン……」喉がゼイゼイいう。「コン……ピュー……タ……」

死んだほうがましだ。そこらじゅうが痛い。ベッドに上がって横になる。

「助けてくれ！」喘ぎ声でいう。

「複数カ所、負傷」とコンピュータがいう。「過度の目やに。口周辺に血液、II度の火傷、呼吸困難。トリアージ結果——挿管」

ロボットアームが、幸いにも上下逆さまになっていてもなんの問題もないようで、ぼくをつかんだと思うと、なにかを乱暴に喉に突っこんでくる。無事なほうの腕にチクッと痛みを感じる。

「輸液と鎮静剤静注」とコンピュータが報告する。

そしてぼくは電気が消えるようにプツッと意識を失った。

目が覚めると、身体中、医療器具と痛みに覆われていた。

顔には酸素マスク。右腕には点滴、左腕は手首から肩まで包帯でぐるぐる巻き。ものすごく痛い。

どこもかしこも痛い。とくに目が激しく痛む。

だが、とりあえず見えてはいる。これは朗報だ。

「コンピュータ」とガラガラ声でいう。「ぼくはどれくらい寝ていたんだ？」

「無意識状態は六時間一七分継続」

深々と息を吸いこむ。肺がタールでコーティングされているような感じだ。たぶん痰かなにかだろう。ロッキーのエリアに目をやる。エアロックの、ぼくが放置したところにいる。

エリディアンが死んだかどうか、どうやってわかるのだろう？　ロッキーは寝ているあいだ、まったく動かない。だが、たぶん死んだときもそうだろう。

右手の人差し指にパルスオキシメーターがついている。

「コンピュ――」咳が出る。「コンピュータ、血中酸素飽和度は？」

「九一パーセントです」

「なんとかなるだろう」酸素マスクをはずして起き上がる。動くたびに包帯をした腕が痛む。いろいろなものを引っ張って、身体からはずす。

左手を開いたり閉じたりしてみる。筋肉が少しだけピリピリする。

ぼくは一瞬、超高温、超高圧のアンモニアの突風に襲われた。そして、肺と目に化学熱傷を負ったということのようだ。あと、たぶん腕に物理的な火傷も。左半身は突風にさらされていた。

二九気圧、摂氏二一〇度（華氏なら四〇〇度以上）の突風。近くで手榴弾が炸裂したようなものだろう。傍注：誰も舵を取る者がいない状態で惑星に激突しなかったのは、幸運以外のなにものでもない。

船はいま安定軌道に乗っているか、エイドリアンの重力圏から完全に離脱したか、どちらかだろう。思わず首をふる。燃料ベイにどれくらいパワーが残っているのか、考えると笑えてくるほどだ。まだ惑星の近くにいるのかどうかさえわからないとなっては、なおさら……ワオ。

いま生きているのは幸運の賜だ。それ以外にいいようがない。あの瞬間以降にぼくがしたことはすべて宇宙からぼくへの贈り物だ。ベッドから下りて、エアロックのまえに立つ。重力は依然として〇・五Gで、すべて逆さまのままだ。

ロッキーのためになにができるだろう？

エアロックの透明の壁をはさんで、ロッキーのまえにすわりこむ。壁に手を当てる。が、感傷的すぎる気がして引っこめる。オーケイ、ぼくはエリディアン生態学の基本の基本ぐらいは知っている。だがそれで医者が務まるわけではない。

タブレットをつかんで、これまでにつくったいろいろなドキュメントをスワイプしていく。彼が話したことをすべて覚えているわけではないが、とりあえず記録はみっちり取ってある。

深刻な傷を負うと、エリディアンの身体は、いっきにすべてのことをするためにシャットダウンしてしまう。ロッキーの小さな細胞たちがしっかり仕事をしていることを祈りたい。かれらが、つぎの三つのダメージの治し方を知っているといいのだが——①通常暮らしている二九気圧が一気圧に低下したことによるダメージ、②突然、酸素にさらされたことによるダメージ、そして③通常より二〇〇度近く低い温度にさらされていたことによるダメージ。

心配をふりはらって聞き書きの記録に意識をもどす。

「あ、これだ！」

欲しい情報が見つかった——彼の甲羅のラジエーターの毛細管は脱酸合金でできている。循環系が水銀ベースの血液をその毛細管に送りこみ、その上を空気が通る。エリドの酸素のない空気ではこれはまったく合理的なことだ。が、ぼくらの空気だと、これがまさに火種になる。

人間の髪の毛より細い高温の金属パイプの上を酸素が通過した。そしてパイプが燃えた。それがぼくが見たロッキーの通気口から出ていた煙の源だ。彼のラジエーターがまさに燃えていたのだ。なんてことだ。

その器官全体が煤やらなにやら燃焼の結果できたものでいっぱいになってしまったにちがいない。そして毛細管は酸化物で覆われ、熱伝導率は極端に落ちる。くそっ、酸化物は断熱材だ。考えうる最悪のシナリオじゃないか。

オーケイ。もし彼が死んでしまったのなら、それはもうどうしようもない。なにをしてもこれ以上、彼を傷つける可能性はない。だが、もし生きているのなら、助けなければならない。なにかしなければならない。

だが、なにを？

いくつもの気圧。いくつもの温度。いくつもの大気組成。そのぜんぶの動静を見ていなければならない。ぼく自身の環境、ロッキーの環境、そしていまはエイドリアンのアストロファージ繁殖エリアの環境も。

しかしまずは——重力。もう『ポセイドン・アドベンチャー』の世界で暮らすのはうんざりだ。この船を正しい姿にもどさなくては。

コントロール・ルームへ〝下りる〟。中央のパネルはめちゃくちゃだが、ほかはちゃんと機能する。それに交換が可能だ。時間ができたら代わりのを設置しよう。

〝遠心機〟スクリーンを呼び出してコントロールを少しつつきまわり、ついにクルー・コンパートメント反転のマニュアル・コントロールを発見。オプションのかなり奥深くに埋もれていた——危機的事態のさなかに探そうとしなくてよかった。

クルー・コンパートメントに反転しろと指示する。非常に非常にゆっくりと、だ。速度は毎秒、角度一度に設定したから、ぐるりと回るのに三分かかる。ラボからドシン、ガタン、ガラガラという音がしこたま聞こえてくる。ロッキーがこれ以上、傷つかなければいいが。それだけが気がかりだ。このゆっくりとした回転でロッキーの身体はエアロックの天井沿いにすべり、それから壁沿いにすべり、最後に床に落ち着く。とにかくそういうプランだ。

反転が完了すると、〇・五Gなのにもかかわらず、すべてが正常にもどったように感じられる。共同寝室に下りてロッキーのようすを確認すると、エアロックの床にいる。ちゃんと正しい側が上になっている。よかった。転がらずに、すべったということだ。

すぐにもロッキーをなんとかしてやりたいところだが、彼の命を奪っていたかもしれない冒険が無駄ではなかったことを確認しなければならない。船のエアロックへいってサンプル容器をつかむ。正直、ここに置いておいてよかった。あのクレイジーな急加速のあいだ、容器といっしょくたに丸めてあったEVAスーツがクッションの役割を果たしてくれたのだ。

ロッキーは賢明にも、内部の温度と圧力がサンプラーに表示されるようにしておいてくれた。エリディアンの六進法の数字で表示されるアナログなものだが、たっぷり見てきたから問題なく翻訳できる。ボールの内部は摂氏マイナス五一度、〇・〇二気圧だ。大気組成は前に分光計で調べてある。

オーケイ、それがぼくが再現しなければならない環境だ。

ラボに残っているものを整理する。左腕がほとんど動かせないから、作業はなかなかはかどらない。だがとりあえず、ものを脇へすべらせるのには使える。いまのところ、重いものは持ち上げられない。

少しだけヒビが入った真空容器を発見。直径一フィートほどのドラム型のガラスのシリンダーだ。ヒビにエポキシ樹脂を塗って、テストしてみる。空気を排出して真空を保っていられる。真空が保てるなら〇・〇二気圧も保てる。

サンプル容器をなかに入れる。

化学薬品収納キャビネットはしっかり壁に固定されたままだ。扉を開ける。もちろんなかはめちゃくちゃだが、ほとんどの容器は無事のようだ。地球のアストロファージが入っている小瓶をつかむ。なかには約一グラムのアストロファージが入っている。テスト用の備蓄に含まれている量だ。必要ならいつでももっと手に入る。船体のアストロファージベースの冷却ラインのどれかを切断すればいい。だが、いまはその必要はない。

サンプルは小瓶の底のとろりとした泥のようなものだ。小瓶を開けて綿棒でサンプルをすくい取る（この一グラムのアストロファージには一〇〇兆ジュールのエネルギーが詰まっている。そのことは考えないにかぎる）。

アストロファージを真空チャンバーの内壁に塗り付け、綿棒をサンプル・プローブの隣に落とす。

真空チャンバーから空気を抜く。

化学薬品の備蓄品のなかには気体が入った小さいシリンダーもいくつかある。ありがたいことにスチール製のシリンダーは頑丈だから、ぼくらがついさっきまでやっていた宇宙ピンボールも無事生きのびていた。インフィード・バルブから真空チャンバーに一度にひとつずつ気体を加えていく。狙いはエイドリアンの大気とおなじものをつくることだ。二酸化炭素とメタン、そしてアルゴンもポンプで送りこむ。たぶんアルゴンはなくてもいいと思う——貴ガスで、なにものとも反応しないはずだから。しかし、キセノンもそうだと思っていたら、けっきょくそれはまちがいだとわかった事実がある。

真空チャンバー内の空気をマイナス五〇度まで冷やす方法はないので、なかにいる生物が地球の室温に対応できることを祈るしかない。

アルゴンを注入しおえると同時に、カチッという音が聞こえた。サンプラーだ。ロッキーの設計通り、外の気圧がエイドリアンのアストロファージ繁殖高度の気圧とおなじになったので、小さなバルブが開いたのだ。ああ、ロッキー。あんなすごいエンジニアには会ったことがない。

オーケイ。ぼくはサンプルにとってできるかぎり無難な環境を用意した。大気組成と気圧はできるかぎりかれらが生まれた環境に近いものにしたし、エサになるアストロファージもたっぷり用意した。もしサンプルのなかに微小な捕食者がいるとしたら、元気でいてくれるはずだ。

包帯をした腕で額をこすったとたん、後悔した。痛くて縮み上がる。

「いつになったら覚えるんだ、ライランド？」自分に怒りをぶつける。「焼け焦げた腕を使うのはよせ！」

梯子を下りて共同寝室にもどる。

「コンピュータ、痛み止めを」

アームがのびてきて、錠剤が二錠入った紙コップと水が入ったコップを渡してくれる。なんなのかたしかめもせずに錠剤を飲む。

友をふりかえり、なにか打つ手はないかと考える……。


ロッキーをあのエアロックに押しこんで一日以上たつが、彼はまだまったく動いていない。だがぼくはその間、無為に時間をすごしていたわけではない。ラボでマッドサイエンティスト並みに一心不乱に、あるものをつくっていた。この手のガジェットづくりはまさにロッキーの得意分野だが、ぼくはぼくなりにベストを尽くした。

ほかのアプローチ法もいろいろ考えはした。だがけっきょく、ロッキーの身体は彼自身の治癒力にまかせたほうがいいという結論に達した。人間を手術するのさえ気が進まないのに、エリディアンの手術だなんて。どうするべきかは彼の身体が知っている。彼の身体にまかせるしかない。

といっても、ぼくはなにもしないということではない。なにが起きているのか、見当はついている。そしてもしそれがまちがいだったとしても、ぼくが考えた治療法が彼に害をおよぼすことはないはずだ。

いま、彼のラジエーター器官には煤や燃焼の副産物が大量に存在している。だから器官はちゃんと仕事ができていないはずだ。もし彼が生きているとしても、煤やなにかをきれいに排出するには時間がかかる。かかりすぎるかもしれない。

だとしたら、そこを手助けできるんじゃないのか？

完成したボックスを手に取る。六面のうち五面が閉じていて、一面だけ開いている。各面は厚さ四インチのスチールでできている。フライス盤を修理して、また動くようにするのに一日かかってしまったが、修理がすんだらこのボックスをつくるのは簡単だった。

ボックスのなかには強力なエアポンプが入っている。ただそれだけのものだ。これで高圧の空気をすさまじい力で噴射することができる。ラボで実験したら一フィート離れたところにある厚さ一ミリのアルミニウム板に穴を開けることができた。これは使える。ゼロからこれをつくりあげたぼくは天才だといいたいところだが、実際にはボックスをつくっただけだ。ポンプは高圧タンクのものを転用した。

ボックスにはバッテリーとカメラとステッピングモーターとドリルも入っている。すべて、この計画を成功させるのに必要なものだ。

ラボはある程度、片付けた。器具類のほとんどは使いものにならないが、いくつか直せそうなものもある。テーブルの反対側に移って、もうひとつ実験をする。

キセノナイトの小さいかけらがひとつある——鎖の輪っかを二〇万個つくったときの残りだ。そのかけらを、エポキシを惜しみなく使ってぎざぎざのドリルビットの端に接着して、一時間以上たっている。もういいだろう。

ドリルビットをつまみ上げると、キセノナイトもついてきた。全力で引きはがそうとしても、とれない。

ぼくはにんまり笑ってうなずく。うまくいきそうだ。

まだ少し実験が残っている。モーターのリモートコントロールは問題なく機能する。といってもほんとうの意味でのリモートコントロールではない。プラスチック容器のふたにスイッチが並んでいて、そのスイッチからワイアが出ている。ワイアはスチールに開けた小さな穴を通ってボックスのなかにのびている。穴の隙間は樹脂でふさいだ。このスイッチでボックスのなかのものをオンにしたりオフにしたりできる。それがぼくの〝リモートコントロール〟だ。あとはモーターが高温やアンモニアの影響を受けないことを祈るしかない。

すべてを共同寝室に持ってきて、エポキシ樹脂の準備をする。二剤をまぜてスチール製ボックスの開口部の縁にたっぷり塗る。そしてエアロックの壁に押し付けて接着させる。そのままボックスを押さえて待つこと一〇分。エポキシ樹脂が固まるまでテープかなにかで留めておいてもよかったのだが、完璧に密着させせたかったしどんなリスクも冒すわけにはいかなかったので、ずっと立って押さえていた。人間の手は、ラボにあるどんなツールよりすぐれた締め付け具だ。

ボックスからそっと手を離して落ちるのを待つ。が、落ちない。二回つついてみたが、かなりしっかりくっついているようだ。

五分で固まるエポキシだが、完全に固まりきるよう一時間待つことにする。

ラボにもどる。もどったっていいだろう？　ぼくのささやかな異星生物テラリウムがどうなっているか見てみようじゃないか。

あいにく、なんの変化もない。なにを期待していたのか自分でもわからない。真空チャンバーのなかで小さい空飛ぶ円盤が飛びまわっているとでも思ったのか？

だが、シリンダーは、さっきとなにも変わっていない。サンプラーはぼくが置いた場所にそのままある。内壁に塗ったアストロファージもそのままだ。綿棒は……。

おい……。

かがんで椅子に腰を下ろす。目を細めてチャンバーのなかをのぞきこむ。綿棒は変化していた。ほんの少し。ちょっと……毛羽立っている。

すごい！　あそこになにか見るべきものがあるかもしれない。これは顕微鏡で――。

ああ。

はたと気づく。サンプルを取り出す方法がない。その部分を完全に見落としていた。

「くっそー！」額をバシッと叩く。

目をこする。火傷の痛みと鎮痛剤のせいで頭が少しぼうっとしているのとで、集中できない。疲れもある。院生時代に、ひとつ学んだことがある――くたくたで頭が働かないときは、自分はくたくたで頭が働かないのだということを受け入れろ。その場ですぐになにか解決しようとするな。

いずれは開けなくてはならない密閉容器がある。どうやって開けるかは、あとで考えることにしよう。ここに、タブレットを引っ張り出して容器の写真を撮る。科学のルールその一：予期せずなにかが変化していたら、詳細に記録しろ。

そしてより科学的正確性を期すために、ウェブカメラを実験対象に向け、一秒に一コマの低速度撮影をするよう設定する。もしなにかがゆっくりと進行しているのなら、なんとしても知りたい。

コントロール・ルームにもどる。ぼくらはいったいどこにいるんだ?

〝ナビ〟コンソールを少しいじって、ぼくらはまだ軌道上にいることがわかった。軌道は安定的、ではある。が、おそらく時間がたてば減衰するだろう。しかし、あわてる必要はない。

船の全システムをチェックして、できるかぎりの診断をする。こんな事態に対処することなどまったく想定されていなかったにもかかわらず、船はほんとうによくやってくれた。

ぼくが投棄した二つの燃料ベイはもうなくなってしまったが、残る七つは問題なさそうだ。診断テストの結果、船体のあちこちにヒビが入っている。だがすべて内側のようだ。外側にはない。よかった。二度とアストロファージにエイドリアンを見せるわけにはいかない。

微小なヒビのひとつが赤で強調されている。じっくり見てみる。コンピュータがあわてている原因は、その場所だった。燃料エリアと圧力容器の端とのあいだの隔壁だ。コンピュータが不安を覚えるのも無理はない。

その隔壁は共同寝室の下の倉庫ベイと〝燃料ベイ4〟とを隔てているものだ。見ておこう。

ロッキーはまだ動いていない。それは驚くには当たらない。スチール・ボックスはまださっきのままだ。いま使ってもいいかもしれないが、やはり一時間待つことにする。

倉庫のふたのパネルを開けて入っている箱をいくつか引っ張り出し、懐中電灯とツールキットを持ってなかに下りる。狭い——高さがせいぜい三フィートくらいしかない。這いずりまわって二〇分、やっとヒビが見つかった。ヒビの縁にわずかに霜のようなものが盛り上がっていて、かろうじてそうだとわかった。真空中に逃げていった空気は、急激に低温になる。実際、霜ができているおかげで、空気が洩れるスピードは遅くなっているにちがいない。

とくに大問題というわけではない。洩れはごく少量だから、問題になるのは何週間もたってからだろう。それに船にはタンクに入った予備の空気が大量にあるはずだ。とはいえ、洩れを放っておいていいわけがない。小さい金属片に万能のエポキシ樹脂を塗ってひび割れをふさぐ。しっかりくっつくまで最低五分以上、押さえていなければならない。エポキシ樹脂は低温だと固まるのに時間がかかるのだが、洩れのせいで隔壁のこの部分は氷点下になっている。ラボへいってヒートガンを取ってくることも考えた……が、それも面倒だ。とにかく長めに押さえていることにする。一五分くらい押さえていただろうか。

ここに下りてきてからずっと、痛みで辟易している。腕が痛みっぱなしだ。刺すような痛みがずっとつづいている。鎮痛剤を飲んでまだ一時間もたっていないのに、もう効かなくなっている。

「コンピュータ！　鎮痛剤！」

「つぎに服用できるのは三時間四分後です」

思わず顔をしかめる。「コンピュータ、いま何時だ？」

「モスクワ標準時で午後七時一五分です」

「コンピュータ、時刻をモスクワ標準時午後一一時にセット」

「時計セット完了」

「コンピュータ、鎮痛剤」

アームが錠剤のパッケージと水のバッグを渡してくれる。すぐさまゴクリと飲む。なんてまぬけなシステムだ。世界の命運を託された宇宙飛行士が、鎮痛剤の服用量を調整できないと思っているのか？　まぬけめ。

オーケイ。もういいだろう。ボックスに意識をもどす。

まず必要なのは、ドリルでキセノナイトに穴を開けることだ。もし失敗したら、とんでもないことになってしまう。要するに、ボックスのなかのドリルでキセノナイトに穴を開け、その穴から入ってくる気体の圧にボックスが耐えてくれればいいのだが、果たしてうまくいくかどうか。ボックスが充分に固定されていないということもありうる。

医療用の呼吸マスクとアイプロテクションをつける。高温、高圧のアンモニアが噴き出してきても、それで死なないようにしておかなければならない。

前もって金属棒を削って、大釘のようなものをつくっておいた。いちばん太いところが、スチール・ボックスに入れてあるドリルビットより少し太いサイズになっている。大釘とハンマーを持って、かまえる。もしボックスが圧に耐えられずに吹き飛んでしまったら、キセノナイトに開いた穴にハンマーで大釘を打ちこんでふさぐ。ふさがってくれるといいのだが。

もちろん、圧でボックスが完全に吹き飛んでしまうとはかぎらない。ボックスの縁の接着剤のあたりから外に逃げていくかもしれない。もしそうなったら、ハンマーでボックスを叩き落としてから大釘を打ちこむ。

ああ、ばかばかしいほど危険だ。しかしこのままなにもしなかったらロッキーは助からないかもしれない。もしかしたらぼくは理性的でなければいけないのに感情的になってしまっているのかもしれない。だが、だからなんだというんだ？

ハンマーと大釘を握りしめる。そしてドリルを作動させる。

ドリルがキセノナイトを貫通するのにはかなりの時間がかかって、待っているうちに退屈して、なんだか落ち着いた気分になってきた。キセノナイトの厚さはわずか一センチなのに、ダイヤモンドに穴を開けようとしているかのようだ。ドリルビットがとりあえず折れたり欠けたりしないでいてくれるだけでも幸運と思うしかない。内部のカメラは作業がゆっくりと着実に進んでいるようすを映し出している。木材や金属を掘り進むのとはちがって、これはガラスに穴を開けるのに近い。細かい削り屑ではなく、大小さまざまなかけらが飛び散っている。

ついにドリルビットが反対側まで貫通した。すぐさま圧がかかってボックスのなかに押しもどされ、グイッと横に曲がる。小さなボックスにエリディアンの空気が突進してきて、ドンと音がする。とっさに目を細める。そして数秒後、またしっかりと開ける。

もしボックスが吹き飛ばされるなら、もう吹き飛ばされていたはずだ。密閉状態は保たれている。とりあえずいまは。ほっと安堵の溜息をつく。

だがマスクとゴーグルははずさない。いつ密閉が破れるか神のみぞ知るだ。

カメラ映像をチェックする。これは正確に狙う必要があるから、カメラの設置にあたっては細心の注意を払って――

映像が途切れた。

手首が痛くて我慢できず、引っこめてしまう。

ああ。そうだ。ウェブカメラは摂氏二一〇度、二九気圧の環境で使えるようにはできていない。そしてぼくがつくった頑丈なスチール製ボックスは、頑丈なスチール製ボックスのままだ。スチールはすぐれた伝導体だから、ボックスはもう熱くて触れない。

ぼくはまだアホなままだ。最初はエイドリアンのサンプル容器で、こんどはこれ。睡眠が必要だが、ロッキーのほうが大事だ。少なくともアホは永遠につづくわけではない。このままいこう。それはよくないとわかっているのに、そこを斟酌できないほどアホなのだ。

オーケイ、カメラは死んだ。ボックスのなかを見ることはできない。だがキセノナイトは透明だからエアロックにいるロッキーは見えている。この状態でなんとかするしかない。

高圧ポンプを作動させる。まだちゃんと動く――とりあえず音はしている。ロッキーめがけて非常に高圧の空気を噴射しているはずだ。二九気圧だと、空気は水とほぼおなじふるまいをする。当たったものをなぎ倒す力がある。だがアンモニアは透明だから、どこに当たっているのかわからない。

サーボ制御でジェット噴射の角度を調整する。ちゃんと機能しているのか？　まったくわからない。

ポンプの音がうるさくてサーボが働いているのかどうかもわからない。左右、上下、一定のパターンで変化させていく。

ついに手応えがあった。エアロックのなかのレバーのひとつが少し揺れたのだ。そこにロックオンする。レバーが数インチ、うしろに倒れる。

「やった！」

これでジェット噴射がどこを向いているかわかった。そこから推測して、ロッキーの甲羅にある通気口を狙う。なにも起きないので、グリッドサーチをかける。上下、左右、結果が出るまでつづける。

すると、ああ、すごい結果が出た！

どんぴしゃりだった。突然、ロッキーの甲羅の通気口から黒い煙が噴き出したのだ。彼の身体が燃えたときについたおぞましい粉塵や燃えかす。よっしゃ、と思った。古いパソコンのなかをエアダスターでシュッとひと吹きしたときのような満足感。

通気口ひとつひとつに当たるよう、ジェット噴射を前後に動かしていく。あとのほうになればなるほど、最初の通気口ほどの汚れは出てこない。通気口はぜんぶおなじ器官につながっているのだと思う——人間の口や鼻のように。開口部を複数持つことで冗長性と安全性を確保しているのだ。

数分たつと、煤のような粉塵はもう出てこなくなった。ポンプを止める。

「さあ、バディ」とぼくはいった。「ぼくができることはすべてやった。あとはきみがやってくれることを祈るのみだ」

そのあとは二つめ、三つめの閉じこめボックスづくりをしてすごす。そしてそれを最初のボックスにかぶせて接着剤で固定する。これでエリディアンの空気は三つの密閉を破らないとぼくのコンパートメントには入ってこられない。ここまでやれば充分だろう。

あとはロッキーが目を覚ましてくれることを祈るのみだ。

第21章

「個別でもいいんですよ」とぼくはいった。「ひとりずつでも」

目のまえのカウチに三人の宇宙飛行士がすわっていた。ぼくはこのミーティングのために休憩室を徴用して、鍵もかけていた。ヤオはいつものようにいかめしい顔つきでまんなかにすわっている。デュボアはその左側。背中のアーチが完璧な姿勢をかたちづくっている。イリュヒナはヤオの右側でまえかがみになってビールを飲んでいる。

「個人面談は必要ない」とヤオがいった。「このミッションに秘密が入りこむ余地はないので」

ぼくは椅子にすわりなおした。なぜストラットはこの仕事をぼくにやれといったのだろう？　ぼくは社交的な人間ではないから、デリケートな問題をどう切り出したらいいのかわからない。彼女はクルーがほかの誰よりもぼくを気に入っているというようなことをいっていた。なぜだ？　ぼくはいつもストラットの隣に立っているから、フレンドリーで快活な人間に見えるのかもしれない。

とにかく、打ち上げはもう一カ月後に迫っているから、このことは聞いておかなくてはならない。

「オーケイ」とぼくはいった。「一番手を務めたい方は？」

デュボアが手を上げた。「みなさんに異論がなければ、わたしから」

「どうぞ」ぼくはボールペンでささっと試し書きをした。「では……どんな方法で死にたいですか？」

　うん。気まずい話題だ。しかし聞いておかなくてはならない。この三人は、ぼくらがせめて戦うチャンスを得られるよう、命をさしだそうとしている。ぼくらに最低限できることは、それぞれが思い通りのやり方で死ねるよう手助けすることだ。

　デュボアはパリッとした手の切れそうな一枚の紙をぼくに手渡した。「わたしの要求が詳細に書いてあります。読めば手順はおわかりいただけると思う」

　ぼくが受け取った書面には箇条書きと図表、そしていちばん下には参考文献が記されていた。「内容は？」

　デュボアは書面のまんなかあたりを指さした。「わたしは窒素による窒息で死にたいと思っています。いろいろ調べた結果、それがもっとも痛みの少ない死に方なのでね」

　ぼくはうなずいて、メモを取った。

「その書面には、わたしの死を確実なものにするために必要な物品のリストも含まれています。個人的物品許容質量内に充分収まる量です」

　ぼくは眉間にしわを寄せたが、なにをいえばいいかわからないのをごまかすためという意味合いが大きかった。

　彼は膝の上で両手を組んだ。「といっても、窒素のタンクとEVAスーツに接続できる汎用コネクタというシンプルなものです。スーツを着用して、酸素でなく窒素を注入する。窒息反応は肺に二酸化炭素が過剰にたまることで起こります。スーツはわたしが吐き出す二酸化炭素をつねに取り除いているので、酸素が不足して起こるのではありません。あとは窒素だけが残る。するとわたしはただ疲れたなと感じる。多少朦朧とするかもしれない。そして意識を失う」

「はい」ぼくはプロ意識に徹しようと努めた。「EVAスーツが使えない場合はどうしますか？」

「下のほう、四番に代替策の詳細が書いてあります。EVAスーツが使えない場合はエアロックを使用します。エアロックの容積なら、二酸化炭素が蓄積されても不快にはならないと考えられます」

「オーケイ」ぼくはさらにいくつかメモを取った。が、じつはメモする必要などほとんどなかった。書面の内容は非の打ちどころのないものだった。「まちがいなく必要充分量の窒素が入ったタンクを用意します。洩れが生じた場合に備えて予備のタンクも載せておきます」

「すばらしい。ありがとうございます」

ぼくは書面を脇へ置いた。「イリュヒナ、あなたは？」

彼女はビールを下に置いた。「わたしはヘロインが欲しいわ」

全員が彼女を見た。ヤオでさえ少し青ざめていた。

「すみません、なにが？」とぼくはいった。

「ヘロインよ」彼女は肩をすくめた。「わたしは小さいときからずっと、いい子だったの。ドラッグはやらない。セックスはほどほど。だから死ぬ前にものすごい快楽を経験したいのよ。ヘロインで死ぬ人は多いでしょ。すごくいいんじゃないかと思って」

ぼくはこめかみをこすった。「あなたは……ヘロインの過剰摂取で死にたい、と？」

「すぐにじゃなくね」と彼女はいった。「楽しみたいの。最初はふつうの有効な量から。ハイになる程度のね。依存症患者はみんな、最初の何回かが最高だといってるわ。で、あとは下り坂だって。その最初の何回かだけ経験したいの。それから適当なときに過剰摂取」

「たぶん……できると思うけど」とぼくはいった。「過剰摂取で死ぬのはかなり苦しいことになる可能性もある」

彼女は手をふってその懸念を払いのけた。「いちばんいい服用スケジュールを医者につくってもらって。最初の何回かの、最大の快楽をもたらしてくれる量。それから、死ぬときに苦痛を感じなくてすむようにほかの薬が必要なら、それも致死量のヘロインに混ぜてもらって」

ぼくは彼女の要求をメモした。「オーケイ。ヘロイン。どこで手に入れればいいのかわからないけど、なんとかなると思う」

「あなたたちには世界を動かす力があるんだから」と彼女はいった。「製薬会社にヘロインをつくらせればいいじゃない。そうむずかしいことじゃないでしょ」

「たしかに。ストラットが電話を入れるとかなんとかすれば、いけそうだ」

ぼくは溜息をついた。二人終了。残るはひとり。「それでは。ヤオ船長、あなたは？」

「ぼくは銃を用意してもらいたい」と彼はいった。「92式手槍。中国軍の標準支給物だ。航行中、弾薬は乾燥したプラスチックの密閉容器に入れておいてもらいたい」

とりあえず、納得はできる。時間はかからないし、痛みもない。「銃。了解です。これは簡単だ」

彼は仲間のクルーを交互に見た。「最後に死ぬのはわたしだ。もしきみたちの方法でうまくいかなかったら、そのときはわたしがいるから銃で。万が一のときは」

「じつに配慮がいきとどいている」とデュボアがいった。「感謝します」

「わたしが楽しそうにしているときには撃たないでね」とイリュヒナがいった。

「了解」とヤオ。彼がぼくのほうに向き直った。「これでおしまいかな？」

「ええ」と、すでに立ち上がりながらぼくはいった。「非常に扱いにくい話題でしたが、ありがとうございました。ぼくはこれから……ちょっといくところがあるので」

ベッドのなかで身をよじる。腕の火傷がますます痛くなってきている。鎮痛剤はほとんど効いていない。イリュヒナのヘロインがどこかにないかと考えはじめている。

使わない、使わない。だが、これが特攻ミッションだったら絶対使ってしまうにちがいない。

そのことに集中しよう。これはもう特攻ミッションではない。カードを正しく使えば、世界を救って、しかも家に帰れる。

いくらか痛みが引く。強まったり弱まったり、波がある。機会があったら、火傷にかんする本があるかどうか調べてみよう。少なくとも、いつになったら痛みが治まるのか知りたい。

トントントン。

「うん？」

トントントン。

音の源のほうを見る。ロッキーがエアロックの壁を叩いている。

「ロッキー！」ベッドから転げ出て、床に落ちる寸前に右半身を下にする。床をひっかくようにしてエアロックの壁に向かう。「ロッキー、バディ！　大丈夫か？」

彼の身体のなかから低い単調な音が聞こえてくる。

「わからない。もっと大きな声でいってくれ」

「病気……」と彼がつぶやく。

「ああ、きみは病気だ。きみはぼくの空気のなかに入った。当然、病気になるさ！　もう少しで死ぬところだったんだぞ！」

彼は身体を持ち上げようとするが、すぐに沈みこんでしまう。「ぼくはどうやってここにもどる、質問？」

「ぼくがきみを動かした」

彼が鉤爪でトントンと床を叩く。「きみはぼくの空気に触れる、質問？」

「ああ、少しね」

彼がぼくの左腕を指さす。「腕の皮膚がなめらかではない。ダメージ、質問？」

ソナーで包帯の下まで見えるのだろう。相当、ひどい状態にちがいない。そうかもしれないと思ってはいたが、これではっきりした。「ああ。でも、よくなるから」

「きみはぼくを救うために自分にダメージ。ありがとう」

「きみもおなじことをした。きみのラジエーター器官は大丈夫か？　火がついて、煤と酸化物がいっぱいついていたんだ」

「いま治っているところ」彼が壁や床に大量についている煤を指さす。「これはぼくのなかから出る、質問？」

「イエス」

「どのようにぼくから離れる、質問？」

少し自尊心をくすぐられる。それはそうだろう？　簡単な仕事ではなかったし、とにかくやり遂げたのだから。エアロックの壁に取り付けてある、いまは三重になったスチール製のボックスを指さす。

「ぼくはきみに空気を吹きかける装置をつくった。きみのラジエーターの通気口めがけて空気を吹きかけたら、その汚いのが出てきたんだ」

彼はしばし沈黙していた。そしてまだ少し不安定な声でいった。「そのものはどれくらい長いあいだ、ぼくのなかにあった、質問？」

頭のなかで、あの日からのことを思い返してみる。「だいたい……二日間くらいかな」

「きみはもう少しでぼくを殺す」

「え？　どうして？　きみのラジエーターから煤をぜんぶ追い出したのに！」

彼が少し体重を移動させる。「黒い物質は煤ではない。ぼくの身体がこれをつくる。身体が治るあいだダメージをカバーする」

「え……。ああ、まさか……」

ぼくはラジエーターから煤を取り除いたわけではなかった。彼の傷のかさぶたを剝ぎ取ってしまったのだ！　「ほんとうに申し訳ない！　なんとかして助けようと思って」

「大丈夫。きみがもっと早くやっていたら、ぼくは死ぬ。しかし、きみがやる前、ぼくは充分治っている。取り除くことは少し助けになる。ありがとう」

両手で頭を抱える。「申し訳ない」と、もう一度いう。

「申し訳ないはいわない。きみはぼくをここに入れるとき、ぼくを救う。ありがとう、ありがとう、ありがとう」彼はまた立ち上がろうとするが、すぐにまた沈みこんでしまう。「ぼくは弱い。ぼくは治る」

ぼくはあとずさってベッドに腰かける。「きみはゼロGのほうがいいのかな？　そうなら遠心機を止めるけど」

「ノー。重力、治るのを助ける」彼は脚を甲羅の下に収めてベッドのようにしている。たぶん寝心地がいい体勢なのだろう。「サンプル容器は安全、質問？」

「イエス。いま、ラボにある。密閉容器のなかにエイドリアンの環境をつくって、サンプル容器といっしょにアストロファージも入れておいた。もう少ししたらどうなっているか見てみるよ」

「よい」と彼がいう。「人間の光感覚、とても役に立つ」

「ありがとう。しかしぼくの人間の脳はそれほど役に立たなかった。サンプルを容器から取り出す方法がないんだ」

彼が甲羅を少し傾ける。「きみはサンプルを密閉して、サンプルにアクセスできない、質問？」

「イエス」

「いつもはきみは愚かではない。どうして愚か、質問？」

「人間は睡眠が必要なときは愚かになるんだ。それから痛みを止める薬を飲んでいるときも。ぼくはいま疲れているし薬も飲んでいる」

「きみは寝るべき」

ぼくは立ち上がった。「もう少ししたら寝るよ。でもその前にぼくらの軌道を安定させないと。遠地点と近地点が……とにかく、よい軌道ではないんだ」

「愚かなときに軌道を修正する。よいプラン」

ぼくはにやりと笑った。「あたらしい言葉――〝皮肉〟。意見をいうときに、ほんとうの意味と反対のことをいう。それが、皮肉、だ」

彼が〝皮肉〟にあたるエリディアン語を奏でる。


疲れと薬のせいで、ぼくは赤ん坊のように眠った。目が覚めると気分は百万倍よくなっているのに、火傷の痛みは百万倍ひどくなっている。包帯を見ると、あたらしい。

ロッキーは作業台でツールを使ってなにかしている。彼のエリアはすっかりきれいになっていて、まるでできたてのようだ。「きみは起きている、質問?」

「ああ」とぼくは答える。「きみは気分はどうだ？　よくなってるのか？」

彼が鉤爪を小刻みに揺らす。「もっと多く治すことが必要。しかし一部は治り完了。たくさん動くことはできない」

頭をドサッと枕に落とす。「おなじだ」

「きみが寝ているあいだ、ロボットアームがきみの腕になにかする」

包帯を指さす。「布を取り替えたんだ。布を取り替えるのは人間が治るために重要なことなんだ」

彼は最新の発明品をさまざまなツールでつついている。

「それは何なんだ？」

「ぼくはラボへいってエイドリアンの生物が入っている装置を見る。いま、サンプルをなかから出して、きみの空気をなかに入れない装置をつくる」彼は大きなボックスを掲げてみせる。「きみの真空チャンバーをこのなかに入れる。これを閉じる。エイドリアンの空気が閉じこめられる」

彼がボックスの上部を開けて、ヒンジがついた二本のロッドを指さす。「これを外から操作する。サンプルを集める。きみの装置を閉じる。ぼくの装置を開ける。サンプルを得る。サンプルで人間の科学をする」

「よくできてる。ありがとう」

彼は仕事にもどる。

ぼくはベッドで横になる。したいことは山ほどあるが、ゆっくりやらなければならない。きのうのような〝愚かな日〟をくりかえすリスクを冒すわけにはいかない。きのうはもう少しでサンプルをだいなしにし、ロッキーを殺してしまうところだった。ぼくは自分が愚かだということを自覚できる程度には賢くなっている。これは進歩だ。

「コンピュータ、コーヒー！」

一分後、アームがカップ入りのコーヒーを手渡してくれる。

「なあ」コーヒーをすすりながらいう。「どうしてきみとぼくはおなじ音が聞けるんだろう？」

彼は装置のなかの電機子をいじっている。「役に立つ形質。両方、進化する。驚かない」

「ああ。でもどうして周波数がおなじなんだ？　どうしてきみはぼくに聞こえる周波数よりずっと高い音を聞いているとか、ずっと低い音を聞いているとか、そういうことになっていないんだ？」

「ぼくはずっと高い周波数も、ずっと低い周波数も聞いている」

知らなかった。だが、思いついていて当然といえば当然の話だ。音はエリディアンにとっていちばん重要な感覚入力だ。ぼくより広い範囲の音が聞けるに決まっている。しかし、それでもひとつわからないことがある。

「オーケイ。でもなぜオーバーラップしているんだろう？　どうしてきみとぼくはまったくちがう周波数を聞くことになっていないんだろう？」

彼が手にしたツールを下に置いたが、べつの二本の手はまだツールを使ってコツコツ作業をつづけている。作業を止めた手で作業台をひっかく。「きみはこの音を聞く、質問？」

「イエス」

「あれはきみに近づく捕食者の音。あれは逃げていく獲物の音。ものがものに触れる音、大変重要。聞くように進化する」

「ああ！　イエス」

いわれてみれば、簡単だ。声、楽器の音、鳥のさえずり、その他いろいろ——いくらでもちがう音がある。だが、ものとものがぶつかる音は、惑星がちがってもそれほどのバラエティはない。ぼくが地球で二つの石をぶつけても、エリドで二つの石をぶつけてもおなじ音がするだろう。地球人もエリディアンもその音を聞くことができる。ぼくらは選ばれた存在なのだ。

「もっとよい質問」と彼がいう。「どうしてぼくらはおなじスピードで考える、質問？」

ベッドのなかで横向きになる。「ぼくらはおなじスピードで考えてはいない。きみはぼくよりずっと速く計算できる。それにきみはなんでも完璧に覚えている。人間にはそんなことはできない。エリディアンのほうが頭がいい」

彼は空いている手であたらしいツールをつかみ、鋳掛け屋仕事にもどる。「計算は考えることではない。計算は手続き（プロシージャ）。記憶は考えることではない。記憶は貯蔵容量（ストレージ）。考えることは考えること。問題、解決。きみとぼくはおなじスピードで考える。どうして、質問？」

「うーん」

しばらく考える。じつにいい質問だ。どうしてロッキーはぼくの一〇〇〇倍賢くはないのだろうか？　あるいは一〇〇〇倍鈍くはないのだろう？

「うん……どうしてぼくらはおなじスピードで考えるのか、ぼくなりの理論が見つかった。と思う」

「説明する」

「知性は、ぼくらが、ぼくらの惑星にいるほかの動物に対して優位に立てるように進化する。しかし進化はなまけものだ。だからきみとぼくは、ぼくらは、ぼくらの惑星のほかの動物より少し賢い程度に知性的なんだ」

「ぼくらは動物よりずっと、ずっと賢い」

「ぼくらは進化の結果、この程度の賢さになっている。つまりぼくらは、ぼくらの惑星でいちばん優位に立てる最低限の知性の持ち主ということだ」

彼はじっくり考えている。「ぼくはこれを受け入れる。それでもまだ、どうして地球の知性がエリドの知性とおなじレベルに進化したか説明していない」

「ぼくらの知性は動物の知性をベースにしている。では動物の知性はなにをベースにしているのか？　動物はどれくらい賢くなる必要がある？」

「脅威や獲物を素早く認識してちゃんと行動できる程度に賢くなる必要」

「イエス、そのとおりだ！　しかしその素早くというのはどれくらいの時間だ？　動物はどれくらいの時間で反応しなければならないのか？　脅威から逃げられずに殺されてしまう、あるいは獲物に逃げられてしまう、どれくらいの時間がかかると、そうなってしまうのか？　ぼくは、それは重力がベースになっているんじゃないかと思うんだ」

「重力、質問?」彼はいじっている装置を完全に下に置いてしまう。ぼくは彼の全集中力を獲得した。

「ああ!　考えてみろよ。動物がどれくらい速く走れるかは重力で決まる。重力が大きければ、地面と接触している時間が長くなる。動きはより速くなる。けっきょく、動物の動きは重力より速くなくてはならないんだと思う」

「おもしろい理論。しかしエリドの重力は地球の二倍。きみとぼくはおなじ知性」

ベッドのなかで起き上がる。「地球とエリドの重力は天文学的に見たらたいして変わらない。だから、必要な知性もほとんどおなじなんだよ。もし重力が地球の一〇〇分の一しかない惑星の生物に出会ったら、ぼくらよりかなり愚かなやつに見えるんじゃないかと思うな」

「ありうる」といって、彼はまたガジェットいじりにもどる。「また類似。きみとぼくは両方とも、ぼくらの人々のために死んでもいいと考える。どうして、質問?　進化は死を嫌う」

「種のためになるからさ」とぼくはいった。「自己犠牲の本能が、種全体の存続の可能性を高めることになるからだ」

「すべてのエリディアンがほかの人のために進んで死ぬわけではない」

ぼくはクスクス笑った。「人間もおなじだよ」

「きみとぼくはよい人」とロッキーがいった。

「ああ」ぼくはにっこり微笑んだ。「そうなんだろうな」


打ち上げまであと九日。

ぼくは部屋のなかをぐるぐる歩きまわっていた。殺風景な部屋だが、ぼくはまったく気にしていなかった。簡易キッチンまで完備した可動住宅。ほかの大多数の人に比べたらましなほうだ。ロシア人たちはバイコヌール宇宙基地のコスモドロームから数マイルのところに臨時シェルターを建てるので手いっぱいだった。だがそれをいえば、最近はみんな手いっぱいの状態だ。

　とにかく、ここに着いて以来、ベッドはほとんど使っていない。つねになんらかの問題が持ち上がっていた。べつに大問題というわけではない。ただの……問題だ。

〈ヘイル・メアリー〉は無事、完成していた。二〇〇万キログラムの宇宙船と燃料は安定軌道に乗っている——国際宇宙ステーションの四倍の大きさなのに、一二分の一の期間で完成させた。マスコミは総費用がどれくらいになるのか、ずっと取材をつづけていたが、一〇兆ドルに達したあたりであきらめた。どうでもよくなってしまったのだ。もはや資源の有効利用などといっている場合ではなかった。それは地球対アストロファージの戦いであり、いくら金がかかろうとかまわなかったのだ。

　数週間前から欧州宇宙機関(ESA)の宇宙飛行士たちが乗り組んで、性能の確認作業をおこなっていた。テスト・クルーからは五〇〇件近い問題点の報告があり、ぼくらは過去数週間、その対策に追われているというわけだ。ただし、致命的な問題はひとつもなかった。

　もうまもなくだ。〈ヘイル・メアリー〉の打ち上げは九日後に迫っていた。

　ぼくはデスク代わりのテーブルで書類を右へ左へ動かしていた。ぼくがサインするものもあれば、翌日ストラットに見せるために脇へよけておくものもあった。いったいどういうわけでぼくは管理職になってしまったのか？　たぶん人は誰しも、生きていくうちには受け入れなくてはならないものがあるのだろう。これがぼくが演じるべき役割なら、演じるまでだ。

　ぼくは書類を片付けて、窓の外に目をやった。カザフスタンのステップは真ったいらで、なんの特徴もない。人はふつう重要なもののそばには打ち上げ施設はつくらない。理由はいうまでもない。

　子どもたちが恋しかった。

　何十人もの子どもたち。いや、何クラスも教えてきたから延べにすれば何百人だ。

かれらはぼくをののしったり真夜中に叩き起こしたりしなかった。かれら同士のもめ事は教師が強制的に握手させるか居残りさせると脅すかで数分で解決した。いくらか自己中心的だが、かれらはぼくを尊敬してくれていた。そう、それだ。ぼくはあれほど尊敬されていた日々が恋しかった。

溜息が出た。

ミッションがうまくいっても、あの子どもたちはきびしい時代をすごすことになる。〈ヘイル・メアリー〉がタウ・セチに着くまでに一三年、そして（クルーが問題の答えを見つけてくれたとして）ビートルズがぼくらの元にもどってくるのに一三年。どうすればいいかわかるまでに四半世紀以上の月日が流れてしまう。子どもたちは、そのときにはとっくに子どもではなくなっている。

「前進あるのみ」とぼくはつぶやいて、つぎの問題の報告書を手にした。どうしてメールではなく紙の書類なのか？　それはロシア人にはロシア人のやり方があって、かれらに文句をいうよりかれらの流儀でやるほうが簡単だからだ。

その報告書はESAのクルーからのもので、医学的栄養補給システムの〝懸濁液ポンプ14〟に異常が見つかったと記されていた。〝ポンプ14〟は三次システムの一部で、システム自体、九五パーセントは有効だった。しかしそれで我慢すればいいというものではない。打ち上げ質量にはまだ八三キログラムの空きがあった。ぼくはそこに懸濁液ポンプの予備を入れるようメモした。載せておけば、クルーが軌道を離れる前に交換できる。

報告書を脇へ片付けたとき、窓の外に一瞬、光が見えた。たぶん臨時シェルターにつづく未舗装路を走るジープだろう。窓からはときどきヘッドライトが見えることがあったから、べつに気にも留めなかった。

書類の山のつぎの案件はバラストに問題が起きる可能性にかんするものだった。〈ヘイル・メアリー〉はアストロファージを必要に応じて船体のあちこちに注入することで、質量中心が船体の長軸上に保たれる仕組みになっている。しかしぼくらはそれだけではなく、できるかぎりバランスを確保する方策を取っていた。ESAのクルーは倉庫コンパートメントに入っている供給品のバッグの一部をよりバランスが取れる配置に置き直し――

耳をつんざくような爆発音が部屋を揺らし、窓がビリビリ震えた。ぼくは衝撃波で椅子から投げ出され、窓ガラスの破片で顔に切り傷を負った。

そのあとは――静寂。

遠くで――サイレンの音。

ぼくはいったん膝立ちになり、それからやっと立ち上がった。口を二、三回開けたり閉じたりして、耳抜きをする。

よろけながらドアを開けると、最初に気がついたのはドアを出たらすぐにあるはずの小さな三段の階段が数フィート先にあることだった。つぎにドアと階段とのあいだの地面がかき乱されたばかりなのが目に入り、ぼくはなにが起きたのかを悟った。

階段は4×4材で、フェンスの支柱のように地面深く固定されている。可動住宅はまったく固定されていない。

つまり家がまるごと移動して、階段は元の位置に残されたのだ。

「グレース？　大丈夫？」ストラットの声だった。彼女の可動住宅はぼくの隣にある。

「ええ！」とぼくは返事をした。「いまのはなんだったんです？」

「わからないわ」と彼女がいった。「ちょっと待ってて」

それからすぐに懐中電灯の光が上下するのが見えた。すでにトランシーバーで話している。「エターー・ストラット。バスローブにブーツといういでたちだった。彼女がぼくのところにやってきたのだ。バスシトー・スルチーロシ？」と彼女は強い口調でたずねた。

「ヴズルィーフ・ヴ・イスレードヴァテリスコム・ツェントレ」と答えが返ってきた。

「調査センターが爆発したわ」と彼女がいった。

バイコヌールは打ち上げ基地だが、調査研究施設もあった。ラボではない。どちらかというと教室に近いものだ。宇宙飛行士たちは通常、打ち上げの一週間前からバイコヌールの打ち上げ基地ですごすのだが、かれらはたいてい打ち上げ当日直前まで勉強したがる。

「ああ、なんてことだ」とぼくはいった。「誰がいたんです？　誰がいたんですか？」

彼女はバスローブのポケットから紙束を引っ張り出した。「待って、待って……」紙に目を通しながら、見終えたものをつぎつぎと地面に落としていく。ひと目見て、なんなのかわかった——ぼくも一年間、毎日見ていたからだ。スケジュール表。これを見れば誰がいつ、どこで、なにをしているかがわかる。

探していたページにたどりついて、彼女が手を止めた。そして、まさしく息を呑んだ。「デュボアとシャピロ。アストロファージの実験でそこにいることになっている」

ぼくは両手で頭を抱えた。「まさか！　いや、まさかそんな！　調査センターはここから五キロも離れているんだ。その爆風でここがこれだけのダメージを受けるとしたら——」

「わかってる、わかってるわ！」彼女はまたトランシーバーをオンにした。「正規搭乗員——居場所が知りたい。報告せよ」

「ヤオ」最初の応答があった。「ベッドにいます」

「イリュヒナ。将校バーにいます。さっきの爆発はなに？」

ストラットとぼくは応答を待った。応答があることを祈っていた。

「デュボア」と彼女がいった。「デュボア！　居場所を報告せよ！」

静寂。

「シャピロ。アニー・シャピロ博士。居場所を報告せよ」

静寂がつづく。

彼女は深々と息を吸いこんで、吐き出した。そしてまたトランシーバーをオンにした。「ストラットから輸送部へ――ジープを一台よこして。行き先は地上管制」

「了解」と応答があった。

それからの数時間は、まさにカオスだった。基地全体が一時的に封鎖され、全員のＩＤ確認がおこなわれた。ぼくらの知るかぎりでは、最後の審判の日を奉じるカルト集団がミッションの妨害を企てているということだったが、不審な点は見当たらなかった。

ストラット、ディミトリ、そしてぼくの三人は掩蔽壕のなかにいた。どうして掩蔽壕なのか？ロシア人は徹底的にリスクを排除しようとしていた。爆発はテロリストの攻撃ではなさそうだったが、それでもかれらは万が一に備えて重要人物を守ることに全力を注いだ。ヤオとイリュヒナはどこかべつの掩蔽壕にいたし、科学部門の責任者たちもまたべつの掩蔽壕に入っていた。重要人物を分散させておけば、どこか一カ所がやられても致命傷にはならない。冷酷なロジックだが、けっきょくのところバイコヌールは冷戦中につくられた基地なのだ。

「調査センターのビルはクレーターになっているわ」とストラットがいった。「依然としてデュボアもシャピロも発見されていない。あそこで働いていた一四人のスタッフも」

彼女は自分のフォンで撮った写真をぼくらに見せた。

写真はセンターが完膚なきまでに破壊されてしまったことを物語っていた。現場一帯はロシア側が設置した強力な投光照明に照らし出され、大勢のレスキュー隊員が集まっていたが、かれらにできることはなにもなかった。

実質的には、なにひとつ残っていなかった。なんの残骸も、かけらさえも。ストラットはつぎからつぎへと写真をスワイプしていった。そのなかに何枚か、地面のクローズアップがあった。あたり一面に丸いキラキラ光るビーズが飛び散っていた。「このビーズはどうしたのかしら？」と彼女がいった。

「金属の凝縮物だ」とディミトリがいった。「これは金属が蒸発して、そのあと雨粒のように凝縮したことを意味している」

「なんてこと」とストラットはいった。

ぼくは溜息を洩らした。「あそこにあったもののなかで金属を蒸発させるほどの熱を生み出せるものはひとつしかない——アストロファージだ」

「わたしもそう思う」とディミトリがいった。「しかしアストロファージはたんに〝爆発〟したりはしない。いったいなにがあったんだ？」

ストラットはしわだらけになったスケジュール表に目をやった。「これを見ると、デュボアがアストロファージ・エネルギーを使った発電機（ジェネレーター）の実験をもう少しやりたいと希望して、シャピロはオブザーバー兼助手として立ち会っていたことになっているわ」

「それでは理屈が通らない」とぼくはいった。「あのジェネレーターは電気をつくるのにごくごく少量のアストロファージしか使わないんだから、ビルを吹き飛ばすなんてありえない」

彼女はフォンを下に置いた。「わたしたちは正規と予備、二人の科学スペシャリストを失ってしまった」

「悪夢だ」とディミトリがいった。

「グレース博士、交替可能な後任候補のリストを用意して」

ぼくはあんぐりと口を開けて彼女を見つめた。「あなたは石かなにかでできているんですか？　友人が二人、たったいま亡くなったんですよ！」

「ええ、みんな死ぬわ、わたしたちがこのミッションを完遂させないかぎりね。九日以内に代わりの科学スペシャリストを見つけるのよ」

涙がこみ上げてきた。「デュボアも……シャピロも……」ぼくはすすり上げ、目をこすった。「死んでしまった。二人とも死んでしまった……ああ、神さま……」

ストラットがぼくをひっぱたいた。「冷静になりなさい！」

「おい！」

「泣くのはあと！　ミッション第一！　去年つくった昏睡状態耐性者のリスト、まだ持っているわよね？　まずはそれを見る。あたらしい科学スペシャリストが必要なのよ。いますぐに！」

「いま、サンプルを集めている」とぼくはいった。

ロッキーはラボの天井を走るトンネルのなかからぼくを見守っている。彼がつくった装置は想定通りに機能している。透明キセノナイトのボックスには二つのバルブとポンプがついていて、なかの環境をコントロールすることができる。なかにはふたが開いた真空チャンバーが入っている。ボックスは気候コントロールまで可能で、なかは摂氏マイナス五一度に保たれている。

ロッキーはぼくがサンプルを（人間の）室温に長いこと放置していたといって、ぼくに説教をたれた。彼にはこの件にかんして山ほど言い分があって、彼の意見を充分に表現するために、ぼくらは〝無謀〟、〝まぬけ〟、〝無責任〟という言葉を共有ボキャブラリーに加えなくてはならなかった。

もうひとつ、彼がさかんに使っていた単語があったのだが、彼はその意味を頑として教えようとしなかった。

鎮痛剤を飲まなくなって三日がたち、ぼくの頭も一時よりはだいぶましになってきている。彼もとりあえずそこのところは理解してくれた——ぼくはたんに愚かな人間というわけではなく、愚かさが増量された状態だった、と了解してくれたのだ。

ロッキーはぼくが鎮痛剤なしで三回寝るまではだめだといって、すぐにはボックスを渡してくれなかった。腕はいまもひどく痛むが、彼のいうことももっともだった。

その三日のあいだに、ロッキーもだいぶよくなったようだ。彼の身体のなかでなにが起きているのかぼくには見当もつかない。見かけは変わらないが、動きは一時よりずっとよくなっている。といってもフルスピードで動けるわけではない。ぼくもそう。率直にいって、ぼくらはまだ歩く怪我人（ウォーキング・ウンデッド）という程度だ。

ぼくらは重力は〇・五Gのままにしておくということで合意していた。

ボックスのなかの鉤爪を二、三回、開けたり閉じたりする。「見てくれよ。ぼくはいまエリディアンだ」

「イエス。とてもエリディアン。早くサンプルを取る」

「きみはつまらないやつだなあ」綿棒をつかんで用意してあったスライドガラスのほうへ持っていく。綿棒でスライドガラスをこすり、はっきりしみがつくくらいこすったら、また真空チャンバーにもどす。真空チャンバーを密閉し、スライドガラスを小さい透明キセノナイト容器に入れて、ボックスを密閉する。

「オーケイ。これでいけるはずだ」バルブを回してぼくの空気を入れてから、ボックスの上部を開く。スライドガラスはキセノナイト容器に安全に収まっている。銀河系最小のかわいい宇宙船。少なくとも、ここにいるはずのエイドリアンの生物から見れば、そういうことになる。

顕微鏡のところまで移動する。

上のトンネルにいるロッキーもついてくる。「きみはそんな小さい光を見ることができると確信、質問？」

「イエス。古いテクノロジーだ。とても古い」トレイに容器をのせてレンズの焦点を合わせる。キセノナイトは透明度が高いから、顕微鏡で中身を見るのに支障はない。

「オーケイ、エイドリアン、きみはどんなものをプレゼントしてくれたのかな？」接眼レンズに顔を近づける。

いちばんはっきり見えるのはアストロファージだ。いつも通り、すべての光を吸収してしまうから真っ黒だ。これは予想通り。バックライトと焦点を調整する。すると、そこらじゅうに微生物がいた。

子どもたちとやった実験のなかでも、顕微鏡で一滴の水を見せるのは、ぼくのお気に入りの実験のひとつだった。水一滴、できれば外の水たまりから取ってきた水一滴、のなかには生物がうようよいる。この実験はいつも大成功だった。ただし、たまにしばらく水を飲みたがらなくなる子もいたが。

「生物がたくさんいる」とぼくはいった。「いろいろな種類の生物だ」

「よい。予想通り」

いて当然だ。生命を宿す惑星には、そこらじゅうに生物がいる。少なくとも、ぼくはそう考えている。進化は生態系内を隅から隅まで埋め尽くすのが大得意なのだ。

いまぼくは、これまで人類が見たことのない何百ものユニークな生命体を見ている。そのひとつひとつが異星生物種だ。にやにやせずにはいられない。だが、ぼくにはやらねばならない仕事がある。アストロファージがそこそこ集まっている部分を探す。もし捕食者がいるなら、アストロファージがいる場所にいるはずだ。そうでなかったら、相当だめな捕食者ということになる。

顕微鏡の内蔵カメラのスイッチを入れると、小さなＬＣＤスクリーンに映像があらわれる。スクリーンを調整して、録画設定にする。

「少し時間がかかると思う」とぼくはいった。「相互作用を見る必要が――どう、どう、どう！」

ロッキーがぼくの上で右往左往する。「なに、質問？　なにが起きる、質問？」

モンスターがアストロファージの凝集塊のほうへ急に向きを変える。アメーバのような不定形のどろっとした塊だ。そいつが自分よりずっと小さい獲物に身体を押し付けて、凝集塊全体を二方向から包みこんでいく。

アストロファージがのたうつ。なにかがおかしいと察知したのだ。逃げようとするが遅すぎた。ほんの少し移動はしたものの、止まってしまう。ふつうならアストロファージはあっというまに光速に近い速度まで加速できるのだが、いまはできていない。モンスターが排出する化学物質のせいで、加速できなくなっているとか？

囲いこみが完了して、アストロファージはまわりをすっかり囲まれてしまった。数秒後、アストロファージが細胞のような見かけになりはじめる。もうなんの特徴もない真っ黒な塊ではなく、顕微鏡の光で細胞小器官や膜が見えてきている。熱と光のエネルギーを吸収する能力を失ってしまったのだ。

アストロファージは死んだ。

「やった！　捕食者を見つけたぞ！　ぼくの目のまえでアストロファージを食べた！」

「発見！」ロッキーが歓声を上げる。「分離する」

「イエス、分離するぞ！」

「しあわせ、しあわせ、しあわせ！」とロッキーがいう。「きみが名前をつける」

備品のなかからピペットを取る。「そうはいかないよ」

「地球の習慣。きみが見つける。きみが名前をつける。捕食者の名前はなに、質問？」

「うーん」クリエイティブな気分にはなれない。興奮しすぎていて、ほかのことは考えられない。これはタウ・セチ由来のアメーバだ。「タウメーバ、かな」

タウメーバ。地球とエリドの救世主。

願わくば、そうであって欲しい。

ループタイが欲しい。カウボーイハットも。なぜなら、いまのぼくは牧童だからだ。牧場でおよそ五〇〇〇万頭のタウメーバを追い立てている。

ぼくがエイドリアンの空気サンプルのなかから数個のタウメーバを分離すると、ロッキーが繁殖タンクをつくってくれて、あとは連中にせっせと仕事をさせている。繁殖タンクといってもただのキセノナイトのボックスで、そこにエイドリアンの空気を満たしてアストロファージを数百グラム入れただけのものだ。

いまのところ、タウメーバは温度変化に非常に強いようだ。これもありがたい。ぼくはあの日、室温の状態で放置していたのだから。

悪いのは薬だ。

いま考えてみると、かれらが温度変化に強いのは当然といえば当然だ。かれらは摂氏マイナス五一度の環境に住んでいて、アストロファージを、つねに摂氏九六・四一五度のアストロファージを食べているのだから。誰だって温かい食事が好きだ、そうだろう？

そして、ああ、かれらはちゃんと繁殖している。それはまあ、繁殖してくれるようにぼくが大量のアストロファージを与えたからだが。いってみれば砂糖水が入った瓶にイースト菌を放りこむようなものだ。しかしぼくらは酒をつくるのではなく、タウメーバを増やしている。もう実験できるだけの量は確保できたので、いよいよ実験だ。

ヤギが一頭いて、それをぽんと火星に置くとする。ヤギはどうなる？　すぐに死んでしまう（それも悲惨な死に方で）。ヤギは火星で生きられるようには進化してこなかった。オーケイ。ではタウメーバをエイドリアン以外の惑星に置いたら？

ぼくはその答えを見つけたいと思っている。

ロッキーは、ラボの天井を走るトンネルの、ぼくが仕事をしているメインの作業台の真上に陣取って、ぼくが真空チャンバーのなかであらたに新鮮な空気を再現するのを見守っている。

「酸素はない、質問？」と彼がたずねる。

「酸素はない」

「酸素は危険」彼は内部器官に火がついてしまって以来、少し酸素に敏感になっている。

「ぼくは酸素を吸っているが、大丈夫だぞ」

「爆発の可能性」

ゴーグルをはずして彼を見上げる。「この実験には酸素は使わない。冷静になれよ」

「イエス。冷静」

作業にもどってバルブを回し、少量の気体を真空チャンバーに入れる。圧力計をチェックして――

「もう一度、確認。酸素はない、質問？」

きっと顔を上げて、彼をにらみつける。「二酸化炭素と窒素だけだ！　それ以外はなにもない！二度と聞くなよ！」

「イエス。二度と聞かない。すまない」

だが、責められないな、と思う。身体に火がついたら、誰だってトラウマになる。

ぼくらは、ここでは二つの惑星を扱わなくてはならない。いや、地球とエリドではない。それはぼくらが住んでいる惑星。いま考えなければならないのは金星とスリーワールドだ。そこではアストロファージが際限なく繁殖している。

金星はいうまでもなくわが太陽系の第二惑星。地球とほぼおなじ大きさで、分厚い二酸化炭素の大気に覆われている。

スリーワールドはロッキーの故郷の恒星系の第三惑星だ。スリーワールドというのは、とりあえずぼくがつけた名前で、エリディアン語の固有名詞はない。ただ〝惑星三〟と呼ばれているだけだ。かれらには、天体を見上げて神々にちなんだ名前をつけるような祖先はいなかった。かれらが系内の惑星を発見したのは、わずか数百年前のことだ。しかしぼくは〝惑星三〟で通す気にはなれなかったので、勝手にスリーワールドと命名した。

人類を絶滅から救うという話に異星生物がからんでくると、いちばん厄介なのはいろいろなものの名前だ。

スリーワールドはとても小さな惑星で、地球の月くらいの大きさしかない。だが、ぼくらの空気のない隣人とはちがって、スリーワールドにはなぜか大気がある。理由は？　見当がつかない。表面重力は〇・二Gだから、とても充分とはいえない。それでもどういうわけかスリーワールドは薄い大気をどうにか逃さずにつかまえている。ロッキーの話だと、大気の八四パーセントが二酸化炭素、八パーセントが窒素、四パーセントが二酸化硫黄、あとはさまざまな微量ガスだそうだ。それらが生み出す地表気圧は地球の一パーセント以下。

表示されている数値を確認して、よしとうなずく。そしてなかの実験のようすを視覚的にも確認する。このアイディアをぼくは非常に誇らしく思っている。

スライドガラスにアストロファージが薄くコーティングしてある。これはガラスにＩＲをあてて、それを見たアストロファージが裏側に突進するようにしてつくった。スピン・ドライヴがやっているのとおなじ方法だ。その結果、アストロファージの細胞一個分の厚みの層が一層だけできることになる。

つぎにスライドガラスにタウメーバを蒔いてやる。タウメーバがアストロファージを食べると、不透明だったスライドがだんだん透明になっていく。微小な生物の数を数えるより、光量を計るほうがずっと簡単だ。

「オーケイ……真空チャンバーのなかに金星の上層の大気ができたぞ。とにかく最善は尽くした」

アストロファージの繁殖ゾーンを規定しているのはおもに気圧だろうと、ぼくは推測していた。基本的にアストロファージは惑星に突っこむときには光速に近い速度からエアロブレーキで減速することになる。だがとても小さいからそんなに時間はかからないし、生じる熱はぜんぶがっつり食べてしまう。

結果的にアストロファージは大気が〇・〇二気圧のところに落ち着く。というわけで、今後、これがぼくらの気圧のスタンダードになる。金星の大気が〇・〇二気圧のところは高度七〇キロ前後で、温度は摂氏マイナス一〇〇度くらい（ありがたいことに、参考資料は無尽蔵だ！）。なのでアナログな金星の実験の温度はその数値に設定する。ロッキーの温度制御システムはいうまでもなく完璧だから、超低温にすることも可能だ。

「よい。こんどはスリーワールド」

「スリーワールドの〇・〇二気圧のところの気温は？」

「摂氏マイナス八二度」

「オーケイ、ありがとう」つぎのチャンバーに移る。アストロファージとタウメーバのセットアップはさっきのとおなじだ。適切な気体を入れてスリーワールドの〇・〇二気圧のところの大気と気温を再現する。関連情報はすべて、完璧な記憶を持つロッキーが提供してくれる。大気の組成は金星やエイドリアンとそれほど大きくは変わらない。ほとんどが二酸化炭素で、ほかの気体がいくらか混じっている。当然だ——アストロファージは見える範囲でいちばん二酸化炭素が多いところをめざすのだから。

どの惑星もヘリウムのようなものに覆われていなくてよかった。その手のものは船に積んできていない。しかし、二酸化炭素は？　これは簡単だ。ぼくは自分の身体でそいつをつくっている。では窒素は？　デュボアが選んだ死に方のおかげで、たっぷり積んである。

しかしスリーワールドの大気には二酸化硫黄が入っている。大気全体の四パーセントだ。無視するわけにはいかない量だったから、つくるしかなかった。ラボにはかなりの試薬がそろっているが、二酸化硫黄はなかった。しかし溶解状態の硫酸はある。そこで壊れてしまった冷凍庫の銅製の冷却コイルを回収して触媒として使うと、魔法のように二酸化硫黄ができた。

「オーケイ、スリーワールドも完了。一時間待って、結果をチェックしよう」

「ぼくらは希望を持つ」とロッキーがいう。

「イエス。希望を持とう。タウメーバはとても強い。真空に近い状態でも生きられるし、極端な低温でも快適にすごせるらしい。きっと金星でもスリーワールドでも生きていけると思う。どっちもタウメーバの獲物にとって快適な場所なんだから、タウメーバにとっても快適なはずだろう？」

「イエス。いろいろよいこと。すべてよいこと！」

「ああ。こんどばかりは、なにもかもうまくいってるな」

そのとき、明かりが消えた。

第22章

真っ暗闇だ。

なんの明かりもない。モニターの光も。ラボの機器のＬＥＤさえも。

「オーケイ、冷静に」とぼくはいった。「冷静に」

「どうして冷静ではない、質問？」とロッキーがたずねる。

そう、もちろん彼は明かりが消えたことに気づいていない。彼には目がないのだから。「いま、船がシャットダウンした。なにもかも止まってしまった」

ロッキーがトンネルのなかをあわてて走る音がする。「きみの装置は静か。ぼくの装置はまだ動いている」

「きみの装置はきみのジェネレーターから電気を取っているからな。ぼくのは船が電源だ。電気がぜんぶ消えてしまった。なにも動いていない！」

「これは悪い、質問？」

「イエス、悪い！　いちばん困るのは、なにも見えないってことだ！」

「どうして船がシャットダウン、質問？」

「わからない」とぼくはいった。「きみは光を持ってないか？　なにかキセノナイトを通してぼくの側を明るくできるもの、持ってないか？」

「ノー。どうしてぼくが光を持っている、質問？」

真っ暗なラボのなかを手探りで歩きまわって、へまをしでかす。「コントロール・ルームに上がる梯子はどこだ？」

「左。もっと左。そのまま左……イエス……まえに手をのばす……」

梯子段をつかむ。「ありがとう」

「驚き。人間は光がないと無力」

「イエス。コントロール・ルームにきてくれ」

「イエス」彼がトンネルのなかを走る音が聞こえる。

梯子を上っても真っ暗だ。コントロール・ルームも完全に死んでいる。モニターはオフ。エアロックの窓さえ慰めにならない——あの瞬間、船のそちら側がタウ・セチのほうを向いていてくれたらよかったのだが。

「コントロール・ルームも光がない、質問？」とロッキーがいう——たぶん天井の球根型の部屋にいるのだろう。

「なにも——待てよ……なにか見える……」

ひとつのパネルの片隅に赤い小さなLEDが灯っている。たいして明るくはないが、まちがいなく光っている。操縦席にすわり、パネルのコントロール装置に目を凝らす。操縦席が少しぐらつく。ぼくの修理がお粗末だったからだが、とりあえず床に固定されてはいる。

コントロール・ルームのほかの部分にはふつうのフラットパネルのディスプレイが並んでいるが、この小さな一角には物理的に押すボタンがあり、そばにはLCDディスプレイがある。光っているのはボタンだ。

当然、そのボタンを押す。それ以外どうしろというんだ？

ＬＣＤディスプレイがパッと明るくなって、かなり画素の荒いテキストがあらわれる――**第１ジェネレーター：オフライン。第２ジェネレーター：オフライン。非常用バッテリー：１００パーセント。**

「オーケイ。バッテリーはどうやって使うんだ……？」とつぶやく。

「もう少し待ってくれ」ＬＣＤパネル周辺をなめるように探して、ついに見つけた。プラスチックの安全カバーがついている小さなスイッチ。〝バッテリー〟と書いてある。これでいいはずだ。カバーを上げてスイッチをはじく。

「進歩、質問？」

薄暗いＬＥＤの光がコントロール・ルームを照らす――本来の明るさとは比べものにならない。いちばん小さいコントロール・スクリーン――そのスクリーンだけ――が、生き返っている。スクリーンの中央に〈ヘイル・メアリー〉のミッション・パッチがあらわれ、いちばん下に〝オペレーティングシステムをロード中……〟という文字が出る。

「一部、成功」とぼくはいった。「非常用バッテリーが機能している。だがジェネレーターはオフラインだ」

「どうして働かない、質問？」

「わからない」

「きみの空気はオーケイ、質問？　電気ない、生命維持ない。人間、酸素を二酸化炭素に変える。きみは酸素をぜんぶ使う、害を受ける、質問？」

「それは大丈夫。この船はとても大きい。空気が問題になるのはずっと先のことだ。この故障の原因を見つけるほうが大事だ」

「機械が壊れる。ぼくに見せる。ぼくが直す」

正直、悪くないアイディアだと思う。ロッキーならたいていのことはこなせそうだ。彼が天才なのか、エリディアンはみんなそうなのか。どちらにしても、ぼくは信じられないほど運がいい。とはいえ……彼が人間のテクノロジーをどの程度、扱えるのか？

「いいかもしれない。だがまずは、二つのジェネレーターがどうして同時に使えなくなってしまったのか、考えないと」

「よい質問。もっと重要――きみは電気なしで船を動かすことができる、質問？」

「ノー。なにをするにも電気が必要だ」

「そして、もっとも重要――軌道減衰までどれくらいの時間、質問？」

二度、まばたきする。「それは……わからない」

「早くやる」

「ああ」スクリーンを指さす。「まず、コンピュータが起きるのを待たなくてはならない」

「急げ」

「オーケイ。急いで待つよ」

「皮肉」

コンピュータの起動が完了して、スクリーンに見たことのないものがあらわれた。トラブルにかんするものだということはわかる。なぜならいちばん上に大きな文字で〝トラブル〟と書いてあるからだ。

停電の前にはあった使い勝手のいいユーザーインターフェース・ボタン類は消え失せている。スクリーンに出ているのは、黒地に白い文字で表示されたテキストだけだ。テキストは三つのブロックに分かれていて、左がぜんぶ漢字の中国語、まんなかがロシア語、右が英語。

たぶん通常は、誰がスクリーンを見ているかで、船が言語を変えるのだろう。だがこの〝セーフモードで起動〟的な画面は誰が読んでいるかわからないから、すべての言語で表示されているのだ。

「なにが起きる、質問?」

「このスクリーンに情報が出た」

「なにが悪い、質問?」

「まずは読ませてくれよ!」

ロッキーは心配事があると、ほんとうに面倒臭い。とにかく、ステータスレポートを読む。

非常用電源:オンライン
バッテリー:100パーセント
推定残り時間:04D、16H、17M
サバティエ反応生命維持:オフライン
化学吸収生命維持:オンライン　‼時間制限あり、延長不能‼
温度コントロール:オフライン
気温:22℃
気圧:40071PA

「船はぼくを生かしてくれているが、いまはそれ以外のことはなにもしていない」

「ぼくにジェネレーターを与える。ぼくが直す」

「まずはジェネレーターを見つけないと」

ロッキーが、がっくりと沈みこむ。「きみは船のパーツの場所を知らない、質問?」

「そういう情報はぜんぶコンピュータに入っているんだ! ぼくはそんなものぜんぶ覚えてなんかい

られない！」

「人間の脳、役に立たない」

「黙れ！」

梯子を下りてラボに入る。ここも非常灯がついている。ロッキーもトンネルを通って移動してくる。ツールバッグをつかんで、またつぎの梯子へと進む。ロッキーもついてくる。

「どこへいく、質問？」

「倉庫エリアだ。完全に調べきれていないのはそこだけだから。倉庫エリアはクルー・コンパートメントのいちばん下にある。ジェネレーターがクルーの手に届くところにあるとしたら、そこ以外、考えられない」

共同寝室に下りて、倉庫エリアに入りこむ。腕が痛い。這いずりまわって燃料ベイに隣接する隔壁を調べる。腕がますます痛くなる。

腕はもう痛みっぱなしなので、なんとか無視しようと頑張る。もう鎮痛剤を使うつもりはない。飲めば、とんでもない愚か者になってしまうのはわかっている。倉庫コンパートメントで仰向けに寝そべり、痛みが少しでも引いてくれるのを待つ。ここにはアクセス口になっているパネルがあるはずだ、そうだろう？　船の正確なレイアウトは覚えていないが、重要な装置は与圧エリア内にあるはず。それが根拠だ。合ってるよな？

どうやって見つける？　パネルがどこにあるかX線装置があれば——ああ、そうだ！

「ロッキー！　ここにドアはあるか？」

彼はしばし沈黙していた。そして壁を数回、トントンと叩いた。「六個、小さいドア」

「六個?!　うわあ。ひとつめがどこにあるか教えてくれ」コンパートメントの天井に手を当てる。

「手を足のほうに、そして左のほうに動かす……」

彼の指示にしたがって最初のドアにたどりつく。いやあ、ほとんど見えない。そもそも共同寝室の非常灯が薄暗いうえに、倉庫にはほんのわずかな光しか入ってこない。

パネルは、ラッチ部分がシンプルな頭がたいらなネジで留めてある。ツールキットから短いずんぐりしたドライバーを出してネジを回すと、パネルがパカンと下に開いた。なかにはパイプがあって、バルブがついている。表示がある――**一次酸素遮断**。これは絶対にいじりたくない。パネルを閉じる。

「つぎのドア」

ひとつひとつ、彼の指示通りに動いてパネルを開け、なかを確認していく。彼がソナーでパネルの奥にあるものを感知できるのはわかっているが、それは気が進まなかった。彼が感知したものをかぎられた共通言語で説明してもらうより、自分の目で見るほうがいい。

四つめのパネルの奥に、目的のものはあった。

思っていたよりずっと小さい。収納スペース自体が一立方フィートほどしかない。ジェネレーターは不規則な形の黒いケーシングに収まっている。それがジェネレーターだとわかるのは、そう書いてあるからにすぎない。遮断バルブがついた太いパイプが二本、そして見た目はきわめてふつうの電線が数本出ている。

「見つけたぞ」とロッキーに報告する。

「よい」共同寝室からロッキーの声が聞こえてくる。「持ち出して、ぼくに与える」

「まずぼくが調べる」

「きみは、これ、へた。ぼくが直す」

「ジェネレーターはきみの環境に耐えられないかもしれない」

「うーん」彼が唸る。

「もしぼくが直せなかったら、きみがぼくに細かく説明してくれ」

「うーん」

遮断バルブがある二本のパイプはアストロファージの供給ラインにちがいない。収納スペースの少し奥のほうを見てみると、表示があった。ひとつは〝燃料〟でもうひとつは〝廃棄物〟。まちがいない。

レンチで〝廃棄物〟ラインのバルブの栓を回す。ゆるんだとたんに黒っぽい液体が滴り落ちてきた。たいした量ではない。遮断バルブとぼくの側の管にあったものだけだ。死んだアストロファージを流すのに使っている液体だろう。少し手に取ってみる――ぬるぬるしている。油かもしれない。いいアイディアだと思う。どんな液体でもいいわけだが、油は水より軽いし、パイプが腐食する恐れもない。

つぎに〝燃料〟ラインの栓をゆるめる。こっちからも茶色い液体が出てきた。だがこんどはひどい匂いがする。

思わずひるんで、腕に顔を埋める。「うわっ！　なんだこれっ！」

「なにが問題、質問？」ロッキーが上から声をかけてくる。

「燃料が、ひどい匂いなんだ」エリディアンには嗅覚はない。ロッキーに視覚を説明したときはずいぶん時間がかかったが、嗅覚のほうは簡単だった。なぜならエリディアンにも味覚があるからだ。けっきょくのところ、嗅覚は味覚の領域に入るものなのだ。

「自然の匂い、それとも化学的な匂い、質問？」

もういちど、おっかなびっくり嗅いでみる。「腐った食べものみたいな匂いだ。アストロファージはふつうはそんな変な匂いはしない。ふつうはなんの匂いもしないんだ」

「アストロファージは生きている。アストロファージは腐るかもしれない」

「アストロファージが腐るはずはない」とぼくはいった。「腐るなんてそんなばかなこと――**ああ、まさか！　ああ、まさかそんな！**」

臭いぬるぬるを手でぬぐいとり、倉庫コンパートメントから這い出る。そして汚れた手を宙に浮かせたままどこにも触らないようにして、ラボへの梯子を上る。

ロッキーもトンネルをカタカタと移動する。「なにがおかしい、質問？」

「まさか、まさか、まさか、まさか……」最後は金切り声になっていた。心臓が口から飛び出しそうだ。吐き気がする。

ぬるぬるを少しスライドガラスに塗り付けて、顕微鏡に押しこむ。バックライトはつかないから引き出しに入っている懐中電灯をつかんでプレートを照らす。これでなんとかなるはずだ。

接眼レンズをのぞくと、いちばん恐れていたことが現実になってしまった。「ああ、なんてことだ」

「なにが問題、質問？」ロッキーの声がいつもより一オクターヴ高い。

両手で頭をつかむ。頭に臭いぬるぬるがついてしまったが、そんなことはどうでもいい。「タウメーバだ。ジェネレーターのなかにタウメーバがいる」

「タウメーバがジェネレーターを傷つける、質問？」とロッキーがいう。「ぼくにジェネレーターを与える。ぼくが直す」

「ジェネレーターは壊れていない。ジェネレーターにタウメーバがいるということは、燃料供給ラインにタウメーバがいるということだ。タウメーバはアストロファージをぜんぶ食べてしまった。電力がゼロなのは燃料がないからだ」

ロッキーがあまりにも勢いよく甲羅を上げたので、甲羅がトンネルの天井に当たってゴツンと音がした。「どのようにタウメーバは燃料に入る、質問？」

「ラボにはタウメーバがいる。密閉保存はしていなかった。考えもしなかった。きっといくらか逃げ出したんだろう。エイドリアンで死にそうな思いをしてからあと、船はヒビや穴や洩れだらけだ。燃料ラインのどこかに小さい穴が開いて、そこからタウメーバが入りこんだのにちがいない。ひとつ入れば充分だ」

「悪い！　悪い、悪い、悪い！」

過呼吸になってきている。「ぼくらは宇宙で立ち往生してしまった。永遠にここに釘付けだ」

「永遠ではない」とロッキーがいった。

ふっと顔を上げる。「え？」

「永遠ではない。すぐに軌道減衰。そしてぼくらは死ぬ」


つぎの日は一日中、手の届くかぎりの燃料ラインを検査してすごした。どこもかしこもおなじだった。油に浮かんだアストロファージの代わりに、タウメーバと（ありのままにいわせてもらうが）大量のタウメーバのウンチが詰まっている。ほとんどがメタンであとは微量の混合物だ。エイドリアンの大気中にメタンがあるのはこれで説明がつくのではないだろうか。生命の輪、とかなんとか。

ちらほら生きたアストロファージもいるが、圧倒的多数のタウメーバのまえには、かれらの命も風前の灯だ。生きているアストロファージを回収しても意味はない。ボツリヌス毒素で汚染された肉から、汚染されていない部分を切り分けようとするようなものだ。

「絶望的だ」いちばんあたらしい燃料サンプルをラボのテーブルにぶちまける。「どこもかしこもタウメーバだらけだ」

「ぼくはアストロファージを持っている。ぼくのエリアにある」とロッキーがいった。「約二一六グラム残っている」

「それじゃあ、ぼくのスピン・ドライヴを長いこと動かすことはできない。せいぜい三〇秒くらいだろうな。それに、そう長くは生きられないと思う。ぼくのエリアはそこらじゅうタウメーバだらけだから。きみのアストロファージはそっち側に安全にキープしておいたほうがいい」

「ぼくがあたらしいエンジンをつくる。タウメーバはアストロファージをメタンに変える。酸素と反応する。火をつくる。推進力をつくる。ぼくの船にいく。そこにたくさんのアストロファージ」

「それは……悪くないな」顎をつまむ。「タウメーバのおならを推進力にして宇宙を飛ぶ、か」

「タウメーバのつぎの言葉、了解しない」

「重要な言葉じゃない。ちょっと待っててくれ、計算してみるから……」

タブレットを引き寄せる──ラボのコンピュータ・スクリーンもオフラインのままだ。メタンの比推力は覚えていないが、水素‐酸素反応の比推力が約四五〇秒だということは知っている。これがベスト・シナリオということで考えていこう。アストロファージは二万キログラムあったから、これがいまはぜんぶメタンになっていると仮定する。船の乾燥質量は一〇万キログラム程度。この反応に必要なだけの酸素があるかどうかさえわからないが、いまは無視して……。

集中することは休みなく戦いつづけること。もうフラフラだ。わかっている。

計算機アプリを叩きまくって、首をふる。「だめだ。船の速度は秒速八〇〇メートルにも届かない。それじゃあ、エイドリアンの重力から脱出できない。ましてタウ・セチ星系内を一億五〇〇〇万キロも移動するなんて無理な話だ」

「悪い」

タブレットをテーブルに落として目をこする。「イエス。悪い」

彼がトンネルをカタカタと走って、ぼくの真上にくる。「ぼくにジェネレーターを与える」

ぼくはがっくりと肩を落とす。「どうして？　それでどうなるっていうんだ？」

「ぼくが掃除して消毒する。タウメーバ、ぜんぶ取り除く。ぼくのアストロファージで小さい燃料タンクをつくる。ジェネレーターを密閉する。きみに返す。きみが船に接続する。電力が復活する」

痛む腕をさする。「ああ。いい考えだ。ジェネレーターがきみの空気のなかで溶けなければな」

「もし溶けたら、ぼくが直す」

数百グラムのアストロファージでは銀河系を飛びまわることはできないが、船の電気系統に電力を供給するだけなら充分すぎるほどの量だ。その電力で……なにをするのか……少なくともぼくは一生、電力に不自由せずに暮らせる。

「オーケイ。ああ。いい考えだ。とりあえず船をオンラインにもどせる」

「イエス」

のろのろと重い足取りでハッチに向かう。「ジェネレーターを取ってくる」

こんな状態でツールを使うべきではないのだが、それでも突き進む。共同寝室にもどって狭い空間に入りこみ、ジェネレーターを取りはずす。いや、これは予備のジェネレーターかもしれない。わからない。とにかく、これはアストロファージを電気に変えてくれる。そこが肝心なところだ。

本来の共同寝室といえる空間にもどって、そこにあるエアロックにジェネレーターを入れる。ロッキーがエアロックを手順通りに動かして、ジェネレーターを自分の作業台に持っていく。二つの鉤爪がすぐに作業に取りかかる。三つめの鉤爪がぼくのベッドを指している。「ぼくは作業する。きみは寝る」

「そっちのアストロファージのなかにタウメーバが入りこまないように注意しろよ!」

「ぼくのアストロファージは密閉したキセノナイト容器のなか。安全。きみは、いま寝る」

どこもかしこも痛い。とくに包帯をした腕が痛い。「寝られない」

彼がさらにしっかりとベッドを指す。「きみはぼくに人間は一六時間ごとに八時間寝る必要があるという。きみは三一時間、寝ない。きみは、いま寝る」

ぼくはベッドに腰かけて溜息をつく。「たしかにその通りだ。とりあえず努力はしないとな。ハードな日だったよ。夜も。まさにア・ハード・デイズ・ナイトだ」横になって、毛布をかける。「その文章はおかしい」

「地球ではこういうふうにいうんだ。元は歌でね」目を閉じて、つぶやく。「……一日中イヌのように働いて……」

うとうとしかけて……。

「どうどう！」ガバッと起き上がる。「ビートルズだ！」

ロッキーが驚いてジェネレーターを取り落とす。「なにが問題、質問？」

「問題じゃない！　解決策だ！」思わずベッドの上で立ち上がる。「ビートルズ！　この船に、小さい船が四基、乗っている。それがビートルズという名前なんだ。そいつらが情報を地球へ送り届けてくれるんだ！」

「きみはそれを前にぼくに教える」とロッキーがいう。「しかし、それらはおなじ燃料を使う、正しい、質問？　アストロファージはぜんぶ死んでいる」

ぼくは首をふる。「ビートルズはアストロファージを使う、ああ、そうだ、しかしビートル一基一基は自律型で密閉されている。空気も、燃料も、なにもかも、〈ヘイル・メアリー〉と共有してはいないんだ。四基のビートルには、それぞれ一二〇キロの燃料が積んである！　アストロファージは大量にあるんだ！」

ロッキーがぶんぶん手をふっている。「ぼくの船にいくのに充分！　よいニュース！　よい、よい、よい！」

ぼくも、ぶんぶん手をふりまわす。「ぼくらはここで死ななくてすむかもしれない！　ビートルズを使うには、ＥＶＡをしないと。すぐにもどる」ベッドから飛び下りて梯子に向かう。

「ノー!」とロッキーがいう。部屋を仕切っているキセノナイトの壁に駆け寄って、コンコンと叩く。「きみは寝る。人間、寝ない、そのあと、うまく機能しない。EVAは危険。最初に寝る。つぎにEVA」

ぼくはぐるりと目を回す。「わかった、わかった」

彼がぼくのベッドを指す。「寝る」

「はい、ママ」

「皮肉。きみは寝る。ぼくは見守る」

「もうこれがいい考えだとは思えなくなってきた」と無線でいう。

「仕事する」ロッキーが容赦なく答える。

ぐっすり寝て、目が覚めたときはやる気満々。朝食もうまかった。少しストレッチもした。ロッキーが密閉したジェネレーターをプレゼントしてくれた。完璧に機能する、基本的に永遠に使えそうなジェネレーターだ。それをインストールすると、首尾よく船の電力が復活した。

ロッキーとぼくは、〝ブリップA〟にもどるのにビートルズをどう利用するのがベストか、話し合った。いまのいままで、なにもかもいい考えだと思っていた。

ぼくはEVAスーツに身を固めてエアロックのなかに立ち、なにひとつない茫漠たる宇宙空間を眺め渡している。惑星エイドリアンが反射する淡いグリーンの光でぼくを染め、船を照らす。と、エイドリアンがすーっと視界の外へ消えていく。ぼくは闇のなかだ。しかしそれも長い時間ではない。一二秒後には、ぼくの視界のてっぺんにまた姿をあらわす。

〈ヘイル・メアリー〉はまだ回転している。それが少々問題なのだ。

船の側面には、人工重力調整用に回転速度を上げたり下げたりするためのアストロファージを燃料とする小さいスラスターがついている。これはもちろん使えない。ほかのものとおなじでタウメーバのウンチでいっぱいになっているからだ。というわけで、ぼくはまた、重力に対処しなければならないEVAにのぞんでいる。だが、ぼくを虚空にふり落とそうとしているのはエイドリアンの重力ではなく、求心力だ。

どんな死だろうと死は死。だったらなぜ、今回のEVAはあのささやかなエイドリアン・サンプラーの冒険より恐ろしいのか？　それは、今回は船首でバランスを取らなければならないからだ。ひとつ動きをまちがえたら死に直結する。

サンプラーを取りにいったときはずっと船の胴体上だったし、テザーもしっかり使えたし、足をすべらせたとしてもそこらじゅうにある取っ手をつかめばよかった。

だが、ビートルズは円錐形の船首（ノーズ・コーン）に収納されている。

そして、いまは遠心機モードになっているので、船首は船のうしろ半分のほうを向いている。遠心機が生む重力の視点からいえば、ビートルズはクルー・コンパートメントの〝上〟にあることになる。ぼくはそこへ上っていって、船首を開けて、小さい宇宙船を取り出さなければならない。そのあいだじゅう、すべりませんようにと祈りながら、だ。船首にはテザーを留め付けるテザー・ポイントはない。だからずっと下のほうのポイントに留めるしかない。そうなると、もし落ちたらテザーがピンと張るときにはかなりの勢いがついていることになる。テザーは切れたりしないだろうか？　もし切れてしまったら、ぼくは遠心力で宇宙空間に放り出されてエイドリアンのいちばんあたらしい月になってしまう。

テザーを四重チェックする。万全を期して、それを二回くりかえす。テザーはエアロック内の重量（ハード）強化点（ポイント）とEVAスーツにしっかり固定されている。もしぼくが落ちても、そこで生じる力には耐えられるはずだ。

「そのはずだ」

外に出てエアロックの出口の上端をつかみ、身体を引き上げる。重力が一Gの環境だったら、フル装備でこんな真似は絶対にできない。

ノーズ・コーンの角度は浅いから、そのまますべり落ちることはない。もう一度テザーをチェックし、ノーズ・コーンの頂点めざして這い上がっていく。遠心力の影響で、進路が横にずれてしまう。船体との摩擦がぼくの横への動きを相殺してくれるよう、二フィートごとに止まらなければならない。

「状況は、質問?」

「前進中」

「よい」

頂点に到達。ここは回転の中心にいちばん近いから、人工重力はいちばん弱い。ささやかな利点だ。世界はのらくらと二五秒かけてぼくのまわりを一周している。その半分の時間は、エイドリアンがぼくの視界の下のほうを占めている。そのあと数秒間はタウ・セチの鮮烈な輝きが目に入る。そして、なにもなくなる。少し混乱するが、そう悪くはない。なんとなく気になるだけだ。

ビートル収納場所のハッチはあるべき場所にあった。ここは慎重にいかなければならない。なにひとつ傷つけたくない。

これはすべて特攻ミッションとして計画、設計されたものだ。〈ヘイル・メアリー〉が帰還することは想定されていない。内部のメカニズムには発火装置が仕込まれていて、このハッチを吹き飛ばすようになっている。ハッチが吹き飛んだら、ビートルズは発進して地球へと帰還する。よくできたシステムだが、ぼくとしては家に帰るのに、このハッチがなくなっていては困る。すべては空気力学の問題だ。

そう、空気力学。〈ヘイル・メアリー〉はいつ見てもハインラインの小説から抜け出してきたような姿をしている。銀色に輝くなめらかな船体、先が尖った船首。大気とかかわる必要のない宇宙船が、なぜそんな格好をしているのか？

それは星間物質があるからだ。宇宙空間にはごくごく少量の水素やヘリウムが漂っている。一立方センチメートルに原子が一個という程度だが、きみが光速に近い速度で飛んでいる場合には、これが大変な量になる。しかも大量の原子にぶち当たるというだけではない。きみの慣性系から見ると、この原子がふつうより重くなっているのだ。相対論的物理学は奇っ怪だ。

手短にいうと——船首は無傷の状態にしておかなければならないのだ。

パネルと発火装置が一体化したものは六つの六角ボルトで船体に留め付けられている。ツールベルトからソケットレンチを出して作業にかかる。

ひとつめのボルトをはずしたとたん、ボルトがノーズ・コーンの斜面をすべり落ちて、果てしない彼方へと消えていった。

「うーん……。ロッキー、ネジはつくれるよな？」

「イエス。簡単。どうして、質問？」

「ひとつ、落としてしまった」

「もっとよくネジを持つ」

「どうやって？」

「手を使う」

「手にはレンチを持ってるんだ」

「二本めの手」

「船体にもう片方の手をついて、身体を安定させてるんだ」

「三本めの——うーん。ビートルズを持ってくる。ぼくはあたらしいネジをつくる」

「オーケイ」

二本めのボルトに取りかかる。こんどは非常に注意深く。レンチを使うのは途中までにして、あとは手ではずす。EVAスーツの太い指は、この作業にはまったく向かない。このボルトひとつはずすのに一〇分かかった。それでもちゃんとやり遂げた。いちばん大事なのは落とさないということだ。はずしたボルトをスーツのパウチに入れる。ロッキーにこれを渡せば、おなじものをつくってもらえる。

つぎの三つのボルトは、はずしてそのまま落ちるにまかせる。たぶんしばらくのあいだはエイドリアンを巡る軌道に乗っているだろうが、永遠にではない。ここにいるぼくらに働きかけている小さな引きの力で、やがてスピードが落ち、ついにはエイドリアンの大気中に落ちていって燃え尽きる。

残るボルトはひとつ。だがその前に、パネルの発火装置があるのとは反対側の隅を持ち上げて指一本分くらいの隙間をつくる。ボルトの穴にテザーを通してそのテザー自体に留め付ける。そしてもう一方の端はぼくのベルトに留める。これでぼくには四本のテザーがついたことになる。これでいい。宇宙のスパイダーマンみたいに見えるかもしれないが、かまうものか。

テザーはあと二本、必要とあればいつでも使えるようにツールベルトに巻き付けてある。テザーは何本あってもいい。多すぎるということはない。

最後のボルトをはずすとパネルと発火装置が一体化したものがノーズ・コーンをすべり落ちていく。ぼくの横を通って、テザーの端で止まる。数回はずんで船体に当たり、ぶらぶら揺れている。

収納コンパートメントのなかをのぞく。ビートルズはちゃんとそこにある。ひとつひとつ個別の収納場所に収まっている。四基の小さい船はぜんぶまったくおなじ形だが、球根型の小さい燃料ベイにそれぞれの名前が刻まれている。もちろん〝ジョン〟、〝ポール〟、〝ジョージ〟、そして〝リンゴ〟だ。

「状況は、質問？」

「ビートルズを回収中」

まずジョンからはじめる。小さいクランプで固定してあるが、すぐにはずせた。船のうしろには圧搾空気のシリンダーがあって、ノズルが外側を向いている。きっとこれで発進させるのだろう。〈ヘイル・メアリー〉からだいぶ離れてからでないとスピン・ドライヴを駆動させるわけにはいかない。たとえどんなに可愛いチビのスピン・ドライヴでも、うしろにあるものはすべて蒸発させてしまうのだから。

ジョンはすごく簡単に取り出せた。記憶にあるより大きい――スーツケースくらいの大きさだ。いうまでもないが、不格好なグローブをつけてEVAをしているときは、なにを持っても実際より大きく見えるものだ。

ジョンのやつは重さも相当なものだ。地球の重力下だったら持ち上げられたかどうかわからない。予備のテザーでジョンを縛って、ポールに手をのばす。

ロッキーは必要とあれば、かなりのスピードで仕事をすることができる。そしていまはそのときだ。ぼくらはエイドリアンを巡る問題だらけの軌道に乗っている。コンピュータも誘導システムもすべてオンラインにもどったので、軌道が把握できた。すばらしいとはいいがたい。ぼくらの軌道はまだ極端な楕円形で、近地点があまりにも惑星に近すぎる。

ぼくらは九〇分ごとに大気のてっぺんに触れている。そこまでの高度だと、かろうじて大気といえる程度の状態でわずかな空気分子があたふたと飛びまわっているだけだ。しかしそんなものでもぼくらの速度をほんのわずか落とす力はある。その速度低下によって、つぎの軌道周回時にはぼくらは少し深く大気に浸ることになる。それからどうなるかは、いわずもがなだ。

ぼくらは九〇分ごとに大気をかすめている。これを何回つづけられるのか、正直いってぼくにはわからない。どういうわけかコンピュータには〝惑星エイドリアンを巡る極端な楕円軌道〟のモデルが入っていないのだ。

だから、そう。ロッキーは急いでいるわけだ。

彼はわずか二時間でポールを分解して、なにがどう機能するのかをほぼ把握した。これはけっして簡単な仕事ではなかった——ぼくらは、ポールをロッキーのエリアに入れる前に特性の〝冷却ボックス〟をつくらなければならなかった。ビートルズの内部にはプラスチック製の部品があって、ロッキーの空気中では溶けてしまうからだ。この問題の解決策はアストロファージの大きな塊だった。アストロファージは人間にとっては熱すぎて触れないが、プラスチックが溶けるほどの高温ではないし、過剰な熱はぜんぶ吸収して周囲のものを摂氏九六度に保ってくれる。

ポールの内部は電子機器と回路だらけだ。ロッキーはこっち方面はあまりよくわかっていない——エリディアンの電子工学は地球と比べるとかなり遅れている。ＩＣチップどころか、まだトランジスタも発明されていない。ロッキーと仕事をするのは、いってみれば一九五〇年からやってきた世界一のエンジニアがいっしょの船に乗っているようなものだ。ある種が、トランジスタも発明しないうちに恒星間旅行をするというと奇妙な感じがするが、ほら、地球だってトランジスタより先に核兵器やテレビを発明し、宇宙船の打ち上げも何度かやっていたのだから。

一時間後、彼はすべてのコンピュータ制御を迂回させた。迂回させるのにすべてを理解している必要はない——どのワイアが直接、電圧をかけるのかがわかればいいのだ。さらに彼はその場でささっとポールのスピン・ドライヴが音声入力の遠隔操作で稼働するようにしてくれた。人間は近距離でのデジタル・コミュニケーションにはたいてい無線を使うが、エリディアンは音声を使うのだ。

彼はリンゴとジョンでもおなじ作業をくりかえした。こんどは調べる作業がないから作業も速い。これで改造されていないのはジョージだけになった。小さなビートルズは推進力も小さいから数は多ければ多いほどいいが、どこかで線を引かなくてはならない。ひとつはまちがいなく当初の目的が果たせるよう、改造せずにそのまま残しておきたい。

ロッキーのおかげで、ぼくはこの特攻ミッションから生還できるかもしれないが、かならずという保証はない。〈ヘイル・メアリー〉の状態はお世辞にもいいとはいえない。燃料タンクは二つなくなってしまったし、洩れやらなにやらそこらじゅうダメージだらけだ。タウメーバはどこかに潜んで、ロッキーからもらうことになっている燃料を食ってやろうと待ちかまえている。帰還の旅が失敗に終わる理由なら最低一〇〇個は思いつく。だからぼくが出発する前にジョージに調査結果とタウメーバを載せて送りだすつもりだ。できれば二基残しておきたいところだが、どっち方向にしろ船が角度を変えるのに必要な推力を得るにはビートルが三基必要なのだ。

ロッキーが、改造したビートル三基を共同寝室のエアロックを通してぼくに渡してくれた。

「きみは船体に乗る」とロッキーがいう。「船の中心線から四五度を狙う」

「了解」溜息をつく。また回転する船の上でEVAだ。イェイ。

だが、ほかにどうしようもない。推進力がなければ回転を止めることはできないのだから。

EVA敢行。厄介なのは所定の場所にたどりつくことだけだ。エアロックは船首のそばで、ビートルズを取り付けるのは船尾のほう。そしていま船は二つの部分に分かれていて、そのあいだをつなぐのはケーブルだけだ。しかし〈ヘイル・メアリー〉の設計者は、ちゃんとこういうケースを想定していた。ケーブルにはテザーを留め付けられるループがついている。

ぼくは非ゼロG環境でのEVAというきわめて特殊な技能を必要とする作業にも多少、慣れてきている。それに船首での死の舞踏とはちがって、船尾のほうには取っ手がたくさんついている。ビートルズの取り付けは非常に簡単だ。ビートルズをロッキーのキセノナイト接着剤で取っ手にくっつけて、しっかり固着して永遠に離れなくなるまで押さえていればいい。

ついにジョン、ポール、リンゴの取り付け完了。それぞれのエンジンが船の中心線から四五度、外を向いた形で船体のぐるりに等分に設置した。

「ビートルズ取り付け完了」無線で報告する。「ダメージ・エリアを点検中」

「よい」とロッキーが応答する。

燃料タンクが破裂した地点までいく。見るべきものはあまりない——破裂したタンクはあのとき投棄したからだ。四角い船体プレートが一枚なくなっていて、タンクがあった場所がぽっかり空いている。その穴の周囲にはタンクが破裂したときの痕跡がはっきり残っている。ピカピカの船体プレートに黒い焦げ跡がついているのだ。左右のプレートは一見してわかるほどゆがんでいる。

「曲がっているパネルがある。焦げ跡がついているのもある。でも、そうひどくはない」

「よいニュース」

「焦げ跡があるのはおかしいと思わないか？　どうして焦げ跡があるんだ？」

「大量の熱」

「ああ。だが酸素はない。ここは宇宙空間だ。どうやって燃えるんだ？」

「理論——タンクのなかにたくさんのアストロファージ。一部はたぶん死んでいる。死んだアストロファージ、水がある。死んだアストロファージ、熱に弱い。水とたくさん、たくさんの熱、水素と酸素になる。酸素と熱と船体、焦げ跡になる」

「ああ、よい理論だ」

「ありがとう」

宇宙の吊り橋、つまりケーブルを渡って無事、エアロックにもどる。ロッキーはコントロール・ルームの天井にある球根型の部屋でぼくを待っていた。

「すべてよし、質問？」

「イエス」とぼくは答えた。「ジョン、ポール、リンゴのコントロール装置は大丈夫か？」

彼は三本の手にまったくおなじコントロール・ボックスを持っている。それぞれが無線で、船体に取り付けられた壁掛け式のスピーカー／マイクロフォンにつながっている。彼が四本めの手で無線送信ボックスをタップする。「通信確立。全ビートルズ、作動準備完了」

操縦席にすわってシートベルトを締める。このあとはすこしのあいだ不快な状況になる。

ビートルズを船の中心線に対して四五度の角度で取り付けたのは、船を必要なだけ傾けるためだ。船の回転のコントロールに使うこともできる。ただし、船が二つに分かれているときはビートルズは使えない。だからまずは二つの部分をひとつにしなくてはならない。

回転の慣性モーメントは現状のまま保存される。つまり船はこれからかなりのスピードで回転することになる。このあいだロッキーがぼくを助けなければならなかった、まさにあのときとおなじ速度で回転するのだ。あのときの慣性は増えも減りもしていない。

メインスクリーンに〝遠心機〟パネルを出す。というか、もともとのメインスクリーンの上のやつに。あのメインスクリーンはエイドリアン・アドベンチャーで壊れてしまった。だがこれは充分、使える。

「準備はいいか？」

「イエス」

「Gが強くなるぞ。きみは問題ないが、ぼくにとっては大問題だ。意識を失うかもしれない」

「人間にとって不健康、質問？」語尾がかすかに震えている。

「少し不健康。失神しても心配はいらない。とにかく船を安定させるんだ。回転が止まれば、ぼくは目を覚ます」

「了解」ロッキーが三つのコントロール・ボックスをしっかり握りしめる。

「オーケイ。さあ、いくぞ」遠心機をマニュアル・モードにして、警告ダイアログを三つとも無視する。まずクルー・コンパートメントを一八〇度回転させる。前とおなじように、ゆっくりとやる。だが、前とちがって今回はあらゆるものを固定したり補強したりしてある。だから世界がぐるぐる回っても重力の方向が変わっても、ラボや共同寝室のものが散乱することはない。

いまは、〇・五Gでコントロール・パネルに押し付けられるのを感じている。船首がまた船のうしろ半分から離れつつあるのだ。四つのスプールぜんぶに船の回転速度と関係なしにケーブルを巻き取るよう指示する。船のアイコンが指示通りにケーブルが短くなっていることを示し、身体がさらにシートベルトに食いこんでいく。

一〇秒後、六Gに達してほとんど呼吸できなくなる。喘ぎ、身をよじる。

「きみは健康ではない！」ロッキーが金切り声を上げる。「これを取り消す。あたらしいプランをつくる」

しゃべれないので首をふる。顔の皮膚がのびひろがって頬から離れていくような気がする。モンスターみたいな顔になっているにちがいない。視野の縁が暗くなってくる。これがトンネル視というやつだろう。いい名前だ。

トンネルがだんだん暗くなって、ついに真っ暗になる。

少しして目が覚める。とりあえず、そう長い時間ではないと思う。両腕がふわりと浮かんで、シートベルトがなければ椅子から浮き上がって漂っていってしまいそうだ。

「グレース、きみは大丈夫、質問？」

「うーん」目をこする。視界がぼやけているし、まだふらふらする。「ああ。状況は？」

「回転速度、ゼロ」と彼がいう。「ビートルズ、コントロール、むずかしい。訂正――ビートルズ、コントロール、簡単。ビートルズが推進する船、コントロール、むずかしい」

「でも、きみはやってくれたんだな。よくやった」

「ありがとう」

シートベルトをはずして、手足をのばす。どこも骨折していないようだし、前にやらかした腕の火傷以外、傷はなさそうだ。ゼロGにもどれて、正直うれしい。例によって、あちこち痛い。肉体労働をたっぷりしたし、火傷もまだ治っていない。あの厄介な重力がなければ、身体の負担も少なくてすむ。

モニターで、情報をひと通り確認する。「全システム、問題なし。少なくとも、あたらしくダメージを受けた箇所はない」

「よい。つぎの行動はなに、質問？」

「ぼくはこれから計算をする。大量の計算だ。ビートルズをエンジンとして使ってきみの船にもどるための推進継続時間と角度を計算しなくちゃならない」

「よい」

第23章

ミーティングがあるというから、時間ぴったりにいった。少なくとも、ぼくはそう思っていた。メールには一二：三〇と書いてあった。ところがいってみると、もう全員が席についていた。そして、しんと静まり返っていた。しかも全員がぼくを見つめていた。

当面のあいだ、事故にかんしては報道管制が敷かれていた。全世界がこのプロジェクトを見守っている。正規と予備の科学スペシャリストが死亡したことは、いまもっとも知られてはならないことだ。ロシア人についてはいろいろいいたいこともあるだろうが、秘密を守ることにかんしては、かれらはプロだ。バイコヌール宇宙基地は完全にロックダウンされていた。

ミーティング・ルームはロシア側が用意してくれたシンプルなトレーラーで、発射台がとてもよく見える。窓からはソユーズが見えていた。たしかにテクノロジー的には古いが、まちがいなく史上もっとも信頼の置ける打ち上げシステムだ。

ストラットとは爆発が起きた夜以来、話をしていなかった。彼女は即刻、特別調査の指揮を執る必要に迫られたのだ。調査をあとまわしにするわけにはいかなかった――爆発が、ミッションにかかわるなんらかの手順あるいは装置が原因によるものだったのかどうか、見きわめなければならなかったからだ。ぼくも調査に加わりたかったが、彼女が許してくれなかった。誰かが、欧州宇宙機関(ESA)チームから続々と入ってくる〈ヘイル・メアリー〉の細々した問題点の報告に対処しなければならなかった。

ストラットはまっすぐにぼくを見ていた。ディミトリは書類をいじっていた――たぶんスピン・ドライヴの改良にかんするものだろう。ロッケン博士――遠心機を設計した熱いノルウェー人――は指でテーブルをリズミカルに叩いている。ラマイ博士はいつもながらの白衣姿。彼女のチームは完全自動医療ロボットを完成させていた。彼女はいずれノーベル賞候補になるだろう。その日まで地球が生きのびていれば。ビートル・プローブを発明したクレイジーなカナダ人、スティーヴ・ハッチまでいる。少なくとも彼は、いつも通りの自然体で計算機を叩いている。彼のまえには紙類はない。計算機だけだ。

さらにヤオ船長とエンジニアのイリュヒナもいた。ヤオは例によってきびしい表情。イリュヒナの手元に飲み物はなかった。

「ぼく、遅刻ですか?」とぼくはいった。

「いいえ、時間通りよ」ストラットがいった。「すわって」

ぼくはひとつだけ空いている椅子にすわった。

「調査センターでなにが起きたのか、だいたいのところは把握できました」とストラットがいった。「建物は消えてしまいましたが、記録類はすべてデジタルだったので、バイコヌール全体の記録を扱っているサーバーに残っていました。さいわい、サーバーは地上管制棟にあるので。さらにデュボアは――なにしろデュボアなので――詳細な記録を残していました」

彼女は一枚の紙を取り出した。「彼のデジタル・ダイアリーによると、きのうは、アストロファージ動力のジェネレーターでごく稀に起こる可能性のある不具合にかんする試験をすることになっていました」

イリュヒナが首をふった。「それはわたしがやるべきだった。船のメンテナンスの責任者はわたしなんだから。デュボアもわたしにきいてくれればよかったのに」

「正確には、なにをテストしていたんですか？」とぼくはたずねた。

ロッケンが咳払いした。「一カ月前、ＪＡＸＡがジェネレーターに起こりうる、ある不具合を発見したの。ジェネレーターはアストロファージを使って熱をつくり、その熱が相変化材料を利用した小型タービンを動かすという、昔ながらの、信頼の置けるテクノロジーです。アストロファージがほんの少量あれば動く――一度に二〇個で充分よ」

「それなら安全だと思うけれど」とぼくはいった。

「ええ。でも、もしジェネレーターのポンプの減速システムが故障して、しかもその瞬間に燃料ラインに異常なほど大きいアストロファージの塊があった場合、反応チャンバーに最大一ナノグラムのアストロファージが入ってしまうことになるの」

「その結果なにが起きるんです？」

「なにも。ジェネレーターはアストロファージを照らすＩＲの量もコントロールしています。チャンバーの温度が高くなりすぎれば、ＩＲ照射を止めてアストロファージを落ち着かせる。確実なバックアップ・システム。でも、ひとつ、非常に確率は低いけれど起こる可能性のあるケースがあります。このシステムでショートが起きると、ＩＲが最大光量になり、連動している温度管理安全装置も迂回してしまう。デュボアはこのごく、ごく、稀なケースのテストがしたかったんでしょう」

「で、具体的にはなにをしたんです？」

ロッケンはすぐには答えなかった。くちびるが少し震えていた。が、ぐっとこらえて先をつづける。

「彼はジェネレーターのレプリカを手に入れていました――わたしたちが地上試験で使っているもののひとつです。彼は問題の極端なレアケースを再現するためにフィードポンプとＩＲの設定を変更していました。一ナノグラムのアストロファージすべて、いっきに活動させたらジェネレーターがどうなるか、見ようとしたんです」

「ちょっと待って」とぼくはいった。「一ナノグラムではビルが吹き飛ぶなんてことはない。最悪でも金属を少し溶かす程度でしょう」

「ええ」とロッケンはいった。深々と息を吸って、ゆっくり吐き出す。「少量のアストロファージはどんなかたちで保存されているか、ご存じよね?」

「もちろん」とぼくはいった。「プロピレングリコールに懸濁させて小さいプラスチック容器に入れてある」

彼女はうなずいた。「デュボアは調査センターの補給係将校にアストロファージ一ナノグラムを要求したのに、向こうがまちがえて一ミリグラム渡してしまった。容器はいっしょだし、微量だから、彼もシャピロもまちがっているとは知る由もなかったのよ」

「ああ、なんてことだ」ぼくはごしごしと目をこすった。「二人が考えていた量の一〇〇万倍の熱エネルギーが解放されてしまったんだ。そして建物もなかにいた人たちも蒸発してしまった。なんてことだ」

ストラットが書類をガサゴソと動かした。「単純明快な真実は、われわれにはアストロファージを安全に扱う手順や経験が欠けているということです。爆竹が欲しいといってトラック一台分のプラスチック爆薬を渡されたら、誰だっておかしいと思う。しかし一ナノグラムと一ミリグラムのちがいとなったら?　人間には区別のしようがない」

誰もなにもいわず、しばし沈黙がつづいた。ストラットのいう通りだった。ぼくらは広島型原爆レベルのエネルギーをなんでもないもののように扱ってきた。べつのシナリオでこんなことをしていたら、それはまさに狂気だ。しかし、ぼくらに選択の余地はなかった。

「それで、打ち上げは延期になるんですか?」とぼくはたずねた。

「いいえ。われわれはじっくり話し合い、全員が、〈ヘイル・メアリー〉の出発を遅らせることはできないということで合意しています。組み立ても試験も燃料注入もすべてすんで、あとは発進するだけです」

「軌道なんだよ」とディミトリがいった。「〈ヘイル・メアリー〉はケープカナベラルやバイコヌールからアクセスしやすいように五一・六度傾いたタイトな軌道に乗っている。しかしそれは減衰しつつある浅い軌道でもあるんだ。三週間以内に出発しないと、リブーストしてより高い軌道に乗せるためだけに、ひと集団、上に送りこまなくてはならない」

「〈ヘイル・メアリー〉はスケジュール通り出発します」とストラットがいった。「いまから五日後に。クルーは二日かけてフライト前チェックをするから、ソユーズは三日以内に打ち上げないと」

「オーケイ」とぼくはいった。「科学スペシャリストはどうするんですか？　ボランティアは世界中から何百人も集まっていると思いますが。なんなら選ばれた人に科学の特訓コースを――」

「もう決定しています」とストラットはいった。「じつは選考するまでもなくてね。絶対不可欠な知識を身に付けさせている時間はありません。学ぶべき情報が多すぎて。いくら最高峰の頭脳を誇る科学者でも、たった三日ですべて網羅するのは無理でしょうから。それに、忘れないで、昏睡状態耐性の遺伝子の組み合わせを持っているのは七〇〇〇人にひとりです」

そのあたりから、なぜか気が重くなってきた。「なんだか先が見えてきたような気がします」

「もうわかっていると思うけれど、あなたの検査結果はポジティブだった。あなたは七〇〇〇人にひとりの人なのよ」

「クルーへようこそ！」とイリュヒナがいった。

「待った、待った。まさかそんな」ぼくは首をふった。「どうかしてる。たしかにアストロファージのことはわかってるけど、宇宙飛行士のことはなにも知らないんですから」

「出発後、われわれが訓練します」ヤオが静かに、しかし確信に満ちた口調でいった。「厄介な仕事はわれわれがやります。あなたは科学面で役に立ってくれればいい」

「いや、ぼくはただ……何なんですか！　ほかに誰かいるでしょう！」ぼくはストラットを見た。

「ヤオの予備クルーは？　イリュヒナのは？」

「二人とも生物学者ではないわ」とストラットはいった。「〈ヘイル・メアリー〉のこと、その運用、ダメージの修復法にかんしては信じられないほどの技量を持つ熟練の専門家だけれど、それだけの時間で、必要な細胞生物学の知識をすべて叩きこむことはできません。世界一の構造技術者に脳外科手術をしろといっているようなものよ。専門分野がちがうの」

「リストにのっているほかの候補者たちは？　一次選考に残れなかった人たちは？」

「あなたほどの適任者はいません。率直にいって、あなたがたまたま昏睡状態耐性者で、わたしたちは運がいいと――望むべくもないほど運がいいと――思っているのよ。こんなに長いあいだ、あなたにずっとプロジェクトにかかわってもらっていたのは、中学の教師が必要だったからだと思う？」

「ああ……」

「あなたは船がどう動くか知っている」ストラットは先をつづけた。「アストロファージにかんする科学的知識もある。ＥＶＡスーツや特殊なギアの使い方も知っている。船とミッションにかんする重要な科学的ディスカッション、戦略ディスカッションにはすべて参加している――そこはしっかり出てもらうようにしたのでね。あなたは必要な遺伝子を持っている。だからあなたが確実に必要なスキルを身につけてくれるようにしたのよ。こんなことになって欲しくはなかったけれど、こうなってしまった。あなたは最初からずっと、科学スペシャリストの第三候補者だったのよ」

「い、いや、それはおかしいでしょう」とぼくはいった。「ほかに誰かいるはずですよ。もっとずっと才能のある科学者が。それに、ほら、ほんとうにいきたいという人が。そういうリストもつくったんでしょう？　ぼくのつぎの候補者は誰なんですか？」

　ストラットはまえにある書類のなかから一枚の紙を手に取った。「アンドレア・カセレス。パラグアイ人で蒸留酒製造所勤務。彼女は昏睡状態耐性者で、化学の学士号を持っていて、副専攻が細胞生物学。第一回の宇宙飛行士募集時に志願しているわ」

「すばらしいじゃないですか」とぼくはいった。「彼女を呼びましょうよ」

「でもあなたは何年も直接、訓練を受けてきた。船のこともミッションのことも隅から隅まで知っている。しかもアストロファージにかんしては世界をリードする専門家。カセレスをそこまで持っていこうにも残された時間はほんの数日しかない。グレース博士、あなたはわたしの仕事の仕方を知っている。誰よりもよく知っている。わたしは〈ヘイル・メアリー〉に可能なかぎり最大限のアドバンテージを与えてやりたいの。そしていまは、それがあなたなのよ」

　ぼくはテーブルに視線を落とした。「しかしぼくは……ぼくは死にたくない……」

「誰だってそうだわ」とストラットはいった。

「これはあなたが決めなければならない」とヤオがいった。「自分の意思に反して船に乗せられたクルーなど願い下げです。参加するなら自分の意思で参加してもらわないと困る。あなたが拒否するなら、われわれはミス・カセレスを受け入れて、彼女の訓練に全力を尽くします。しかしわたしは、なんとしてもあなたにイエスといって欲しい。何十億人もの命がかかっているんです。それほどの悲劇と比べたら、われわれの命などたいした問題ではない」

　ぼくは両手で頭を抱えこんだ。涙がこみ上げてくる。どうして自分の身にこんなことが起きてしまったんだ？　「考えさせてもらえますか？」

「ええ」とストラットはいった。「でもあまり時間はないわ。あなたの答えがノーなら、急いでカセレスを呼び寄せなくてはならないから。答えは本日午後五時までにお願いします」

ぼくは立ち上がり、足をひきずって部屋をあとにした。失礼しますのひとこともいわなかったと思う。いちばん親しい仕事仲間たちが声をそろえてきみは死ぬべきだといっているような、暗く重苦しい感覚。

ぼくは腕時計を見た——午後一二時三八分。結論を出すまでに残された時間は四時間半だった。

〈ヘイル・メアリー〉のスピン・ドライヴは現在の質量を考えると、信じられないほどの動力過剰になっている。地球を出発したときの船の重量は二一〇万キログラムだった——その大半は燃料だ。いまの船の重量はたったの一二万キログラム。出発時の約二〇分の一だ。

〈ヘイル・メアリー〉の質量が比較的小さいおかげで、闘志満々の小さなビートルたちは三基の力を合わせて、ぼくに一・五Gの推力を与えてくれる。ただしこの船は、船体のEVA用取っ手を四五度の角度で押す推力を受け止めるように設計されているわけではない。もしビートルズにフルパワーを発揮させたら、かれらは取っ手を引き裂いて沈みゆくタウ・セチのなかへと飛び去っていくことだろう。

ロッキーは、船の回転を止めたときに、ちゃんとそのことを考えていた。いまは回転がコントロールできる状態になっているので、ぼくは神の思し召し通り、ゼロGでEVAをすることができる。ぼくは〈ヘイル・メアリー〉の軀体模型を3Dプリンターでつくって、ロッキーに渡した。彼はそれを精査して、一時間もたたないうちに解決策を見つけただけでなく、キセノナイト製の支柱までつくってくれた。

というわけで、またEVAだ。ビートルズにキセノナイトの支柱を取り付ける。こんどばかりは、すべてが予定通りに進んでいる。ロッキーはこれでもうビートルズが推力を全開にしても大丈夫だと請け合い、ぼくはその言葉をなんの疑いもなく受け入れた。あいつはエンジニアリングを熟知している。

複雑なエクセルのスプレッドシートに山ほど数字を叩きこんでいくが、たぶんどこかにエラーがあるにちがいない。まとめ上げるのに六時間かかったが、ついに正しいと思える答えが出た。少なくとも、これで〝ブリップA〟を目視できるところまではいけるはずだ。あとはそこからベクトルを微調整すればいい。

「準備はいいか?」と操縦席からたずねる。

「準備よし」と球根型の部屋のなかからロッキーが答える。彼は三つのコントロール装置を手にしている。

「オーケイ……ジョンとポールを四・五パーセントに」

「ジョンとポール、四・五パーセント、確認」と彼がいう。

たしかにロッキーはぼくが使えるコントロール装置をつくることもできたが、このほうがいい。ぼくはスクリーンをにらんで船のベクトルを注視していなければならない。ビートルズに集中する役は誰かにやってもらうほうがいい。それにロッキーは宇宙船のエンジニアだ。即席でつくったエンジンを動かすのにこれ以上の適任者がいるだろうか?

「ジョンとポール、ゼロに。リンゴを一・一パーセントに」

「ジョンとポール、ゼロ。リンゴ、一・一」

船を大雑把に目的方向へ向かう角度にするために、推進ベクトルを少しずつ何度も調整していく。そして船がついに正しいと期待したい方向を向いた。

「だめで元々だ。全速前進!」

「ジョン、ポール、リンゴ、一〇〇パーセント!」

急に速度が上がって一・五Gの重力がかかり、操縦席にドンッと叩き付けられる。船は（たぶん）一直線に、（願わくば）〝ブリップA〟めざして加速していく。

「推力、三時間維持」

「三時間。ぼくはエンジンを見る。きみはリラックスする」

「ありがとう。しかしまだ休んではいられない。いまのうちに重力を利用したいんだ」

「ぼくはここにいる。実験がどのように進むか、ぼくにいう」

「そうするよ」

いまはふたたび一一日間の遷移期間に向けて加速している最中だ。これに必要な燃料は一三〇キログラム――ビートルズが持っている量（ラボに置いてあるアストロファージ満タンのジョージの分も含めて）の約四分の一。これだけあれば、ぼくが軌道計算でどんなに愚かなまちがいを犯していたとしても修正がきく。

三時間後には巡航速度に達して、それからほぼ一一日間、惰性で進むことになる。遠心機の回転速度を上げたり下げたりはやりたくない。いや、やろうと思えばできる――ロッキーが回転をゼロにして証明してくれた。だがその過程は繊細で、推測に推測を重ね、絶妙のタイミングをとらえ、の連続だった。悪くしたら――ケーブルがもつれてしまいかねない。

というわけで、これから三時間は一・五Gで作業ができる。そのあとはしばらくゼロGになるから、ラボを襲撃するならいまだ。

梯子を下りる。腕が痛い。だが前よりはましになっている。包帯は毎日替えている――というかラマイ博士の驚異的医療マシンが替えてくれている。腕の皮膚全体が瘢痕に覆われている。腕と肩のひどい火傷跡は一生、消えないだろう。だが、皮膚の深層部は生きているのだろうと思う。そうでなかったら壊疽を起こして死んでいたのではないだろうか。あるいは、ぼくが見ていないときにラマイ博士のマシンが腕を切り落としていたかもしれない。

一・五Gに対応するのは久しぶりだ。足が文句をいっている。だがいまではこの手の苦情は慣れっこだ。

ラボのメイン・テーブルに向かう。メイン・テーブルではまだタウメーバの実験が進行中だ。実験に関係するものはすべてテーブルにしっかり固定してある。加速中にまたもや予期せぬ冒険に巻きこまれた場合に備えてのことだ。もちろん、タウメーバが足りないわけではない。前は燃料があったところに、山ほどある。

最初に金星の実験をチェックする。冷却メカニズムがかすかにウィーンと音を立てて、なかの温度を正確に金星の大気上層に等しい温度に保っている。もともとは一時間だけその環境に置いて培養するつもりだった。ところが停電になって、ほかに優先事項ができてしまった。それからもう四日。タウメーバにとっては、なにはなくとも時間だけはたっぷりあったわけだ。

ゴクリと唾を飲む。これは重要な瞬間だ。なかに入れたスライドガラスには厚さが一細胞分のアストロファージの層ができていた。タウメーバが生きていてアストロファージを食べていれば、光が通るようになっているはず。スライド越しに光が多く見えれば見えるほど、生きているアストロファージは少ないことになる。

気を引き締め、深呼吸して、なかを見る。

真っ黒だ。

呼吸が不安定になる。ポケットから懐中電灯を出して、裏から照らしてみる。光はまったく通らない。気分が落ちこむ。

並べて置いてあるスリーワールド・タウメーバ実験のほうへ移動する。なかをのぞくとおなじものが見えた。完全に黒い。

タウメーバは金星の環境でもスリーワールドの環境でも生きのびることができない。いや、たとえ生きているとしても、なにも食べていない。胃に穴があきそうだ。

もう少しなのに！　もう少しだったのに！　ここに答えがあるのに！　タウメーバがあるのに！　ぼくらの惑星を滅ぼそうとしているものを食べてくれる天与の捕食者がいるのに！　しかもタウメーバは食欲旺盛だ。あきらかに燃料タンクのなかで生きのび、繁殖している。それなのに金星やスリーワールドの環境では生きられない。いったいなぜだ？

「きみはなにを見る、質問？」とロッキーがたずねる。

「失敗」とぼくはいった。「実験は両方とも失敗だ。タウメーバはぜんぶ死んだ」

ロッキーが壁を殴る音が聞こえた。「怒り！」

「こんなに頑張ったのに！　ぜんぶ、無駄になってしまった！　ぜんぶ！」拳でテーブルを叩く。「このためにたくさんのことをあきらめたのに！　たくさんのことを犠牲にしたのに！」

ロッキーの身体が球根型の部屋の床にガンと当たる音が聞こえた。大きく落胆しているしるしだ。しばらく沈黙がつづく――ロッキーは球根型の部屋で甲羅を深く沈め、ぼくは両手に顔を埋めて。

ついに、なにかをひっかくような音が聞こえた。ロッキーが床から身体を持ち上げた音だ。「ぼくらはもっと働く」と彼がいった。「ぼくらはあきらめない。ぼくらは一生懸命、働く。ぼくらは勇敢」

「ああ、たぶんそうだよな」

ぼくはこの仕事にふさわしい人間ではない。ほんとうにふさわしい人間が吹き飛ばされてしまったから、最後の瞬間に代わりにおまえがいけといわれた。そしてぼくはここにいる。すべてわかっているわけではないが、とにかくここにいる。きっと、これが特攻ミッションだと承知のうえで志願したのだろう。地球を救うことはできないが、それは慰めになる。

ストラットのトレーラーハウスはぼくのトレーラーハウスの倍の大きさだ。トップの特権というやつだろう。だが公正な目で見ても、彼女には広いスペースが必要だった。彼女のまえの大きなテーブルは書類で覆われていた。一見しただけで少なくとも四種類の文字で書かれた六つの言語が混在していたが、彼女はなんの不自由も感じていないようだった。

部屋の隅にはロシア人の兵士がひとり立っていた。直立不動というわけではないが、かといってリラックスしているわけでもない。横には椅子があるが、あえてすわらずにいるようだ。

「どうも、グレース博士」とストラットは顔も上げずにいった。彼女が兵士を指さした。「そちらメクニコフ二等兵。あの爆発は事故だったということははっきりしているんだけれど、ロシア側はあくまでも万が一に備えるという方針でね」

ぼくは兵士に目をやった。「それで彼は架空のテロリストにあなたが殺されないよう見張っているということですか?」

「まあ、そんなところね」彼女が顔を上げた。「さあ、五時ね。結論は出た? 〈ヘイル・メアリー〉の科学スペシャリストになってもらえるのかしら?」

ぼくは彼女の正面の椅子に腰を下ろした。彼女と視線を合わせることはできなかった。「いいえ」

彼女は渋い顔でぼくを見た。「そう」

「いや……その……子どもたちが。子どもたちのために、ここに残らなくてはならないんです」ぼくはもぞもぞと身体をくねらせた。「たとえ〈ヘイル・メアリー〉が答えを見つけたとしても、ぼくらは三〇年近く、悲惨な年月をすごさなくてはならない」

「ええ、ええ」

「それで、ああ、そのう、ぼくは教師なわけです。教壇に立っているべきなんです。ぼくらは強く生き抜いていく世代をしっかり育てなければならない。いまのぼくらは軟弱です。あなたも、ぼくも、西洋全体がそうです。ぼくらは史上、先例のないほどの快適さと安定を享受して育った。これからの世界がうまく回っていくようにするのは、子どもたちの世代です。そしてかれらが引き継ぐのは混乱した世界だ。ぼくは子どもたちがきたるべき世界をきちんと受け止められるよう準備を整えてやることができる。そのほうが、ずっと多くの貢献ができる。ぼくは、ぼくが必要とされる場所に、地球に、とどまっているべきなんです」

「地球に」と彼女はくりかえした。「必要とされる場所に」

「え、ええ」

「〈ヘイル・メアリー〉には乗らずに。任務に必要な訓練はすべて受けているから、この大問題を解決する力になれるというのに〈ヘイル・メアリー〉には乗らずに」

「そういうことではありません」とぼくはいった。「つまり。多少はそういうことですが。しかし、ほら、ぼくはクルーという柄じゃないんです。勇敢な探検者じゃないんです」

「ああら、わかっているわよ」と彼女はいった。拳を握って少し横を向いていたが、やがてぼくに視線をもどした。これまで見たことのない燃えるような視線だった。「グレース博士、あなたは臆病者で、どうしようもないクソ野郎よ」

ぼくは思わず身を縮めた。

「子どもたちのことがそんなに気がかりなら、躊躇なく船に乗るはずだわ。そうすれば、何百人かの子どもたちの準備を整えてやるかわりに、何十億もの子どもを黙示録の世界から救ってやれるかもしれないんですからね」

ぼくは首をふった。「そういうことではなくて——」

「グレース博士、わたしがあなたのことを知らないとでも思っているの？」と彼女は怒鳴った。「あなたは臆病者よ。ずっとそうだった。書いた論文を人が気に入ってくれなかったからといって、将来を約束されていたキャリアを捨ててしまった。そしてクールな先生だといってあなたを崇拝してくれる子どもたちという安全圏に逃げこんだ。失恋するかもしれないから、本気でつきあった人はひとりもいなかった。あなたは疫病のようにリスクを避けているのよ」

ぼくは立ち上がった。「オーケイ、その通りです！ ぼくは怖いんです！ 死にたくないんです！ ぼくはこのプロジェクトのためにめちゃくちゃ働いてきたんだ。生きる権利がある！ ぼくはいきません、これがファイナル・アンサーです！ リストの二番めの人物を──パラグアイの化学者をいかせてください。彼女はいきたがっているんですから！」

彼女は拳でドンとテーブルを叩いた。「誰がいきたいかはどうでもいいの。問題は誰がいちばん適任者かということよ！ グレース博士、申し訳ないけれど、あなたはこのミッションに赴くことになります。怖いのはわかる。死にたくないのもわかる。でも、いってもらいます」

「どうかしてますよ。もう失礼します」ぼくはくるりと向きを変えてドアに向かった。

「メクニコフ！」と彼女が叫んだ。

兵士が素早くぼくとドアとのあいだに立ちはだかった。

ぼくは彼女をふりむいていった。「冗談ですよね」

「イエスといってくれていたら、もっと簡単だったのにね」

「どういうプランなんです？」ぼくは親指でクイッと兵士を指した。「四年間の旅のあいだ、ぼくに銃を突きつけておくつもりですか？」

「旅のあいだ、あなたは昏睡状態よ」

早足でメクニコフの横を通り抜けようとしたが、彼は鋼鉄の腕でぼくを押しとどめた。べつに暴力的ではなかった。彼のほうがぼくより格段に力が強かっただけだ。彼はぼくの肩をつかんで、くるりとストラットのほうを向かせた。

「おかしいでしょう！」とぼくは叫んだ。「ヤオは絶対に納得しませんよ！　自分の意思に反して船に乗せられたクルーなど願い下げだとはっきりいったんですから！」

「ええ、あれには意表を突かれたわ。彼はこちらが困惑するほどりっぱな人格者だから」とストラットはいった。

彼女はみずからオランダ語で書いたチェックリストを取り上げた。「まず、あなたは打ち上げ当日まで独房に入れられる。誰とも連絡は取れない。打ち上げ直前に非常に強力な鎮静剤を投与されて意識を失い、われわれがソユーズに乗せる」

「ヤオが疑問を抱くとは思わないんですか？」

「ヤオ船長とスペシャリストのイリュヒナには、あなたが宇宙飛行士としての訓練が充分ではなかったから打ち上げ時にパニックを起こすかもしれないと心配して、意識を失っているほうがいいと、みずから選択したと説明します。〈ヘイル・メアリー〉に乗ってしまったら、ヤオとイリュヒナがあなたを安全に医療ベッドに寝かせて、昏睡状態過程にする。そこからの発進準備はすべて二人がやってくれる。あなたはタウ・セチで目を覚ます」

パニックの芽がふくらみだした。この狂気のシナリオはほんとうに実行されるのかもしれないという気がしてきた。「まさか！　そんなことできるはずがない！　ぼくは絶対にやらない！　こんなのは狂気の沙汰だ！」

彼女は目をこすった。「あなたが信じようと信じまいと、グレース博士、わたしはあなたのことが嫌いじゃないわ。あまり尊敬はしていないけれど、あなたは基本的にいい人だと思っているの」

「殺される側ではないから、軽々しくそんなことがいえるんだ！　あなたはぼくを殺そうとしているんだぞ！」涙が頰を伝い落ちた。「ぼくは死にたくない！　死出の旅に送り出さないでくれ！　お願いだ！」

　彼女は辛そうな顔をしていた。「わたしだって、あなた以上に、こんなことはしたくないのよ、グレース博士。なにか慰めがあるとしたら、あなたは英雄として讃えられるようになることかしらね。もし地球が生きのびたら、世界中にあなたの銅像が立つことになるわ」

「絶対にやるもんか！」激高のあまり息が詰まる。「ミッションをぶち壊してやる！　ぼくを殺す？　上等じゃないか！　ならぼくはミッションをだいなしにしてやる！　船に穴を開けてやる！」

　彼女は首をふった。「いいえ、あなたはそんなことはしない。いまのはただのこけ威(おど)し。いったでしょ、あなたは基本的にいい人なのよ。目を覚ましたら怒り心頭でしょう。ヤオもイリュヒナも、わたしがあなたになにをしたか知ったら、相当、腹を立てると思う。でもけっきょくあなたたち三人はタウ・セチに着いてしまっている。そして任務を果たすことになる。なぜなら人類の命運がかかっているから。あなたたちはやるべきことをやってくれると、わたしは九九パーセント確信しているわ」

「やってみればいい！」とぼくは金切り声で叫んだ。「さっさとやれよ！　やってみろよ！　なにが起こるか、たしかめればいい！」

「でもわたしは、九九パーセントでよしとするわけにはいかないのよ、そうでしょう？」彼女はふたたび書類に目を落とした。「わたしはつねづね、最高の尋問薬を持っているのはアメリカのＣＩＡだと思っていたんだけれど、じつはフランスだったって知ってた？　じつはそうなのよ。フランスの対外治安総局(DGSE)は逆行性健忘を引き起こす薬を完成させていたの。長い時間、遡って記憶を消せるのよ。何時間とか何日ではなく、何週間も。かれらはさまざまな対テロ作戦でこれを使ってきた。容疑者に尋問を受けたことを忘れさせるのに便利に使えるから」

　ぼくは恐怖の眼差しで彼女を見つめていた。叫びすぎて喉が痛かった。

「あなたが眠っているあいだに医療ベッドがその薬をたっぷりあなたに注入する。あなたも、ほかの二人も、記憶障害は昏睡状態の副作用だと思うでしょう。ミッションのことはヤオとイリュヒナがあなたに説明して、あなたはそのまま仕事に取りかかる。フランス側は、薬は訓練で身に付けたスキルや言語といったものにはなんの影響もおよぼさないと確約してくれたわ。健忘症が消える頃には、あなたたちはもうビートルズを送り返しているはずよ。もしそうでなかったとしても、そのときにはあなたはもうプロジェクトにどっぷりとのめりこんでいて、放り出すことなどできない」

彼女がメクニコフに向かってうなずいた。彼はぼくを引きずって部屋を出ると、羽交い締めにして廊下を進んでいった。

ぼくはドアのほうに首をのばして叫んだ。「こんなこと、していいわけがない！」

「子どもたちのことだけ考えなさい、グレース」部屋の戸口から彼女が声をかけてきた。「あなたが救うことになる子どもたちのことを。かれらのことを考えるのよ」

第24章

ああ、オーケイ。

そういうことだったのか。

ぼくは地球を救うために気高くも自分の命を犠牲にする勇敢な探検者ではない。文字通り、引きずられ、蹴飛ばされて、悲鳴を上げながらミッションに放りこまれるしかなかった怯えきった男だ。

ぼくは臆病者だ。

一瞬のうちによみがえった記憶だった。ぼくはスツールにすわってラボ・テーブルを見つめている。ヒステリー発作のような状態から……いまはこれ。こっちのほうがきつい。心が麻痺している。

ぼくは臆病者だ。

しばらく前から自分が人類を救う最高の希望の星ではないことはわかっていた。ぼくはただ昏睡状態耐性遺伝子を持っているというだけの男だ。それで納得していた。

しかし自分が臆病者だとは知らなかった。

あのときの感情も思い出した。パニックになった感覚も覚えている。ぜんぶ思い出した。純粋な、混じり気のない恐怖。地球のためでも人類のためでも子どもたちのためでもない。自分自身のためだ。完全なパニック状態。

「くたばれ、ストラット」とぼくはつぶやいた。

いちばん腹立たしいのは、彼女は正しかったということだ。彼女の計画はみごとに成就した。記憶がよみがえっても、ぼくはミッションにどっぷりはまっていて、この先もすべてを捧げる気でいる。それに、そうさ、ぼくはもちろん前からすべてを捧げる気でいた。ほかにどうしようもないだろう？ストラットを困らせるために七〇億の人たちを死なせろというのか？

いつのまにか、ロッキーがトンネルを通ってラボにきていた。いつからいたのかわからない。彼はくる必要はなかった——コントロール・ルームにいてもソナー感覚でなんでも〝見える〟のだから。それなのに彼はここにいる。

「きみはとても悲しい」と彼がいう。

「ああ」

「ぼくも悲しい。しかしぼくらは長く悲しまない。きみは科学者だ。ぼくはエンジニアだ。ぼくらはいっしょに解決する」

ぼくはイラッとして投げやりに両手をひろげた。「どうやって？」

彼はカタカタとトンネルを移動してぼくの真上までやってきた。「タウメーバはきみの燃料をぜんぶ食べる。したがってタウメーバは燃料タンクの環境のなかで生き残る、そして繁殖する」

「だから？」

「ほとんどの生物は自分の空気の外では生きることができない。エリドの空気のなかでないと、ぼくは死ぬ。地球の空気のなかでないと、きみは死ぬ。しかしタウメーバはエイドリアンの空気のなかにいないときも生きる。タウメーバはエリドの生物より強い——地球の生物より強い」

首をのばして彼を見上げる。「そうだな。それにアストロファージもすごくタフだ。かれらは真空中でも恒星の表面でも生きられる」

彼は二つの鉤爪をカチッと合わせる。「イエス、イエス。アストロファージとタウメーバはおなじ生物圏の生物。たぶんおなじ祖先から進化する。エイドリアンの生物はとても強い」

きちんとすわりなおす。「ああ。オーケイ」

「きみはすでに考えを持っている。質問ではない。ぼくはきみを知っている。きみはすでに考えを持っている。考えをいう」

溜息をつく。「うーん……金星、スリーワールド、そしてエイドリアン、ぜんぶ、大量の二酸化炭素がある。そしてアストロファージの繁殖ゾーンは、すべての惑星で〇・〇二気圧のところだ。だから純粋な二酸化炭素を満たして〇・〇二気圧にしたチャンバーでタウメーバが生きのびられるかどうか試してみればいいんじゃないかと思う。そのあと気体を一種類ずつ足していって、なにが問題なのか見る」

「了解」とロッキーがいう。

立ち上がって、ジャンプスーツについた汚れを払う。「きみに試験用のチャンバーをつくってもらう必要がある。透明キセノナイト製で、ぼくが空気を入れたり出したりできるバルブがついたのを。それと、温度を摂氏マイナス一〇〇度、マイナス五〇度、マイナス八二度に設定できるようにして欲しいんだ」

自分の装置を使うこともできるが、もっとすぐれた素材、すぐれた職人技を利用しない手はない。

「イエス、イエス。ぼくはいまつくる。ぼくらはチーム。ぼくらはこれを直す。悲しくない」彼がトンネルを下りて共同寝室に向かう。

腕時計で時間を確認する。「あと三四分でメイン・スラストが終わる。そのあとはビートルズを使って遠心機モードに入ろう」

ロッキーが動きを止める。「危険」

「ああ、わかってる。でもラボには重力が必要だし、一一日間も待っていられない。時間を有効に使いたいんだ」

「ビートルズはスラスト用に配置。回転用ではない」

その通りだ。現在の推進力は、どう控えめにいっても原始的なものだ。スラストの方向を変えるサーボ機構もジンバルもない。一六世紀の海原を走る船のようなものだが、ぼくらが帆として使っているのはビートルズだ。実際は帆船の名に値しない。帆船は少なくとも帆の角度を変えられる。帆船というより舵が壊れた外輪船に近い。

だが、まったくだめというわけでもない。どのエンジンをどの程度使うかでいくらか姿勢をコントロールできる。前にロッキーが回転を止めたのとおなじやり方だ。「リスクを冒す価値はある」

彼はトンネルを上ってもどってきて、ぼくと面と向き合う。「船は軸をはずれて回転する。遠心機ケーブルをのばすことはできない。絡まる」

「まず必要な回転状態をつくる。そしてビートルズを止める。そしてケーブルをのばす」

彼がたじろぐ。「もし船がケーブルをのばさない、力が人間にとって強すぎる」

それはたしかに問題だ。ぼくとしては船が完全に二つに分かれた時点で、ラボの重力が一Gになっていて欲しい。ひとつになっている状態の船でそれだけの回転慣性を得るには、船をものすごく速く回転させなければならない。この前それをやったときにはぼくがコントロール・ルームで意識を失って、ぼくを助けにきたロッキーが危うく死ぬところだった。

「オーケイ……。では、これはどうだろう——ぼくは共同寝室の下の倉庫で横になっている。あそこはぼくがいける範囲で船の中心にいちばん近いところだ。そこなら力がいちばん小さくなる。そこならぼくは大丈夫だ」

「きみはどのように倉庫から遠心機を操作する、質問?」

「それは……うーん……ラボのコントロール・スクリーンを倉庫に持っていく。そしてラボから倉庫にデータと電力の延長コードをのばす。それでうまくいくはずだ」

「もしきみが意識を失う、そして操作できない、どうする、質問？」

「きみが回転を止めれば、ぼくは目を覚ます」

彼がまえにうしろに身体を揺らす。「好きでない。代わりのプラン——一一日間、待つ。ぼくの船にいく。きみの船の燃料タンクをきれいにする。殺菌する——確実にタウメーバ、ゼロにする。ぼくの船から燃料を入れる。そしてきみの船のすべての機能、ふたたび使うことができる」

首をふる。「一一日間も待てない。いまやりたい」

「どうして、質問？　どうして待てない、質問？」

もちろん、彼はまったく正しい。ぼくは自分の命を危険にさらすことになる。そしてもしかしたら〈ヘイル・メアリー〉の構造にダメージを与えるようなことになるかもしれない。だが、やることが山ほどあるのに、一一日間もじっと待っていられない。七〇〇年、生きる相手に、〝もどかしい〟という思いをどう説明すればいいのだろう？

「人間の性質」とぼくはいった。

「了解。ほんとうに了解ではない、しかし……了解」


回転速度アップは計画通りにいった。ロッキーがジョンとポールをオフラインにしておいて、リンゴに回転作業をさせた。ジョージは必要になったときに備えて、まだ安全に船内に置いてある。

回転速度アップのあいだのGはきびしかった——けっして嘘ではない。だが、ぼくは遠心機段階をマニュアルで操作するあいだ、ずっと意識を保っていた。だいぶ手際がよくなってきた。それ以来、快適な安定した一Gの環境下にある。

ああ、たしかにせっかちだったし多少のリスクはあったが、それからもう七日間、みっちり科学漬けの日々をすごしている。

ロッキーは約束通り、試験に必要な装置をつくってくれた。いつもながら、なにもかも問題なく機能する。扱いに気を遣う小さなガラス製の真空チャンバーの代わりにぼくが手に入れたのは、大きな水槽のようなものだ。キセノナイトは大きいたいらなパネルに高圧がかかってもびくともしない。

「どんどん圧をかけろ」とキセノナイトはいってくれる。

タウメーバは、いわば無尽蔵にある。いまの〈ヘイル・メアリー〉はタウメーバが貸切で大騒ぎしているパーティ・バス状態だ。タウメーバが欲しければ、以前はジェネレーターにつながっていた燃料ラインを開けばいい。


「おい、ロッキー！」とラボから呼びかける。「帽子からタウメーバを出すから、見てくれよ」

ロッキーがトンネルを通って共同寝室から上がってくる。「それはおそらく地球の慣用句」

「ああ。地球には〝テレビ〟という娯楽があって――」

「説明しないでくれ。きみはなにか発見する、質問？」

ロッキーがそういうのももっともだ。異星人にアニメを説明するとなると、かなり時間がかかるだろう。「いろいろわかったことがある」

「よい、よい」彼がしゃがんで居心地のいい体勢を取る。「発見を話す！」隠そうとしているが、声のトーンがいつもよりほんの少し高い。

ラボの装置を指さす。「そういえば、これ、完璧に機能してくれてるよ」

「ありがとう。発見のことを話す」

「最初は、エイドリアンの環境で実験した。タウメーバとアストロファージで覆われたスライドガラスを入れたら、タウメーバは生きのびて、アストロファージをぜんぶ食べた。それはべつに驚くことじゃない」

「驚かない。それはかれらが住んでいる環境。しかし実験がうまくいくことを証明」

「その通り。それから、タウメーバの限界を調べる実験もした。エイドリアンの空気のなかだと、かれらは摂氏マイナス一八〇度からプラス一〇七度まで耐えられる。それ以下、それ以上だと死んでしまう」

「すばらしく広い範囲」

「イエス。それに真空に近い状態でも生きられる」

「きみの燃料タンクのように」

「ああ。だが完全な真空では生きられない」つい渋い顔になる。「かれらには二酸化炭素が必要だ。とりあえず少しは。エイドリアンの環境をつくって、二酸化炭素の代わりにアルゴンを入れてみたんだ。するとタウメーバはなにも食べなかった。休眠状態になって、そのうち飢えて死んでしまった」

「予想通り」とロッキーがいう。「アストロファージは二酸化炭素が必要。タウメーバはおなじ生態系にいる。タウメーバも二酸化炭素が必要。かれらはどのように燃料タンクのなかで二酸化炭素を得る、質問？」

「ぼくもおなじことを考えた！　だから燃料ベイのヘドロを分光器にかけてみたら、そのドロドロの液体に大量の二酸化炭素が溶けこんでいたんだ」

「アストロファージは、なかに二酸化炭素を持っているかもしれない。あるいは腐敗で二酸化炭素がつくられる。時間がたつといくらかのパーセンテージが燃料タンクのなかで死ぬ。すべての細胞が完壁ではない。欠陥。突然変異。いくらか死ぬ。その死んだアストロファージ、タンクのなかに二酸化炭素をもたらす」

「同意する」

「よい発見」彼はまた共同寝室へともどりはじめる。

「待ってくれ。もっとあるんだ。もっといろいろ」

彼が動きを止める。「もっと、質問？　よい」

ラボ・テーブルに寄りかかって水槽をトントンと叩く。「水槽のなかに金星をつくったんだ。ただし厳密にいうと金星とはいえない。金星の空気は二酸化炭素が九六・五パーセントで、三・五パーセントが窒素だが、最初は二酸化炭素だけにしてみた。タウメーバは元気だった。つぎに窒素を加えた。するとタウメーバはぜんぶ死んでしまった」

彼が甲羅をさっと持ち上げる。「ぜんぶ死ぬ、質問？　突然、質問？」

「イエス。何秒かで。ぜんぶ死んだ」

「窒素……予想外」

「ああ、まったく予想外だった！　スリーワールドの空気でもおなじ実験をした。二酸化炭素だけだと、タウメーバは元気だった。二酸化硫黄を加えても、元気だった。窒素を加えたら、ドカーン！　タウメーバはぜんぶ死んでしまった」

彼が鉤爪でトンネルの壁をものうげに叩く。「とても、とても予想外。窒素はエリドの生物にとって無害。多くのエリドの生物は窒素が必要」

「地球もおなじだ。地球の空気は七八パーセントが窒素だ」

「混乱する」と彼がいう。

彼だけではない。ぼくも彼に負けず劣らず困惑している。ぼくらはおなじことを考えている――もしすべての生物がひとつの源から進化したのだとしたら、どうして窒素が二つの生物圏では不可欠のもので、ひとつの生物圏では毒になってしまうのか？

窒素はまったく無害で、気体の状態だとほぼ不活性だ。ふつうはN_2のかたちで満足していて、ほかのものとほとんど反応したがらない。人間の身体は、呼吸する気体の七八パーセントが窒素だというのに、その存在を無視している。エリドの場合は空気のほとんどがアンモニア——これは窒素の化合物だ。地球とエリド——二つの窒素だらけの惑星——に襲いかかったパンスペルミア事象にかかわる生物が、なぜ少量の窒素で死んでしまうのか？

答えは簡単——パンスペルミアを引き起こしたのがどんな生物だったにせよ、その生物は窒素と出会ってもなんの問題もなかった。しかしあとから進化したタウメーバはそうではない。

ロッキーの甲羅が沈みこむ。「状況、悪い。スリーワールドは八パーセント、窒素」

ぼくはラボのスツールに腰を下ろして腕組みする。「金星の空気は三・五パーセントが窒素だからな。問題はおなじだ」

彼の甲羅がさらに沈みこみ、声が一オクターヴ低くなる。「絶望。スリーワールドの空気を変えることはできない。金星の空気を変えることはできない。タウメーバを変えることはできない。絶望」

「それはまあ、スリーワールドの空気や金星の空気を変えることはできないが、タウメーバを変えることはできるかもしれないぞ」

「どのように、質問？」

作業台に置いてあったタブレットをつかんで、エリディアンの生理学にかんして記録した部分をスクロールする。「エリディアンも病気になるのか？　きみたちの身体のなかの具合が悪くなることはあるのか？」

「いくつか。とても、とても悪い」

「きみの身体は病気をどうやって殺すんだ？」

「エリディアンの身体は閉じている。食べるときと卵を産むときだけ開く。開く場所が密閉されると、そのなかのエリアンの身体は閉じている。熱い血液でとても熱くなる。どんな病気も殺す。病気は傷を通してだけ、身体のなかに入る。すると、とても悪い。身体が感染したエリアをシャットダウンする。熱い血液の熱、病気を殺す。もし病気が速いと、エリディアンは死ぬ」

　免疫システムはいっさいなし。熱だけ。まあ、べつにふしぎはない。エリディアンの熱い循環系は、筋肉を動かすために水を沸騰させているのだから。それを入ってくる食物の調理や殺菌に利用するのは当然のことだ。そして皮膚は重い酸化物——基本は岩——だから、そうそう切れたり擦れたりすることはない。肺でさえ、外部との物質交換はしていない。そしてもし病原体が入ってしまったら、身体がその部分を閉鎖して沸騰状態にしてしまう。エリディアンの身体はほとんど難攻不落の要塞のようなものだ。

　しかし人間の身体はどちらかというと国境のない警察国家に近い。

「人間はまったくちがう」とぼくはいった。「ぼくらはしょっちゅう病気になる。ぼくらはとても強力な免疫システムを持っている。それから自然のなかにある病気を治すものを見つけたりもする。〝抗生物質〟というものだ」

「了解しない」と彼がいう。「自然のなかにある病気を治すもの、質問？　どのように、質問？」

「地球にいる、ほかの生物が、おなじ病気にたいする防御力を進化させてきたんだ。かれらは、ほかの細胞を傷つけずに病気を殺す化学物質を放出する。人間はその化学物質を食べて病気を殺すが、人間の細胞は死なない」

「驚き。エリドはこれを持たない」

「だが、完全なシステムではない。抗生物質は最初はとても効果があるが、何年もたつと、だんだん効果がなくなってくる。最後には、ほとんど役に立たなくなる」

「どうして、質問？」

「病気が変わるんだ。抗生物質は身体のなかの病気をほとんどぜんぶ殺すが、いくらかは生き残る。抗生物質を使うことで、人間は、偶然にだが、病気に抗生物質に殺されずに生き残る方法を教えてしまっているんだ」

「ああ」ロッキーの甲羅が少し上がる。「病気は、それを殺す化学物質に対抗する防衛力を進化させる」

「イエス」水槽を指さす。「さあ、タウメーバが病気だと考えるんだ。そして窒素が抗生物質だと考える」

彼はしばし黙っていたが、やがて甲羅が本来の位置にもどった。「了解！　少しだけが生き残る環境をつくる。そこで生きられるタウメーバを繁殖させる。もっと少しだけ生きられる環境をつくる。生き残りを繁殖させる。くりかえす、くりかえす、くりかえす！」

「イエス」とぼくはいった。「ぼくらは、どうして窒素がタウメーバを殺すのか考える必要はない。窒素に耐性があるタウメーバをつくればいいんだ」

「イエス！」と彼がいう。

「よし！」水槽のてっぺんをバシッと叩く。「これを一〇個つくってくれ。ただしもっと小さいのを。それから実験を中断せずにタウメーバのサンプルを採れるようにして欲しい。あと、非常に正確に気体を注入できるシステムをつくってくれ――水槽のなかの窒素の量を正確にコントロールしたいんだ」

「イエス！　ぼくはつくる！　いまつくる！」

彼が素早い動きで共同寝室に下りていく。

分光計の結果をチェックして首をふる。「だめだ。完全な失敗だ」

「悲しい」とロッキーがいう。

肘をついて両手に顎をのせる。「毒素を取り除けばいいのかもしれないな」

「タウメーバに集中すればいいのかもしれない」ロッキーの声が少し震えている。いらついているときに出る独特の震え方だ。それがいまは特にはっきり出ている。

「タウメーバのほうはうまくいっている」ラボの片側に並べた実験が進行中のタウメーバの水槽のほうをちらりと見る。「あっちは待つしかない。いい結果が出ているんだ。窒素の割合を〇・〇〇一パーセントまで上げても、生きのびている。つぎの世代は〇・〇〇一五パーセントでも生きのびるかもしれない」

「これは時間のむだ。そしてぼくの食べもののむだ」

「ぼくがきみの食べものを食べられるかどうか知りたいんだよ」

「きみの食べものを食べろ」

「ほんとうの食べものはあと数カ月分しかないんだ。きみの船には二三人のクルーが何年も食べられるだけのものがある。エリドの生物と地球の生物はおなじタンパク質を利用している。きみの食べものを食べられるといいんだけどなあ」

「どうしてきみは〝ほんとうの食べもの〟という、質問? ほんとうでない食べものは、なに、質問?」

分光計の数値をもう一度チェックする。なぜエリディアンの食べものにはこんなに重金属が多いのだろう? 「ほんとうの食べものは味がいい。食べるのが楽しい食べものだ」

「楽しくない食べものがある、質問?」

「ああ。昏睡状態用のドロドロのやつ。ここにくるまでのあいだ、船がぼくにそれを与えていた。あと四年分くらいある」

「それを食べる」

「味がよくないんだ」

「食べものの体験はそれほど重要ではない」

「おい」ぼくは彼を指さした。「人間にとっては食べものの体験は非常に重要なんだ」

「人間、奇妙」

分光計の数値を表示しているスクリーンを指さす。「どうしてエリディアンの食べものにはタリウムが入っているんだ?」

「健康的」

「タリウムは人間を殺すんだぞ!」

「では、人間の食べものを食べる」

「ううっ」タウメーバの水槽のほうへ移動する。ロッキーは最高にいい仕事をしてくれていた。窒素の含有量は一〇〇万分の一以内まで調整できるようになっている。そしてこれまでのところ、すべて順調のようだ。たしかにこの世代はごく微量の窒素にしか対応できないが、それでもひとつ前の世代よりは多い量だ。

計画は順調に進んでいる。ぼくらのタウメーバは窒素耐性を獲得しつつある。

金星の三・五パーセントに耐えられるようになってくれるだろうか? スリーワールドの八パーセントでも生きのびられるようになってくれるだろうか? とにかく待って結果を見るしかない。

ここでぼくが追いかけているのは窒素のパーセンテージだけだ。それだけですませられるのは、アストロファージは気圧が〇・〇二気圧なら、ほかはどんな条件でも繁殖できるからだ。どの実験でも気圧はぜんぶおなじなので、ぼくは窒素のパーセンテージだけ見ていればいい。

厳密にいえば、〝分圧〟を見るべきだろう。だがそれは面倒だ。あとでデータとして扱うときには、けっきょく〇・〇二気圧のうちのどれくらいを占めるか割り算、掛け算をすることになる。

水槽3の上をトントンと叩く。これはぼくのラッキー水槽だ。水槽3は、二三世代のタウメーバのうち、最強の株を九つも生み出している。競争相手の水槽がほかに九つあることを考えると、彼女はとてもよくやっている。

そう、水槽3は〝彼女〟だ。だからって、へんなやつだと思わないでくれ。

「〝ブリップA〟まであとどれくらいだ？」

「逆推進マヌーバまで一七時間」

「オーケイ。もう遠心機をスピン・ダウンしよう。万が一、なにかトラブルが起きたりしたら、修理する時間が必要だからな」

「同意。ぼくはコントロール・ルームにいく。きみは倉庫にいって横にたいらになる。長い延長コードがついたコントロール・パネルを忘れるな」

ラボ全体を見まわす。すべて安全に固定されている。「ああ、オーケイ。さあ、やるぞ」

「ジョン、リンゴ、ポール、オフ」とロッキーがいう。「速度は軌道速度」

太陽系では〝静止〟という状態はない。きみはつねに、なにかのまわりを回っている。いまの場合でいうと、ロッキーは船の巡航速度を下げて、タウ・セチから一天文単位（au）の安定軌道に乗せた。彼はそこに〝ブリップA〟を残してきている。

ロッキーはコントロール・ルームの球根型の部屋でくつろいでいる。ビートルズのコントロール・ボックスは壁の金具に留め付けてある。いまはエンジンがオフになっているのでまたゼロG状態だから、万が一にも〝船を推進する〟ボタンが勝手にふわふわ漂っている状態になってはまずい。

彼は取っ手を二つつかんで、甲羅が質感モニターの真上になる位置に浮かんでいる。これがあれば、ぼくの中央モニターに出ているさまざまな色で表示された情報を質感として感知できる。

「こんどはきみがコントロール」彼は自分の仕事をやり終えた。こんどはぼくの番だ。

「つぎのフラッシュまでの時間は？」

ロッキーがエリディアン時計を壁からはずす。「つぎのフラッシュは三分七秒後」

「オーケイ」

ロッキーはじつに賢明なやつだ。彼は自分の船を離れるときに、エンジンが約二〇分に一度、ほんの一瞬オンになるように設定しておいた。ぼくらにとってありがたいビーコンになるようにだ。船がどこにあるはずかは計算で簡単に割り出せる。しかし、ほかの惑星の重力、最後に把握していた速度測定の正確度、タウ・セチの推定重力の不正確さ……等々が積み重なって、ほんのわずかの誤差が生じる。そして、恒星の周囲を回る物体の位置におけるそのほんのわずかな誤差は、かなりの距離になってしまう。

だから、船があるはずの位置にいったとき、船に反射するタウ光を当てにするのではなく、ときどき光るエンジンのフラッシュで見つけられるようにしたのだ。ぼくはただペトロヴァ・スコープを見ていればいい。極端に明るい閃光としてとらえられるはずだ。

「現在の窒素耐性はなに、質問？」

「きょうは水槽3で、〇・六パーセントで生きているのがいくらかいる。それを繁殖させている最中だ」

「スペーシングはなに、質問?」

もう何十回もくりかえされてきたやりとりだ。しかし彼が知りたがるのも無理はない。彼の種の命運がかかっているのだから。

〝スペーシング〟というのは、いつのまにかそういうようになったのだが、一〇個の水槽それぞれにどれくらい窒素を入れているか、その差のことだ。どの水槽でもおなじことをしているわけではない。あたらしい世代が生まれるたびに、一〇通りの窒素の割合で生きのびるかどうか試している。

「ちょっと攻めてる――〇・〇五パーセントずつ上げてみた」

「よい、よい」と彼がいう。

いま一〇個の水槽ぜんぶでタウメーバ06(耐えられる窒素濃度からつけた名前)を繁殖させている。水槽1は当然、対照群だ。空気中に窒素が〇・六パーセント入っている。そのなかのタウメーバ06はなんの問題もなく繁殖するはずだ。もしそうでなければ、前の群でなにかミスがあったということだから、ひとつ前の菌株にもどらなければならない。

水槽2は窒素が〇・六五パーセント。水槽3は〇・七パーセント。という具合に窒素の割合が増えていって、水槽10は一・〇五パーセントになっている。いちばん元気のいいのがチャンピオンで、つぎのラウンドに進むことになる。少なくとも二世代、繁殖してくれるよう、念のため数時間待つ。タウメーバは不可解なほどの速さで倍増する。ぼくの船の燃料を何日かで食い尽くしてしまうほどの速さだ。それは身をもって体験した。

金星あるいはスリーワールドの窒素濃度に達したら、さらに念入りにテストするつもりだ。

「すぐ、フラッシュ」とロッキーがいう。

「了解」

センター・モニターに〝ペトロヴァ・スコープ〟を出す。いつもは脇のほうのモニターに出しているが、ロッキーが〝見られる〟のはセンターだけだ。思った通り、タウ・セチがあるから、いまはペトロヴァ周波数の背景光だけが見えている。カメラをパンして角度を変える。ぼくらは意図的に〝ブリップA〟がいるはずの位置よりタウ・セチに近いところにいる。だから大なり小なり、恒星を背にしたかたちになっているわけだ。そうすれば背景IRを最少に抑えられてフラッシュが見やすくなる。

「オーケイ。だいたいきみの船の方向に向けられたと思う」

ロッキーは質感モニターに集中している。「了解。フラッシュまで三七秒」

「なあ。そういえば、きみの船はなんていう名前なんだ？」

「ブリップA」

「いや、つまり、きみはなんて呼んでいるんだ？」

「船」

「名前はついていないのか？」

「どうして船に名前をつけるべき、質問？」

肩をすくめる。「船には名前をつけるものなんだ」

彼がぼくの操縦席を指さす。「きみの椅子の名前はなに、質問？」

「この椅子には名前はない」

「どうして船に名前がある、しかし椅子に名前がない、質問？」

「もういい、忘れてくれ。きみの船は〝ブリップA〟だ」

「ぼくはそういった。フラッシュまで一〇秒」

「了解」

ロッキーもぼくも黙ってそれぞれのスクリーンに集中する。ロッキーのようすの細かい変化に気づくようになるのにはだいぶ時間がかかったが、いまは彼がなにかひとつのことに集中しているのがわかるまでになっている。彼はなにかに集中するとその方向に甲羅を傾けてわずかに身体を前後に揺らしていることが多い。揺れている方向をたどれば、たいてい彼がなにを調べているのかわかる。

「三、二、一……いま！」

合図と同時に、スクリーンの画素数個が白く瞬いた。

「発見」とぼくはいった。

「ぼくは気がつかない」

「暗かったからな。かなり距離がありそうだ。ちょっと待ってくれ……」〝望遠鏡〟スクリーンに切り替えて、フラッシュが見えた方向にパンする。小刻みに前後させて漆黒のなかのかすかなしみを見つける。タウ光を反射している〝ブリップA〟だ。「ああ、かなり遠いな」

「ビートルズはたくさんの燃料、残っている。オーケイだ。角度変化をぼくに教える」

スクリーンの下のほうに出ている数値をチェックする。いまやらなければならないのは、現在の望遠鏡の角度とおなじになるように〈ヘイル・メアリー〉の角度を調整することだ。「回転角度、ヨー、プラス一三・七二度。ピッチ、マイナス九・一四度」

「ヨー、プラス一、三、点、七、二。ピッチ、マイナス九、点、一、四」彼が壁のホルダーからビートルズのコントロール装置をはずして、作業に取りかかる。ビートルズをつぎつぎにオンにしたりオフにしたりしながら、船を〝ブリップA〟に向けていく。

望遠鏡の照準を合わせてズームインし、確認。背景の宇宙と船とのちがいはごくわずかで、かろうじて見分けられるかどうかという程度だ。しかし、たしかにある。「角度、よし」

彼は質感スクリーンに集中している。「ぼくはスクリーンになにも感知しない」

「光の差がとてもとても小さい。感知するには人間の目が必要だ」

「了解。距離はなに、質問？」

〝レーダー〟スクリーンに切り替える。なんの情報もない。「遠すぎて、ぼくのレーダーでは見えない。少なくとも一万キロはあるな」

「どの速度まで加速する、質問?」

「そうだなあ……秒速三キロメートルでどうだろう? 一時間くらいで〝ブリップA〟に着くと思う」

「秒速三〇〇〇メートル。標準加速率、許容、質問?」

「イエス。一五メートル毎秒毎秒」

「二〇〇秒間、推進。開始」

重力に備えて踏ん張る。

第25章

やった！

ついにやった！

床に置いた小さな水槽に地球の救済者が入っている。

「しあわせ！」とロッキーがいう。「しあわせ、しあわせ、しあわせ！」

めまいがして、吐きそうだ。「イエス！　でもまだ終わったわけじゃないぞ」

ベッドに入ってストラップを締める。大興奮状態なのだが、すぐに寝ないとロッキーがうるさくいいはじめるにちがいない。もう、びっくりだ――一度はミッションをだいなしにしそうになり、いまはいきなり異星人に強制されたベッドタイム。

「タウメーバ35！」とロッキーがいう。「たくさん、たくさんの世代、でもついに成功！」

ふしぎな感覚だ。科学的ブレイクスルーをなしとげたのに、エウレカ、と叫ぶ瞬間はなかった。ただゆっくりと着実に進みつづけてゴールに到達しただけだ。でもね、そのゴール、到達してみると気分がいい。

ぼくらが船同士をふたたびつないで、もう何週間にもなる。ロッキーはぼくのよりずっと大きい自分の船との連絡通路ができて大喜びしていた。最初にやったのは〈ヘイル・メアリー〉の彼のエリアから直接〝ブリップA〟に通じるトンネルを設置することだった。これはつまりぼくの船にまた穴を開けることを意味していたが、もう彼のエンジニアとしての仕事ぶりには全幅の信頼を置くようになっていたから、なんの問題もなかった。もし彼がぼくの開胸手術をしたいといったら、させてやってもいいくらいだ。この手のことにかんしては、ほんとうにすごいやつだと思う。

船同士がつながると、〈ヘイル・メアリー〉の遠心機モードは使えない、つまりまたゼロG生活ということだ。しかしいまはタウメーバを水槽で繁殖させているだけだから、いまのところは重力頼みのラボの装置を使わなくても生きていける。

ぼくらは何週間ものあいだ、タウメーバが世代交代するたびに窒素耐性を強めていくようすを見守ってきた。そしていま、きょう、ぼくらはついにタウメーバ35を手にした――全圧〇・〇二気圧、窒素三・五パーセント、すなわち金星とおなじ条件のもとで生きられるタウメーバの株ができたのだ。

「きみ。いま、しあわせ」作業台のところにいるロッキーがいう。

「しあわせ、しあわせ」とぼくは返事する。「でもぼくらはスリーワールドでも生きられるように八パーセントまでいかないといけない。それまで、終わりじゃないんだ」

「イエス、イエス、イエス。しかしこの瞬間。重要な瞬間」

「ああ」ぼくはにっこり微笑んだ。

彼はなにかまたあたらしいガジェットをいじっている。彼はいつも、つぎからつぎへと、なにかしら作業をしている。「きみはこんどはひとつの水槽に正確な金星の大気をつくる、そしてタウメーバ35の細かい実験をする、質問?」

「いや」とぼくは答えた。「タウメーバ80ができるまで、このままつづける。タウメーバ80は金星でもスリーワールドでも使えるはずだ。細かい実験はそのあとだ」

「了解」

彼のエリアのほうに顔を向ける。〝ぼくが寝るのを見守る〟習慣は、もう気味が悪いとは思わなくなった。どちらかといえば、安心して眠れるようになっている。「いまはなにをしているんだ?」

なにかの装置が、漂っていってしまわないよう、作業台に留め付けてある。彼は複数の手に複数のツールを持って複数の角度から作業を進めている。「これは地球の電気装置」

「電力変換装置をつくっているのか?」

「イエス。エリディアンの第一シークエンス電気振幅を効率の悪い地球の直流システムに変換する」

「第一シークエンス?」

「説明は長い時間になる」

またこんど聞こうと頭のなかにメモする。「オーケイ。それをなにに使うつもりなんだ?」

彼は二つのツールを置いて、三つのツールを手にする。「もしすべての計画がうまくいく、ぼくらはよいタウメーバをつくる。ぼくはきみに燃料を与える。きみは地球へいく。ぼくはエリドへいく。ぼくらはさよならをいう」

「ああ、そうだな」とぼくはつぶやく。特攻ミッションのはずが生きられることになって、英雄として故郷へ帰り、人類を救うのだから、もっとうれしくていいはずだ。だがロッキーとの永遠の別れは辛いものになるだろう。それはいまは考えたくない。

「きみはポータブルの考える機械をたくさん持っている。お願いがある——きみはひとつを贈り物としてぼくに与える、質問?」

「ラップトップか? ラップトップが欲しいのか? いいとも、たくさんあるんだから」

「よい、よい。考える機械は情報を持っている、質問? 地球の科学の情報、質問?」

ああ、もちろんそうだ。ぼくはエリディアンの科学を遥かにしのぐ知識を持つ異星種属だ。ラップトップの容量は一テラバイト以上だと思う。ウィキペディアの全コンテンツをコピーして彼にやることだってできる。

「イエス。いいとも。しかしエリディアンの空気中でラップトップが使えるとは思えないな。熱すぎるだろう」

彼が装置を指さす。「これは考える機械の生命維持システムのほんの一部。システムは電力を与える、地球の温度を保つ、なかに地球の空気。たくさんの余分なバックアップ。考える機械、壊れないようにする。もし壊れる、エリディアンは直すことができない」

「ああ、わかった。アウトプットはどうやって読む？」

「なかのカメラが地球の光の情報からエリディアンの質感の情報へ変換する。コントロール・ルームのカメラのように。ぼくらが出発する前、きみはぼくに書かれた言葉を説明する」

彼は英語をかなり理解しているから、知らない言葉を調べるくらいのことはできるだろう。「ああ、いいとも。ぼくらの書き言葉は簡単だ。簡単なほうだ。文字は二六個しかないが、読み方はいろいろ変わったのがある。まあ、実際には記号が五二個あることになるな。発音はおなじでも大文字は形がちがうから。ああ、それから句読点もあって……」

「ぼくらの学者が解決する。きみはただぼくに初めの一歩を教える」

「イエス。教えるよ。ぼくもきみからの贈り物が欲しい——キセノナイトだ。固体のと、キセノナイトになる前の液体のも。地球の科学者は絶対に欲しがるから」

「イエス。ぼくは与える」

あくびが出る。「ぼくはもうすぐ寝る」

「ぼくは見守る」

「おやすみ、ロッキー」

「おやすみ、グレース」
何週間ぶりかで、すぐに眠りに入れそうだ。地球を救えるタウメーバができたのだから。異星の生物の改変。おかしなことなど起きるはずはない。

子どもの頃、たいていの子とおなじで、宇宙飛行士ってどんなだろうと想像した。ロケットに乗って宇宙を飛びまわったり異星人と出会ったり、とにかくすごいことばかりだろうと思っていた。汚物だらけの下水槽を掃除するなんて考えたこともなかった。

だが、きょうぼくがやっているのはほとんどそれとおなじことだ。はっきりいっておくが、ぼくが掃除しているのは自分のウンチではない。タウメーバのウンチだ。残っている七つの燃料ベイに詰まったどろどろの汚物をきれいにしないことには、あたらしい燃料が入れられない。

というわけで、シャベルでウンチをすくっている。といっても、とりあえずそのあいだぼくはEVAスーツのなかだ。前に匂いを嗅いだことがあるが、お世辞にもいい匂いとはいえなかった。

だが、問題はどろどろのメタンと腐った細胞ではない。それだけを相手にしているのなら、ただ無視していればいい。容量二〇〇〇万キログラムのタンクのなかの二万キログラムのヘドロ? 気にするほどのものではない。

問題は、たぶんそのなかに生きたタウメーバがいるということだ。汚染物質どもは数週間前に手に入る燃料はすべて食べ尽くしてしまったから、ほとんどが餓死してしまったはずだ。少なくとも、ついこのあいだ調べたサンプルはそうだった。しかしまだ生きているやつも恐らくいるだろう。そいつらに二〇〇〇万キログラムの新鮮なアストロファージを与えてやるわけにはいかない。それはあってはならない。

「進歩、質問?」とロッキーが無線でたずねてくる。

「〝燃料ベイ3〟はもうすぐ終わる」

タンクのなかを隅から隅まで手製のスパチュラを使って黒いどろどろを壁からこそげ落とし、横っ腹に開いた直径一メートルの穴から外へふり落とす。なぜ直径一メートルの穴があるのか? ぼくが開けたからだ。

燃料タンクには人間が入れる大きさの入り口はない。あるはずがない。バルブやパイプはあるが、その最大径はたった数インチ。洗い流すのに使えるようなものはない――〝一万ガロンの水〟は帰路用にとってある。だからタンクひとつひとつに穴を開けて、どろどろを掃除して、終わったら穴をふさいでいる。

ただ、ロッキーがつくってくれた切断トーチが魔法のような働きをしてくれていることはいっておかなくてはならない。少量のアストロファージとIRとレンズの組み合わせでできた、とてつもない死の光線。ぼくはそれを使っている。肝心なのは出力を低く抑えることだ。しかしロッキーは特別な安全装置を用意してくれていた。レンズが確実に、ある程度、曇った状態になっているようにしたのだ。レンズは透明キセノナイト製ではない。IR透過性キセノナイトでできている。なかに入っているアストロファージからの光の出力が大きくなりすぎると、レンズは溶けてしまう。すると光線の焦点がぼけてカッターの役目を果たせなくなってしまう。その場合ぼくは低姿勢でロッキーにもうひとつつくってくれと頼まなければならないだろうが、とりあえず自分の足を切断することはないはずだ。

いまのところそんなことは起きていない。だが絶対に自分の身体に向けるつもりはない。

部分的に頑固に壁にこびりついているどろどろを掻き落とす。そしてふわっと浮き上がったやつをスパチュラで穴の外へ叩き出す。「繁殖水槽の状況は?」

「水槽4はまだ生きたタウメーバがいる。5以上はぜんぶ死んでいる」

タンクのなかをすり足で進んでいく。細長いシリンダー型のタンクなので片側に両足、反対側に片手をついて姿勢を安定させることができる。なので、空いているほうの手でヘドロを掻き取れるわけだ。「水槽4は五・二五パーセントだったよな？」

「正しくない。五・二〇パーセント」

「オーケイ。じゃあタウメーバ52までいったわけだな。いい感じだ」

「進歩はどうか、質問？」

「ゆっくり着実に進んでいるよ」とぼくはいった。

どろどろの塊をピシッと虚空に投げ飛ばす。タンクを窒素で洗い流して、これでおしまい、といえたらどんなにいいか。ここにいるタウメーバは窒素にまったく耐性がない。だが、事は簡単ではないのだ。ヘドロの厚さは数センチある。いくら窒素を注入しても届かない部分がある――厚さ一センチの兄弟たちの壁が楯となって、生きのびるタウメーバが出てきてしまうのだ。

タンクにロッキーの予備の燃料を入れたときにひとつでも生き残りがいれば、そこから感染がはじまってしまう。だから窒素できれいにする前に、できるかぎり汚物を取り除いておかなければならない。

「きみの燃料タンクは大きい。きみは充分な窒素を持っている、質問？　もし必要なら、ぼくはきみに〝ブリップA〟生命維持のアンモニアを与えることができる」

「アンモニアではだめなんだ」とぼくはいった。「タウメーバは窒素化合物では死なない。効果があるのは単体のN_2だけだ。でも心配しなくていい。ぼくは大丈夫だ。きみが思っているほど大量の窒素が必要なわけじゃない。〇・〇二気圧、三・五パーセントの窒素でふつうのタウメーバが死ぬことはわかっている。これは分圧一パスカル以下なんだ。燃料ベイの容量はそれぞれ三七立方メートル。窒素ガスを数グラム吹きかければ、ぜんぶ死ぬ。タウメーバにとっては驚くほど致命的なものなんだ」

腰に手を当てる。EVAスーツ姿では不格好だし壁からふわっと離れてしまうが、このシチュエーションにはぴったりのポーズだ。「オーケイ。〝燃料ベイ3〟完了」

「きみはいま穴のためのキセノナイト・パッチが欲しい、質問？」

燃料ベイからふわりと宇宙空間に出る。テザーを引っ張って船体にもどる。「ノー。先にぜんぶ掃除して、それからEVA一回につきひとつずつ穴をふさいでいくことにする」

取っ手をつかんで〝燃料ベイ4〟に移動し、立ち位置を決めてエリディアン・アストロ・トーチのスイッチを入れる。

キセノナイトを使えば、とんでもなく優秀な耐圧気体容器をつくることができる。

燃料ベイはすべてきれいに掃除し終えて、穴もふさいだ。そこらをうろついているタウメーバを全滅させるために、必要な量の一〇〇倍近い窒素を投入した。そしてしばらくそのままにしておいた。絶対に危険は冒せない。

二、三日殺菌したら、テストだ。ロッキーに、テストに使う数キロのアストロファージをもらう。〝数キロのアストロファージ〟が、ストラットの大桶に乗っていた全員にとって天からの恵みだった頃が思い出される。それがいまは、「ああ、ほら。数千兆ジュールのエネルギーだ。もっと欲しかったらいってくれ」という状態だ。

アストロファージをだいたい七等分にし、窒素を排出した七つのベイにアストロファージの塊をひとつずつ入れる。そして一日、待つ。

そのあいだロッキーは自分の船にもどって、彼の燃料タンクからぼくの燃料タンクへアストロファージを移すのに使うポンプ・システムづくりにいそしんでいた。手伝うといったのだが、非常に丁重にことわられた。たしかに、ぼくが〝ブリップA〟にいってどうなるというんだ？ EVAスーツは向こうの環境では役に立たないから、ロッキーはぼく用のトンネルをつくらなければならない……そこまでするほどの価値はない。

価値があってくれれば、とつくづく思う。異星人のめちゃめちゃすごい宇宙船！ なかが見たい！ しかし、うん。人類を救う、みたいなことがあるから。そっちが優先だ。

燃料ベイをチェックする。生きのびたタウメーバがいればアストロファージを見つけてペロリとたいらげていることだろう。つまり、まだアストロファージがいれば、そのベイは安全に殺菌されたということだ。

手短にいうと——七つのうち二つのベイが殺菌できていなかった。

「おい、ロッキー！」とコントロール・ルームから大声で呼びかける。

彼は〝ブリップA〟のどこかにいるのだが、ぼくの声が聞こえることはわかっている。いつでもどこでも、彼にはぼくの声が聞こえるのだ。

数秒後、無線がパチパチ音を立てた。「なに、質問？」

「二つの燃料ベイにまだタウメーバがいるんだ」

「了解。よくない。しかし悪くない。ほかの五つはきれい、質問？」

コントロール・ルーム内の取っ手をつかんで身体を安定させる。話に気を取られていると、漂っていってしまいそうになるのだ。「ああ、ほかの五つは大丈夫そうだ」

「二つのベイのタウメーバはどのように生きのびる、質問？」

「掃除の仕方が悪かったんだろうな。たぶん、ヘドロが少し残っていて、その下にいた生きたタウメーバを窒素から守る楯になっていたんだ。たぶん、だけどね」

「プランは、質問?」

「またその二つのなかに入ってもっとよく汚れを取って、もう一度、殺菌しようと思う。ほかの五つは、いまは密閉しておく」

「よいプラン。燃料ラインを浄化すること、忘れない」

燃料ベイがぜんぶ汚染されてしまった以上、燃料ライン(いまは密閉されている)も汚染されているると考えたほうがいい。「イエス。タンクよりは簡単だ。高圧の窒素を送りこんでやるだけでいい。それだけで塊も取れるし、殺菌もできる。そのあと燃料ベイとおなじ方法でテストする」

「よい、よい」とロッキーがいう。「繁殖水槽の状態はなに、質問?」

「順調だ。いまタウメーバ62まできている」

「ぼくらはいつか、どうして窒素が問題だったのか発見する」

「ああ、だがそれはほかの科学者にまかせよう。ぼくらにいま必要なのはタウメーバ80だ」

「イエス。タウメーバ80。できればタウメーバ86。安全」

六進法で考える場合、任意の数を足すとしたら六を足すのは自然なことだ。

「同意」とぼくはいった。

エアロックへいってオーランEVAスーツに入る。アストロ・トーチをツールベルトに留め付ける。

そしてヘルメットの無線をオンにする。「EVA開始」

「了解。もし問題、無線でいう。もし必要、ぼくの船の船体ロボットで助ける」

「大丈夫だと思うが、必要なら知らせる」

ドアを閉めて、エアロック・サイクルを開始する。

くした。

「もう、どうにでもなれ」そういって、〝燃料ベイ5〟投棄の最終確認ボタンを押す。

発火装置が作動して空っぽのタンクが虚空の彼方へ去っていく。

どんなにこすっても、窒素で攻めても、なにをしても〝燃料ベイ5〟からタウメーバを駆逐することはできなかった。なにをやってもかれらは生きのび、テスト用に入れたアストロファージを食い尽くした。

こうなったらどこかの時点であきらめるしかない。

腕組みして操縦席にドサッとすわりこむ。といっても重力がないのでドサッという感じにはならず、意識的に操縦席に身体を押し付けるしかない。口をとがらせる。それも正当なとがらせ方をしようと努めた。これでもともとは九つあった燃料ベイのうち三つを失ってしまったことになる。二つはエイドリアン上空での冒険で、そしてひとつはたったいま。これでもう六六万六〇〇〇キログラムの燃料を入れることができなくなってしまった。

家に帰れるだけの燃料はあるのか？　ある。タウ・セチの重力から脱出できるだけの燃料があれば、いつかは家に帰れる。アストロファージが数キログラムあれば、ぼくは家に帰ることができる。一〇〇万年かかってもかまわなければ。

問題は帰り着けるかどうかではない。どれくらいの時間がかかるかだ。

山ほど計算したら、気に入らない答えが出た。

地球からタウ・セチまでは三年九カ月かかった。その期間中ずっと一・五Gで加速しっぱなしだった——ラマイ博士が人間が四年近くさらされつづけても耐えられるのは一・五Gが限界と判断したからだ。そのあいだに地球では一三年程度の時間が経過しているが、クルーは時間の遅れ効果の恩恵を受けていた。

一三三万キログラムの燃料（残ったタンクに入る最大限の量）で家に帰ろうとすると、コンスタントに〇・九Gで飛びつづけるのがいちばん効率がいい。それだとスピードはゆっくりになるから時間の遅れも少なくなり、ぼくはより長い時間を船内ですごすことになる。けっきょく、その旅でぼくが経験する時間は五年半。

だからなんだ？　たった一年半、長くかかるだけじゃないか。たいしたことはないだろう？

ところが、それだけの食料がない。

これは片道の特攻ミッションだった。用意された食料は数ヵ月分。それだけだ。これまでごく常識的な割合で備蓄食料を消費してきたが、いずれは昏睡状態用の懸濁液に頼らざるをえなくなる。懸濁液は味はよくないが、とりあえず栄養のバランスはとれている。

だが、やはりこれは特攻ミッションだ。家に帰る分の懸濁液は最初からない。ぼくが懸濁液を当てにできるのはヤオ船長とスペシャリストのイリュヒナが途中で亡くなってしまったからだ。

けっきょくのところ、残っているのはちゃんとした食料が三ヵ月分、昏睡状態用懸濁液が約四〇ヵ月分。これは、九つの燃料ベイ満タン、プラス予備少々で飛べばかろうじて生きのびられる程度の量ということになる。もっとゆっくりした五年半の旅となったら、まるで足りない。

ロッキーの食料は、ぼくにはなんの役にも立たない。何度も何度も調べてみたが、〝毒〟から〝猛毒〟までの範囲にある重金属がぎっしり詰まっていた。ぼくの身体が喜んで利用しそうなタンパク質や糖も入っているが、如何せん食料から毒を選別する方法がないのだ。

それに栽培できるものもない。食料はすべてフリーズドライか乾燥食品だ。育てられる種や植物はいっさいない。いまあるものを食べるだけ。それでおしまいだ。

ロッキーがカタカタとトンネルを通ってコントロール・ルームの球根型の部屋にやってくる。彼は〝ブリップA〟と〈ヘイル・メアリー〉をしょっちゅういったりきたりしているので、彼がいまどっちにいるのかわからなくなることがよくある。

「きみは怒っている音を出す。どうして、質問？」

「ぼくは燃料べィの三分の一を失ってしまった。家に帰るのに時間がかかるから食料が足りなくなるんだ」

「最後に寝てからどれくらいの時間、質問？」

「ええ？　いまは燃料の話をしているんだぞ！　集中しろよ！」

「不機嫌。怒る。愚か。最後に寝てからどれくらいの時間、質問？」

肩をすくめる。「さあ。ずっと繁殖水槽のことや燃料べィのことをやっていたから……いつ寝たか忘れた」

「きみは寝る。ぼくは見守る」

乱暴にコンソールを指す。「ぼくは深刻な問題を抱えているんだ！　家に生きて帰れるだけの燃料がないんだよ！　六〇万キログラム足りない。貯蔵するには一三五立方メートルの空間が必要なんだ！　そんな空間はここにはない！」

「ぼくが貯蔵タンクをつくる」

「キセノナイトはもうそんなにないじゃないか！」

「キセノナイトは必要ない。強い素材ならなんでもいい。ぼくの船、たくさんの金属がある。溶かす、形をつくる、きみのためにタンクをつくる」
二、三度、まばたきする。「できるのか？」
「できることはあきらか！　きみはいま愚か。きみは寝る。ぼくは見守る。そして代わりのタンクの設計をする。同意、質問？」彼は共同寝室へのトンネルを下りはじめる。

「はあ……」

「同意、質問？」さっきより大きな声だ。

「ああ……」小声でつぶやく。「ああ、オーケイ……」

これまで、かなりのEVAをこなしてきた。だが、これほど疲れるEVAはなかった。やってみてはじめてわかった。

もう六時間、外に出ている。オーランEVAスーツは古強者だからびくともしない。だが、ぼくはそうはいかない。

「最後の燃料ベイ、設置中」ゼイゼイハーハーいいながら報告する。もう少しだ。作業に集中しろ。

ロッキーの即製燃料ベイは、いうまでもなく完璧だ。ぼくがしなければならなかったのは、残っている燃料ベイのひとつをはずして分析用として彼に渡すことだけだった。彼にといっても、船体ロボットに渡したのだが。しかし彼はそのロボットに採寸をさせ、ロボットはいい仕事をしてくれた。バルブの取り付け部分は位置もサイズもどんぴしゃり。ネジ穴の間隔も正確そのものだった。

けっきょく彼は、渡した燃料ベイの完璧な複製を三つ、つくってくれた。ちがうのは素材だけだ。オリジナルのものはアルミニウム製だ。誰かがカーボンファイバー製の船体を提案したら、ストラットは即座に却下した。充分に検証されたテクノロジーしか採用しないのだ。人類は六〇年にわたってアルミニウム製宇宙船で実験を重ねてきていた。

あたらしいベイは……合金製だ。なんの合金なのか？　わからない。ロッキーでさえわからないという。〝ブリップA〟の非緊要なシステムから集めた金属のごたまぜだ。ほとんどは鉄だと彼はいっている。だが少なくとも二〇種類の元素が溶け合わされているので、いわば〝金属のごった煮〟だ。

しかしそれはべつにかまわない。燃料ベイは圧を閉じこめておく必要はない。ただアストロファージを船に載せておいてくれればいい――それだけでいい。船が加速したときになかの燃料の重さで壊れてしまわないだけの頑丈さは必要だ。が、それをクリアするのはむずかしいことではない。木材でもおなじくらい効果的なものをつくることはできる。

「きみは遅い」

「きみはせっかちだ」大きいシリンダーをストラップで定位置に留め付ける。

「謝罪。ぼくは興奮している。繁殖水槽9と10！」

「ああ！　成功を祈ろう！」

いちばんあたらしい世代はタウメーバ78までできていた。この菌株はぼくが燃料ベイの作業をしているあいだにせっせと繁殖していた。スペーシングは〇・二五パーセントだから、いくつかの水槽ははじめて窒素が八パーセント以上になっているわけだ。

タンクの設置にかんしては……うーん。いちばん厄介なのは一本めのボルトだということがよくわかった。燃料ベイには大きな慣性が作用しているので穴とぴったり合わせるのがむずかしい。それに、ベイにもともとあった据え付けシステムはなくなってしまっている。発火装置が作動したからだ。船をつくったときは、まさか古いのを投棄したあとにあたらしいのを取り付けることになるとは想像もしなかっただろう。発火装置はクランプをはずすだけでなく、ボルトもへし折った。それに据え付けポイントのダメージも一顧だにしなかった。

ぼくはこの特攻ミッションを片道ではないミッションにするために多くの時間を割いた。

ネジ山を切った取り付け穴はそこそこちゃんとした形状を保っているが、どの穴にもちぎれたボルトが残っている。ボルトには頭がないので、回しにくくていらつく。ぼくはここで、いちばんいい方法は犠牲になるスチールのロッドとアストロ・トーチを導入することだと気づいた。ボルトを少し溶かし、ロッドを少し溶かして、二つを溶接する。その結果、見栄えはよくないがレバーアーム（支点から力の作用線までの垂直距離）ができて充分なトルクが生まれ、ボルトがはずしやすくなる。ほとんどの場合は。

はずせないときは溶かしていく。液体になったら、もうくっついてはいられない。

三時間後、やっとあたらしい燃料ベイをすべて据え付け終えた……どうにか。

エアロックをサイクルさせてオーランから出る。コントロール・ルームに入ると、ロッキーが球根型の部屋のなかでぼくを待っていた。

「うまくいった、質問？」

手を小刻みに揺らす——おもしろいことにこのジェスチャーは人類、エリディアン共通で、おなじ意味を持っている。「と思うよ。わからないけど。けっこうな数のボルトの穴が使いものにならなかった。だからベイの固定具合が本来より甘くなっていると思う」

「危険、質問？　きみの船は一五メートル毎秒毎秒で加速する。タンクはもつ、質問？」

「わからない。地球のエンジニアは二倍の安全性をもたせることが多い。これもそうだといいんだが。でも、テストをして確認するつもりだ」

「よい、よい。話は充分。繁殖水槽をチェックする、頼む」

「わかった、わかった。まず、水を飲ませてくれ」

彼は飛び跳ねるようにしてトンネルを下り、ラボへ向かっていく。「どうして人間はそんなに水が必要、質問？　効率の悪い生物！」

EVAの前にコントロール・ルームに置いておいた水の一リットル入りバッグをつかんでゴクゴク飲む。EVAは喉が渇くのだ。口をぬぐってバッグは宙に放置。壁を押して、すーっとラボに下りていく。

「エリディアンだって水は必要じゃないか」

「ぼくらはなかにキープする。閉じたシステム。なかで少し効率が悪い。しかしぼくらは必要な水をすべて食べものから得る。人間は洩らす！　ひどい」

笑いながら、ロッキーが待っているラボに入る。「地球にはクモという恐ろしい、致死性の毒を持つ生きものがいる。きみはそいつにそっくりなんだ。念のためにいっとくけどね」

「よい。誇り。ぼくは恐ろしい宇宙のモンスター。きみは洩れやすい宇宙のぶよぶよの塊」彼が繁殖水槽を指す。「水槽をチェックする！」

壁を蹴って繁殖水槽のところへ。いよいよ決定的瞬間だ。水槽1から順番にチェックしていくべきだろうが、かまうもんか。水槽9に直行する。

水槽のなかをペンライトで照らして、アストロファージで覆われていたスライドガラスを見る。水槽に表示されている数値をチェックして、またスライドガラスを見る。

ロッキーを見て、にやりと笑う。「水槽9のスライドガラスは透明だ。タウメーバ80ができたぞ！」

彼が騒音を炸裂させている！　腕をふりまわし、手がトンネルの壁にカタカタと当たる。とくに秩序立ったものではなく、ランダムな音の羅列だ。「イエス！　よい！　よい、よい、よい！」

「ハハハ、ワオ。オーケイ。落ち着け」水槽10をチェックする。「おい、水槽10もクリアだ。タウメーバ82・5ができたぞ！」

「よい、よい、よい！」

「よい、よい、よい、まったくだ！」

「きみはもっとテストする。金星の空気。スリーワールドの空気」

「イエス。やるとも――」

彼はトンネルの一方の壁から反対側の壁へ、ポーン、ポーンといったりきたりしている。「どのテストも、まったくおなじ気体。おなじ圧力。おなじ温度。おなじ宇宙からの死の〝放射線〟。おなじ近くの星からの光。おなじ、おなじ、おなじ」

「イエス。やるよ。ぜんぶやる」

「いまやる」

「休みが必要だ！　八時間もEVAをしていたんだぞ！」

「いまやる！」

「ううっ！　ノー！」彼のトンネルのところまで浮かび上がって、キセノナイト越しに彼と向き合う。

「まず、タウメーバ82・5をもっと繁殖させる。テストに必要な量を確保するためだ。それから安定したコロニーをいくつかつくって密閉容器に入れる」

「イエス。そして少しぼくの船にも！」

「イエス。予備は多ければ多いほどいい」

彼はまた何回か壁のあいだを弾むようにいったりきたりする。「エリドは生きる！　地球は生きる！　みんな生きる！」彼が鉤爪をひとつボールのように丸めて、キセノナイトの壁に押し付ける。

「フィストする！」

ぼくも拳をキセノナイトに押し付ける。「それをいうなら〝フィストバンプ〟だけど、まあいいや」


どこかに酒があるはずだ。イリュヒナがおとなしく酒なしで特攻ミッションに赴いたとは思えない。正直いって、彼女が酒なしで通りを横断するのさえ想像できない。そして倉庫コンパートメントのボックスをくまなく漁った結果、ついに見つけた——私物一式。

そのボックスにはジッパーで開閉するダッフルバッグが三つ入っていた。それぞれにクルーの名前が記されている。〝ヤオ〟、〝イリュヒナ〟、そして〝デュボア〟。ぼくが自分のを用意する機会がなかったから、デュボアのものがそのままになっていたのだろう。

あのときのやり方を考えると、まだちょっと腹が立つ。だが、そのことをぼくがどう感じていたか、ストラットにいってやるチャンスはあるかもしれない。

私物のバッグを共同寝室に出して、ベルクロで壁に留める。いまは亡き三人のきわめて私的なもの。いまは亡き友人たちのもの。

いずれ厳粛な気持ちでこの三つのバッグの中身を見届ける時間を持つことになるかもしれない。だがいまは祝いたい気分だ。酒が飲みたい。

イリュヒナのバッグを開ける。あれやこれや、こまごましたものが詰まっている。ロシア語でなにか書いてあるペンダント、子どものときから持っていたのだろうか、よれよれのテディベア、ヘロイン一キロ、愛読書が何冊か、そして、あった！ 〝водка〟と記された透明の液体の一リットル入りバッグが五つ。

このロシア語は〝ウォッカ〟と読む。どうしてわかるのか？ いかれたロシア人の科学者集団と何カ月も空母ですごしたからだ。この単語はしょっちゅう目にしていた。

イリュヒナのバッグを閉じてベルクロで壁に留め付ける。そしてロッキーがトンネルのなかで待っているラボへ飛んでいく。

「あった、あった！」

「よい、よい」ロッキーはいつものジャンプスーツにツールベルトという格好ではない。これまで見たことのない服を着ている。

「これは、これは！ いったいなにがはじまるんだ？」とぼくはいった。

彼が誇らしげに甲羅をグンと持ち上げる。甲羅は、シンメトリカルで端正な形をしたものがあちこちについたなめらかな厚手の布状のもので覆われている。鎧のようにも見えるが、身体全体をすっぽり覆っているわけではないし、金属製でもなさそうだ。

彼の上面の通気口がある部分は、カットの荒い宝石のようなものでぐるりと囲まれている。たしかにある種の宝石だ。地球の宝石職人がカットをほどこすようなかたちで面取りしてある。しかし宝石としてのクオリティはお粗末だ。しみだらけだし色は濁っている。だがとにかく大きいし、ソナーで感知したらすばらしい音として響くことだろう。

身頃からつづく袖は腕のなかばまであって、袖口もおなじように宝石で飾られている。肩と隣の肩とのあいだにはヒモをゆったり編んだモールのような飾りがついている。彼が手袋をしているのもはじめて見た。五本の手ぜんぶが、目の粗い麻布のような素材で覆われている。

この衣装では動きが相当、制限されるだろうが、そこはほら、ファッションは快適さや便利さ第一のものではないのだから。

「いいね、よく似合ってる！」とぼくはいった。

「ありがとう。これは祝うときの特別な服」

一リットルのウォッカを掲げる。「これは祝うときの特別な液体だ」

「人間は……祝うために食べる、質問？」

「ああ。エリディアンがひとりだけで食べるのはわかっている。きみが、人が食べるところを見るのは下品だと思っていることもわかっている。でも人間はそうやって祝うんだ」

「オーケイ。食べる！　ぼくらは祝う！」

ラボ・テーブルに固定された二つの実験水槽のほうへ漂っていく。ひとつの水槽のなかには金星の大気の類似物、もうひとつにはスリーワールドの大気の類似物が入っている。どちらも極力ほんものとおなじになるように合成した。合成にあたっては、もっとも詳しいデータを参照したのだが、それができたのは、あらゆる参考書を網羅したコレクションとロッキーの自分の星系にかんする知識のおかげだ。

どちらの場合も、タウメーバは生きのびただけでなく繁栄していた。これまでにないスピードで繁殖し、実験水槽に最少量のアストロファージを注入すると、あっというまに食い尽くされてしまった。ウォッカのバッグを高々と掲げる。「タウメーバ82・5に！　二つの惑星の救済者に！」

「きみはその液体をタウメーバに与える、質問？」

吸い口のクリップをゆるめる。「ノー。そういうだけなんだ。タウメーバ82・5を讃えているんだよ」ひと口すする。口のなかに火がついたみたいだ。イリュヒナはまちがいなく強くて渋いのが好みだったようだ。

「イエス！　たくさん讃える！」と彼がいう。「人間とエリディアンがいっしょに働く、みんなを救う！」

「あっ！　それで思い出した――タウメーバの生命維持システムが必要なんだ。ちょうどコロニーが生きていける程度の量のアストロファージを与えられるシステムが。完全に自動化されたもので、数年間、自力で動いてくれるやつ。あと重さは一キロ以下でないとだめだ。それが四つ欲しい」

「どうしてそんなに小さい、質問？」

「ビートル一基にひとつずつ入れるんだ。地球に帰る途中で〈ヘイル・メアリー〉になにかあったときに備えて」

「よい考え！　きみは頭がいい！　ぼくはきみのためにそれをつくることができる。そして、きょう、ぼくは燃料移送装置を完成させる。アストロファージをきみにすぐ与えることができる。そしてぼくらは家へ帰る！」

「ああ」笑みが薄れる。

「これはしあわせ！　きみの顔の開口部は悲しいモード。どうして、質問？」

「長い旅になるし、ぼくはひとりぼっちだ」帰路、あえて昏睡状態になるリスクを取るべきかどうか、まだ決めかねている。果たして正気を保てるかどうか考えると、そうすべきなのかもしれない。完全なる孤独と、チョークを溶かしたような胸の悪くなる懸濁液。考えただけでもたまらない。が、少なくとも旅の初期段階は絶対に起きているつもりだ。

「きみはぼくに会いたくなる、質問？　ぼくはきみに会いたくなる。きみは友だち」

「ああ、そりゃあ会いたくなるさ」またひと口、ウォッカを飲む。「きみはぼくの友だちだ。ふん、きみはぼくの親友だよ。でももうすぐ永遠にさよならだ」

彼が二つの鉤爪を合わせる。くぐもった音が響く。もうおしまいというジェスチャーとともに聞こえてくる音は、いつもはカチッとはっきりした音だ。「永遠ではない。ぼくらは惑星を救う。そしてぼくらはアストロファージ・テクノロジーを持つ。互いに訪問する」

微苦笑を浮かべる。「それをぜんぶ五〇地球年以内にできると思うかい？」

「たぶんだめ。どうしてそんなに短い、質問？」

「ぼくはあと五〇年くらいしか生きられない。人間は」――ヒック――「あまり長くは生きられないんだよ、忘れたのか？」

「おお」しばし沈黙する。「では、ぼくらはいっしょにいる時間を楽しむ。そして惑星を救うために帰る。そしてぼくらはヒーロー！」

「ああ！」しゃきっと背筋をのばす。少しふらつく。もともとそれほど飲むほうではないし、ウォッカのまわりが思ったより速い。「ぼくりゃは銀河系れいちばん重要な存在ら！　ぼくりゃはすごいっ！」

彼がそばにあるレンチをつかんで高々と掲げる。「ぼくらに！」

ぼくはウォッカを掲げる。「ぼくりゃに！」

「さてと。いよいよだな」接続路のこちら側からいう。

「イエス」向こう側からロッキーがいう。声が低い。高く保とうとしているのだが、低い。

〈ヘイル・メアリー〉は燃料満タンだ――二二〇万キログラムのアストロファージ。地球を出発したときより二〇万キログラムも多い。ロッキーがつくった代わりのタンクは、いうまでもなく、オリジナルより効率がいいし、容量も大きい。

うなじをポリポリ掻く。「ぼくらの仲間がまた出会うことはあるだろう。人間は絶対にエリドのすべてを知りたがると思うから」

「イエス」と彼がいう。「ラップトップ、ありがとう。何世紀分もの人間のテクノロジー、ぼくらの科学者が学ぶ。きみはぼくらの人々の歴史上もっとも偉大な贈り物を与えてくれた」

「きみはラップトップ用の生命維持システムをつくったんだから、もう試してみたんだろ?」

「イエス。それは愚かな質問」彼が向こう側の取っ手をつかんで身体を安定させる。

ロッキーは直接行き来できる接続トンネルを撤去して〈ヘイル・メアリー〉の船体に開けた穴をふさぎ、その代わりにエアロックとエアロックをつなぐ接続路を設置して出発前最後の準備をすませていた。

〈ヘイル・メアリー〉につくったキセノナイトのトンネルや壁は残してもらった。ただ、ぼくが空間を利用できるよう、あちこちに直径数メートルの穴を開けてもらってある。あえて残したのは、地球の科学者に研究してもらうのにキセノナイトが多ければ多いほどいいだろうと思ったからだ。

船内はまだ少しアンモニアの匂いがする。さすがのキセノナイトも気体がしみこむのを完全に防ぐことはできないようだ。しばらくは匂いが残るだろう。

「で、きみの農場はどうだ？」とたずねる。「ぜんぶダブルチェックしたか？」

「イエス。タウメーバ82・5のコロニーが六つ。冗長性がある。それぞれべつべつの生命維持システムがついたべつべつの繁殖水槽のなか。それぞれスリーワールドの大気をシミュレートしたもののなか。きみの農場は機能している、質問？」

「ああ。まあ、それは繁殖水槽一〇個のことだけどね。でもぜんぶ金星の大気でセットアップしたところだ。あ、そういえば、ミニ農場、ありがとう。旅のあいだにビートルズにインストールするよ。ほかにやることもあまりないから」

彼がノートパッドに注意を向ける。「きみがぼくに与えたこれらの数字。これらはぼくが向きを変える時間とエリドに着く時間。きみは確信する、質問？　とてもすぐ。とても速い」

「ああ。それはきみの時間の遅れのせいだ。奇妙な現象なんだよ。でもその値は正確だ。四回もチェックした。きみは三地球年以内にエリドに着く」

「しかし地球はタウ・セチからの距離、ほぼおなじ。しかしきみは四年かかる、質問？」

「たしかにぼくは四年という時間を経験することになる。正確には三年と九カ月だ。それは時間がきみほど圧縮されないからなんだ」

「きみは前に説明したが、もう一度……どうして、質問？」

「きみの船はぼくのより加速が大きいから、きみはぼくより光速に近い速度で動くことになる」

彼が甲羅を小刻みに揺らす。「とても複雑」

彼の船のほうを指さす。「相対論の情報はぜんぶラップトップに入っているから、そっちの科学者たちに見てもらってくれ」

「イエス。かれらはとても喜ぶだろう」

「量子物理学のことを知ったら、そうはいかないと思うよ。きっとものすごく困惑するぞ」

「了解しない」

ハハッと笑う。「心配するな」

二人とも、ふと黙りこむ。

「そろそろかな」

「時間だ」と彼がいう。「ぼくらはこれから故郷の惑星を救いにいく」

「ああ」

「きみの顔に洩れがある」

目をぬぐう。「人間の事情だ。気にしないでくれ」

「了解」彼が取っ手を押しやりながらエアロックのドアのほうへ進んでいく。ドアを開け、そこで止まる。「さよなら、友、グレース」

ぼくは静かに手をふる。「さよなら、友、ロッキー」

彼が船内に姿を消し、その背後でドアが閉まる。ぼくは〈ヘイル・メアリー〉にもどる。そして数分後、〝ブリップＡ〟の船体ロボットがトンネルをはずした。

ぼくらはほぼ平行に船を飛ばしていくが、角度が数度開いていて、ちがうコースをたどっている。こうすれば互いにアストロファージ・エンジンの噴射で相手を蒸発させてしまう恐れはない。数千キロ距離があいたら、そこからは好きな方向をめざせる。

それから何時間かたって、ぼくはコックピットにすわっている。スピン・ドライヴはオフラインになっている。最後にひと目、見ておきたい。ペトロヴァ・スコープでとらえたＩＲの光をじっと見つめる。エリドへ帰っていくロッキーだ。

「無事に帰ってくれよ、バディ」とつぶやく。

地球へのコースをセットして、スピン・ドライヴを駆動させる。

ぼくは家へ帰る。

第26章

ぼくは独房で腰を下ろして壁を見つめていた。

薄汚れた刑務所の独房、とかではない。あえていうなら大学の寮の部屋というところか。ペンキ塗りのレンガ壁、机、椅子、ベッド、バストイレ、等々。だがドアはスチール製で窓には鉄格子がはまっている。どこへもいけない。

なぜバイコヌールの打ち上げ基地にいつでも使える独房があるのか？　ぼくは知らない。ロシア人に聞いてくれ。

打ち上げ予定日はきょうだ。すぐにもあのドアから屈強な警備兵たちといっしょに医師が入ってくるかもしれない。医師がぼくになにか注射して、それが地球の見納めになるのだろう。

そう思ったのが合図だったかのように、ドアの鍵がカチッと開く音が聞こえた。勇敢なやつならそれをチャンスととらえたかもしれない。ドアに突進して警備兵の手をすり抜けるチャンス。だがぼくは逃げることなどとっくの昔にあきらめていた。どうすればいいというんだ？　カザフスタンの砂漠に逃げこんで、あとは運を天にまかせるのか？

ドアが開いてストラットが入ってきた。そのうしろで警備兵がドアを閉めた。

「どうも」と彼女はいった。

ぼくはベッドから彼女をにらみつけた。

「打ち上げは予定通りよ」と彼女はいった。「すぐ出発してもらうことになるわ」

「ワーイ」

彼女は椅子に腰を下ろした。「信じてもらえないでしょうけど、わたしだって好きであなたにこんな仕打ちをしているんじゃないのよ」

「ええ、あなたはほんとうに情に厚い人ですからね」

彼女はぼくの辛らつな言葉には反応しなかった。「わたしが大学でなにを専攻したか知ってる？なにで学位をとったか？」

ぼくは肩をすくめた。

「歴史よ。歴史専攻だったの」彼女は指で机をリズミカルに叩いた。「たいていの人は科学か経営学専攻だろうと思ってるけど。あとはコミュニケーションとかね。でもちがう。歴史だったの」

「意外ですね」ぼくはきちんとすわりなおした。「過去をふりかえることに時間を費やすタイプとは思えない」

「一八歳で、この先どうしたらいいのか、まったく見当がつかなかった。ほかになにをすればいいかわからなかったから、歴史を専攻したのよ」彼女は得意げな笑みを浮かべた。「まるでわたしらしくないでしょう？」

「ええ」

彼女は鉄格子の外に目をやった。遠くに発射台が見えている。「でも多くのことを学んだわ。実際、好きだったし。いまの人は……いまがどんなに恵まれているか、まるでわかっていない。過去は、たいていの人間にとっては情け容赦ない過酷なものだった。時代を遡れば遡るほど、過酷なものになっていく」

彼女は立ち上がって部屋のなかを歩きながら話をつづけた。「産業革命が起こるまでの五万年間、人類の文明はあるひとつのもの、そのひとつだけにかかわるものだった——食料よ。過去に存在したどんな文化も、持てる最大の時間、エネルギー、人力、そして資源を食料につぎこんだ。狩猟、採集、農業、牧畜、貯蔵……すべて食料にかんすることだった。

ローマ帝国ですら例外ではないわ。皇帝のことやローマ軍のこと、各地を征服したことはみんな知っている。でもローマ人がほんとうに発明したのは、農地と食料や水の輸送手段を確保する非常に効率的なシステムだったのよ」

彼女は部屋の奥へ歩いていった。「産業革命は農業を機械化した。そしてそれ以来、わたしたちはほかのことにエネルギーを注げるようになった。でもそれは過去二〇〇年間のことよ。それ以前は、ほとんどの人が人生の大半をみずからの手で食料をつくる作業に費やしていた」

「歴史の授業、ありがとうございます」とぼくはいった。「でも、さしつかえなければ、ぼくとしては地球ですごす最後の瞬間をもう少し楽しいものにしたいんですよ。ですから……そのう……出ていってもらえませんか」

彼女はぼくを無視した。「ルクレールの南極核爆弾で時間は稼げた。でもそれもたいした時間ではない。南極の端の塊を海に放りこむのも、海面上昇や海洋バイオームの死滅といったことがアストロファージ以上の問題を引き起こすまでにできる回数はかぎられている。ルクレールがいったこと、覚えているでしょう——世界の人間の半分が死ぬのよ」

「わかってますよ」とぼくはつぶやいた。

「いいえ、あなたはわかっていない」と彼女はいった。「なぜなら、それ以上にひどいことになるから」

「人類の半分が死ぬ以上にひどいことになるというんですか？」

「そうよ」と彼女はいった。「ルクレールの推測は、世界各国が協力し合って資源や配給食料を分かち合うという前提の上になりたっているの。でも、そんなことできると思う？　合衆国が――史上最強の軍事力を誇る合衆国が――自国民の半分が飢えて死ぬのを手をこまねいて見ていると思う？　中国は？　いちばんいいときでも一三億の国民がつねに飢饉を意識していなければならない国よ？　かれらが近隣の弱小国を放っておくと思う？」

ぼくは首をふった。「戦争が起こるでしょうね」

「ええ。戦争が起こるわ。古代の戦争のほとんどとおなじ理由で戦争が起こる――食料をめぐる戦争よ。宗教でも栄光でも、理由はなんとでもつけられる。でも目的はつねに食料だった。農地とそこを耕す人間を奪い合うの。

でも、お楽しみはこれでおしまいじゃないのよ」と彼女はいった。「絶望に駆られた飢えた国々が食料をもとめて互いに侵略し合うようになると、食料生産量は減る。太平天国の乱って、聞いたことある？　一九世紀に中国で起きた内戦よ。戦闘で四〇万人の兵士が命を落とした。そしてその結果起きた飢饉で二〇〇〇万人が死んだ。戦争は農業を破壊するの、おわかり？　それほどのスケールになってしまうということ」

彼女は両腕を身体にまわした。彼女がこれほど弱々しく見えたことはなかった。「栄養不良。混乱。飢饉。社会的インフラのすべてが食料生産と戦争につぎこまれる。社会の基本構造がばらばらに分解されてしまう。疫病も流行するでしょう。さまざまな疫病が。世界中で。医療システムが追いつかないからよ。これまで簡単に押さえこめてきたものが抑制できなくなってしまう」

彼女はくるりとぼくのほうを向いた。「戦争、飢饉、疫病、そして死。アストロファージはまさに黙示録よ。いまのわたしたちにあるのは〈ヘイル・メアリー〉だけ。どんなに小さかろうと、成功率を高める要素があるなら、わたしはどんな犠牲でも払う」

ぼくはベッドに横になって、彼女から顔をそむけた。「自分が夜、眠れるようになることならなんでもいいんでしょう」

彼女はドアのところにもどった。そしてドアをノックすると警備兵がドアを開けた。「とにかく。わたしがどうしてこんなことをしたか知っておいてもらいたかったの。それだけの借りはあるから」

「地獄に落ちろ」

「ええ、落ちますとも、かならず。そしてあなたたち三人はタウ・セチにいく。残るわたしたちは地獄行き。もっと正確にいうと、地獄が向こうからやってくるのよ」


そうかな？　いやいや、地獄はあなたのところへもどっていくんだよ、ストラット。ぼくという形を取って。ぼくは地獄だ。

つまり……彼女になんといってやろうか、まだわからない。が、絶対になにかいってやる。なにか底意地の悪いことを。

いま、四年間近い旅の一八日め。やっとタウ・セチの太陽圏界面（ヘリオポーズ）——恒星の強力な磁場の端——に達したところだ。ここではまだとりあえず高速の星間放射線を偏向させるだけの磁力が働いている。これからは船体にかかる放射線の負荷が格段に大きくなる。

ぼくには影響はない。アストロファージに囲まれているからだ。だが外部放射線センサーの数値がどんどん、どんどん上がっていくのを見るのはおもしろい。少なくとも、これは進歩だ。しかし大きな視点で見ると、長い旅路でのぼくの現在位置は〝家の玄関を出たばかり〟のところだ。

退屈だ。宇宙船にたったひとりで、とくにすることもない。

またラボを掃除して、物品の目録づくりをする。アストロファージかタウメーバの研究実験をなにか思いついてもよさそうなものだが。くそっ、家に帰るまでには論文を何本か書いてやる。おお、そうだ、二カ月間つきあった異星の知的生命体のこともある。彼についてちょっと書いてみてもいいかもしれない。

ビデオゲームも大量にある。船の建造時に入手可能だったソフトはすべてそろっている。あれをやれば、しばらくは暇を持てあますこともないにちがいない。

タウメーバ農場をチェックする。一〇個すべて順調だ。かれらの健康を保ち、繁殖させるために、ときどきアストロファージを与えている。農場は金星の大気を模しているから、タウメーバは世代を重ねるごとに金星暮らしにより適応していくだろう。四年間それがつづけば、金星に投下する頃には充分なじんでいるにちがいない。

そして、そう、もうかれらを金星に投下すると決めた。だってそうだろう？

ぼくはどんな世界に帰っていくことになるのか、まったく見当もつかないのだ。ぼくが出発してから地球では一三年が経過し、帰るまでにまた一三年が経過することになる。二六年だ。生徒たちはみんな大人になっている。どうかみんな生きていて欲しい。だが……何人か生きのびられない子たちもいるだろう。それは認めなくてはならない。そのことはあまり深く考えないようにしている。

とにかく、太陽系にもどったら金星をフライバイしてタウメーバを投下してみようと思う。うまく播種できるかどうかはわからないが、いくつかアイディアはある。いちばん単純なのはタウメーバが群がったアストロファージの塊をつくって金星に投げつけるという方法だ。アストロファージが再突入の熱を吸収し、タウメーバが野に放たれる。そしてかれらは思う存分、楽しい日々をすごす。金星はいまではアストロファージの本拠地になっているだろうから、タウメーバはエサを見つけるやいなや仕事にとりかかってくれるはずだ。

食料の貯蔵量をチェックする。まだスケジュール通りだ。三カ月はほんものの、ちゃんと食べる食料があって、そのあとは昏睡状態用の懸濁液になる。

また昏睡状態になるのはどうも気が進まない。耐性遺伝子を持ってはいるが、ヤオもイリュヒナもそうだった。必要もないのに、死ぬリスクを冒すことはないんじゃないのか？

それに航行コース・ナビゲーションを正しくプログラムし直せたかどうか、一〇〇パーセントの確信が持てない。まちがいないとは思うし、抜き打ちでチェックしてもつねに家に帰るコースをたどっているという結果が出る。だが、ぼくが昏睡状態になっているあいだになにか起きたらどうするんだ？　目が覚めて、太陽系から一光年ずれているとわかったらどうするんだ？

とはいうものの、隔離状態と孤独とまずい食事とがあいまって、けっきょくはそんなリスクも進んで受け入れることになるかもしれない。まあ、いずれわかることだ。

孤独というと、思いはロッキーへともどっていく。いまでは彼が唯一無二の友だ。まじめな話、彼はぼくのただひとりの友だ。なにもかもが正常だった頃も、ぼくはあまり社交的なほうではなかった。ときにはほかの教員たちと食事をかっこむこともあった。大学時代の友人と土曜の夜にビールを飲むこともあった。だが、時間の遅れ効果のおかげで、かれらはもうぼくよりひと世代、上になってしまっている。

ぼくはディミトリが好きだった。〈ヘイル・メアリー〉関係者のなかでいちばん好きだったといっていいかもしれない。だが、彼がいまどうなっているかは神のみぞ知るだ。くそっ、ひょっとしたらロシアと合衆国は戦争しているかもしれない。あるいは同盟を組んで戦争をしているか。ぼくには見当もつかない。

梯子を上ってコントロール・ルームに入り、操縦席にすわって〝ナビ〟パネルを出す。そんな必要はまったくないのだが、いくらか儀式のようになってきている。スピン・ドライヴを切って、巡航する。たちまち重力が消えるが、ほとんど気にならない。もうすっかり慣れっこになっている。

スピン・ドライヴが切ってあると、安全にペトロヴァ・スコープを使うことができる。宇宙空間を少しだけスキャンする――どこを見ればいいかはわかっている。すぐに見つかった。ペトロヴァ周波数の小さな光の点。〝ブリップA〟のエンジンだ。もしその光から数百キロ以内にいたら、ぼくの船はまるごと蒸発してしまうだろう。

ぼくはこの星系の一方の端にいて、彼は反対側の端にいる。くそっ、いまではタウ・セチでさえ遠くの電球くらいの明るさだ。だがそれでも〝ブリップA〟のエンジンの炎ははっきり見分けることができる。光を推進力として使うと、それこそばかばかしいほどのパワーが放たれるのだ。

将来、これをなにかに利用できるかもしれない。地球とエリドは、このアストロファージを使ったペトロヴァ光を大量に発することで通信できるようになる可能性だってある。エリダニ40から見える閃光を出すには、どれくらいのエネルギーが必要なのだろうと考えてみる。モールス信号かなにかを使えば話ができるかもしれない。かれらはウィキペディアのコピーを持っている。閃光を見たら、ぼくらがなにをしようとしているのか理解してくれるのではないだろうか。

それでもぼくらの〝会話〟はゆっくりしたものになる。エリダニ40と地球は一六光年離れている。だから「やあ、元気にしてるか？」とメッセージを送っても、返事がくるのは三二年後だ。

スクリーン上の小さな光点を見つめて溜息をつく。まだしばらくは彼を追跡することができる。この先も、彼の船がどこにいるかはいつでもわかる。彼はぼくが渡したフライトプラン通りに飛ぶはずだ。彼は、ぼくが彼のエンジニアとしての能力を信じているのとおなじくらい、ぼくの科学者としての能力を信じてくれている。しかし数カ月後には、ペトロヴァ・スコープでもこの光点を見ることはできなくなってしまう。光が暗くなってしまうからではない――これは非常に繊細な機器だ。彼を見ることができなくなるのは、ぼくらの相対速度のせいで彼のエンジンから出る光が赤方偏移を起こしてしまうから。その光は、ぼくのところに届いたときには、もうペトロヴァ周波数の光ではなくなってしまっているからだ。

え？　ぼくの慣性座標系でとらえられる任意の時点でのぼくらの相対速度を算出するにはばかばかしいほど大量の相対論的計算をしなければならないし、そのあと彼のエンジンから出る光がペトロヴァ・スコープでとらえられる範囲からいつはずれてしまうかを算出するにはローレンツ変換する必要がある？　そうまでして、遠くにいる友の姿をあとどれくらい見ていられるかたしかめる？　ちょっと感傷的になっているんじゃないのか？

うん。

オーケイ、悲しくてささやかな日課は終わった。ペトロヴァ・スコープをオフにして、またスピン・ドライヴを駆動させる。


だんだん減っていくほんものの食料の残量をチェックする。〝旅に出て〟三二日め。計算ではあと五一日で完全に昏睡状態懸濁液に依存しなければならなくなる。

共同寝室へいく。「コンピュータ、昏睡状態食料物質のサンプルを出してくれ」

アームが供給品貯蔵エリアに手をのばして白い粉末が入ったバッグを取り出し、ぼくのベッドに落とす。

バッグを手に取る。もちろん粉末だ。長期保存するものに液体を入れるわけがない。〈ヘイル・メアリー〉の水系は閉じた輪になっている。水がぼくのなかに入る。そしていろいろな形で外に出てくる。それを浄化して、再利用する。

ラボにパッケージを持っていって開封し、粉末をいくらかビーカーに入れる。

少し水を入れてかきまわすとミルキーホワイトの懸濁液になる。匂いを嗅いでみる。まったく嗅いだことのない匂いだ。そこでひと口すすってみる。

吐き出さないようにするのにひと苦労した。アスピリンみたいな味だ。あの錠剤みたいないやな味。この苦い錠剤もどきの食事を何年も食べることになるのか。

昏睡状態、そう悪くはないかもしれない。

ビーカーを脇にどかす。この苦痛とは、時がきたら向き合うことにしよう。いまはビートルズの作業だ。

タウメーバのミニ農場が四つある。ロッキーさまさまだ。スチール的な素材のカプセルで、長さはぼくの手とおなじくらい。〝スチール的〟といったのは、人類がまだ発明していない、エリディアンのスチール合金だからだ。ぼくらが持っているどんな合金よりも硬いが、ダイヤモンド切削工具ほどではない。

ミニ農場の容器にかんしては紆余曲折があった。最初はキセノナイトでつくろうと考えた。が、ひとつ問題があった――地球の科学者はどうやってなかのものを手にするのか？　ぼくらが持っている道具では、キセノナイトを切ることはできない。唯一のオプションは超高熱を利用することだが、それだとなかのタウメーバを傷つけてしまう恐れがある。

ぼくは蓋付きのキセノナイト容器はどうかと提案した。耐圧ドアのようにピタッと蓋が閉まるもの。そして安全な開け方をUSBに入れておく。しかしロッキーはこのアイディアをすぐさま却下した。どんなに密閉がよくても、完全ではない。旅のあいだ農場が経験する二年間のうちになかの空気が洩れ出してタウメーバが窒息してしまう可能性があるというのだ。彼は農場は単体の、完全に密閉された容器であるべきだと主張した。たぶんそれが正解なのだろう。

そこでエリディアンのスチールという案に落ち着いた。頑丈だし、簡単には酸化しないし、きわめて耐久性にすぐれている。地球側はダイヤモンドの切削工具で切って開けることができる。それにほら、分析しておなじようなものをつくれるようになるかもしれない。みんな勝者だ！

農場をつくるにあたっての彼のアプローチ法はとてもシンプルだった。なかに入れるのはタウメーバの活発なコロニーと金星ふうの大気。さらにアストロファージが詰まったチューブをコイル状に巻いたものも入っている。タウメーバはそのいちばん外側の層にしか接触できないので、チューブのなかを少しずつ進んでいくしかないのだが、チューブの長さは二〇メートルある。基礎実験をやって、少数のタウメーバならこれで数年はもつとわかっている。老廃物は――かれらに自分のウンチまみれになってもらうしかない。時間がたつにつれてカプセルのなかにはメタンと二酸化炭素が増えていくが、これは問題ない。人間の目から見れば小さい容積だが、なかにいる微生物にとっては広々とした巨大な洞窟だ。

ビートルズはずっと最優先の課題だった。いつでも発進させられるようにしておきたい。〈ヘイル・メアリー〉に万が一、手の施しようのない問題が起きたときに備えてのことだ。しかしミッションにとって致命的な問題が起きないかぎり早々と発進させるつもりはない。なるべく地球に近づいてから発進させたほうが無事に帰還する可能性は高くなる。

ミニ農場をインストールするときには、チビたちに燃料を入れてやらなくてはならない。かれらに〈ヘイル・メアリー〉の即席エンジンとして働いてもらったときに、燃料の半分を使わせてしまった。といっても満タンにするのに必要なアストロファージは、それぞれわずか六〇キロ程度。ぼくが移入したエリディアン産アストロファージの量にくらべたら、バケツのなかの一滴くらいのものだ。

いちばん大変なのはビートルズの小さな燃料ベイを開けることだ。ここにあるものはすべてそうだが、これもやはり再利用するようにつくられているわけではない。使い捨てのビックのライターにブタンを足そうとするようなもので、要するにそういうふうにはできていないのだ。完全に密閉されている。けっきょくフライス盤に固定して六ミリのドリルビットで穴を開けるしかなかった……大仕事だ。しかしだいぶ慣れてきた。

ジョンとポールはきのうすませた。きょうはリンゴだ。時間が許せばジョージも。ジョージはいちばん簡単だろう。燃料を入れなくていい――エンジンとして使っていないので。彼にはミニ農場をインストールするだけでいい。

もうひとつの問題はミニ農場をどこに入れるかだった。小さいとはいえ、小型プローブのなかに収めるには大きすぎる。そこで下部構造に接着することにした。そしてビートルの上部に小さな釣合おもりをスポット溶接した。ビートルズの内部コンピュータはプローブの質量中心の位置について、非常に強硬な意見を持っている。そのガイダンス・システムを完全にプログラミングしなおすより釣合おもりをつけるほうが簡単なのだ。

ここで重さのことを考えてみよう。

農場の重さが加わったので、ビートルズは本来より一キロ重くなっている。それはいい。スティーヴ・ハッチとはビートルズの設計のことで数え切れないほどミーティングを重ねたことを思い出した。彼は一風変わった小柄な男だが、凄腕のロケット科学者だ。ビートルズは星を見て自分の宇宙空間での位置を把握し、もし予定より燃料が少なくなっていたら加速を必要なだけ漸減させる。

けっきょくのところ――かれらはちゃんと故郷に帰る。少し長くかかるだけだ。ざっと計算してみたが、地球時間ではわずかな差にしかならない。だがビートルズは旅のあいだにもともとの計画より数カ月長い時間を経験することになる。

備品キャビネットからBOCOA（ビッグ・オールド・コンテナ・オブ・アストロファージ）を引っ張り出す。光を通さない金属製の貯蔵容器で、車輪がついている。なかには数百キロのアストロファージが入っていて、いまの重力は一・五G。だから車輪をつけたのだ。機械を扱う工場や会社がどれほど重いものを引きずらなくてすむように工夫しているか、それはもうびっくりするほどだ。

すごく熱いので、タオルを当ててハンドルをつかむ。ラボ・テーブルへ引っ張っていって、椅子に落ち着き、燃料補給を手順よく進めるべく準備する。プラスチックのシリンジを用意。これで一回につき一〇〇ミリリットルのアストロファージを直径六ミリの穴から入れることができる。重さにすると約六〇〇グラム。一基につき約二〇〇回、注入することになる。

BOCOAを開けると——。

「うっ!」思わず身を縮めてコンテナから遠ざかる。ひどい匂いがする。

「うう……。なんでこんな匂いがするんだ?」

そのときピンときた。この匂いには覚えがある。これは死の匂い、腐ったアストロファージの匂いだ。

またタウメーバが野に放たれてしまった。

第27章

椅子から飛び上がるが、どうしたらいいのかわからない。

「オーケイ、落ち着け」と自分にいう。「しっかり考えろ。それから動くんだ」

BOCOAはまだ熱い。つまりこのなかにはまだ生きているアストロファージがたくさんいるということだ。早い段階で発見できた。それはいいことだ。BOCOAにとってではない――これはもうおしまいだ。このなかのアストロファージからタウメーバを選り分けることは絶対にできない。だが、タウメーバがどうやって入りこんだのかはわからないが、入ったのはつい最近のことだ。まだ船の燃料には入りこんでいないかもしれない。

イエス。優先順位一位はそれだ。タウメーバを燃料ベイに侵入させない。前回、侵入してしまったのは、システムに微細なヒビや穴や洩れがあったからだ。だがシステムに入りこんだのはぼくがタウメーバを置いておいたクルー・コンパートメントからのはず。燃料システムとクルー・コンパートメントには重なる部分はあまりない。タウメーバの移動に手を貸した犯人はただひとり。

生命維持だ。

船が冷えすぎると、生命維持システムは全体を温めるためにアストロファージが詰まったコイルの周囲に空気を流す。そのコイルにひとつでも亀裂が入っていたらそれで充分だ。今回は運のいいことにラボに摂氏九六度のアストロファージが大量に置いてあったからクルー・コンパートメントは温まっていて、船はエアコン・システムを使う必要がなかった。

オーケイ、いいプランを思いついた。

大急ぎで梯子を上ってコントロール・ルームに入る。〝生命維持〟パネルを出してログを見る。思った通り、ヒーターは一カ月以上、オンになっていない。ヒーターが絶対に作動しないようにする。表示では作動しないことになっているが、信用できない。

メイン・ブレーカー・ボックスに手をのばす。あるのは操縦席の下だ。ヒーティング・システムのブレーカーを見つけて、カチッとオフにする。

「オーケイ」

操縦席にもどって〝燃料〟パネルをチェックする。燃料ベイの状態は問題なさそうだ。温度表示が正確な数値を示している。もしタウメーバが入りこんでいたら、好き勝手に暴れまわって燃料ベイのなかのものを食い尽くすのにたいして時間はかからない――それはいやというほどわかっている。もしタウメーバに冒されていたら、温度はもっと低くなっているはずだ。

スピン・ドライヴ・コントロールを呼び出してエンジンを切る。とたんに無重力になって、ぼくの下で床がすっと落ちる。たぶん切る必要はないだろうが、いまは燃料になにひとつして欲しくない。もし燃料ラインにタウメーバがいるのなら、そこにとどまっていてもらいたい。船中、走りまわられては困る。

「オーケイ……」またいってしまう。「オーケイ……」

さらに考える。

どうやって逃げ出したんだ？　ロッキーから一グラムのアストロファージをもらう前に、この船は隅から隅まで窒素で殺菌した。船内に存在していたのはビートルズにインストールした密閉状態のミニ農場のなかのものと、密閉したキセノナイト製の繁殖タンクのなかのものだけだ。

いや。科学面の疑問を追求している時間はない。原因はあとで考えればいい。いま解決すべきはエンジニアリングの問題だ。ロッキーがいてくれたらどんなにいいか。

ロッキーがいてくれたらと、ずっと思っている。

タウメーバがどうやって脱走したかはわからないが、とにかく死んでもらわなくてはならない。タウメーバ82・5は〇・〇二気圧、窒素八・二五パーセントの環境なら生きていける。もしかしたらもう少し高い数値でも大丈夫かもしれない。だが、クルー・コンパートメントの〇・三三気圧で窒素一〇〇パーセントなら絶対に無理だ。計算すると、致死量の窒素の二〇〇倍ということになるのだから。

ブレーカー・ボックスまで漂っていき、生命維持に関係するものすべてをオフにする。とたんに緊急警報音が鳴り響き、赤色灯がともる。壁を蹴って部屋の反対側にいき、緊急システム用のブレーカー・ボックスを開けてぜんぶオフにする。

マスター警報音もうるさいので、〝メイン・インターフェース〟パネルで黙らせる。

ラボに飛んで帰って、気体入りシリンダーが入っている備品戸棚を開ける。ひとつのキャニスターに約一〇キロの窒素が入っている。またしてもデュボアが選んだ自殺方法のおかげだ。

生命維持システムの細かいところまでは覚えていないが、手動の圧力リリーフバルブがあったのはたしかだ。船は船内が〇・三三気圧以上になることを許さない。もしほかのあらゆる手段がうまくいかない場合には（緊急システムをオフにしてしまったから、当然そうなるのだが）船は過剰な圧を宇宙空間へ逃がす。

ぼくとしては、ただ窒素を放出してあとはうまくいくことを祈るだけ、というわけにはいかない。まずは存在している酸素をぜんぶ取り除きたい。この件にかんしてはとにかく徹底的にやるつもりだ。このなかを窒素一〇〇パーセントにしてしまいたい。タウメーバが生きのびるチャンスが完全にゼロになるように、この船をタウメーバにとってこれ以上ないほど有毒なものにしたいのだ。たとえどこかのヘドロの下に隠れていたとしても、窒素がその下まで覆い尽くすようにしたい。窒素をあらゆるところに！　あまねく！

窒素のシリンダーをつかんで床を蹴り、コントロール・ルームにもどる。エアロックの内部ドアを勢いよく開けて、素早くオーラン・スーツに入る。新記録樹立だ。すべて起動させる。セルフチェックもしない。時間がない。

内部ドアを開けっぱなしにしたままで外部ドアの手動緊急バルブを回す。船内の空気がシューッと宇宙空間に逃げていく。生命維持システムはメインも緊急時用も電源を断たれている。失われた気体を補うことはできない。

あとは待つだけだ。

船内の空気がぜんぶなくなるまで、驚くほど時間がかかった。映画だと、船体に裂け目ができたら全員があっというまに死んでしまう。でなければ筋骨隆々のヒーローが上腕二頭筋かなにかで穴をふさぐ。だが現実世界では、空気はそんなに速くは動かない。

エアロックの緊急バルブは直径四センチだ。自分が乗っている宇宙船に開いている穴としては充分に大きい、だろう？

船内の気圧が本来の一〇パーセントに下がるのに二〇分かかった。そして下がるスピードは恐ろしくゆっくりになっている。対数関数的変化なのだろうと思う。というわけで、この非常時のさなか、ぼくはシリンダーを手にしてここにじっとしているしかない。

「オーケイ。一〇パーセントでいいだろう」エアロックの緊急バルブを閉めて船を密閉する。そして窒素のシリンダーを開く。

というわけで、いまはエアロックから空気が出ていく音の代わりに窒素がシリンダーから出ていくシューッという音に耳を澄ませている。

どちらもたいしたちがいはない。

またただ。また待ちの時間。だがこんどはそれほど長くはない。きっと窒素のシリンダー内の圧のほうが船内の気圧よりずっと高いからだろう。どれくらいかはわからないが。ポイントは、船はほどなく〇・三三気圧にもどるが、その成分は窒素がほとんどという点だ。

おもしろい話——もしいまこのEVAスーツから出ても、ぼくはきわめて快適にすごせる。なんの問題もなく呼吸できる。死ぬ瞬間まで。ぼくが生きのびられるだけの酸素はここにはない。

なんとか窒素を隅々までいきわたらせたい。ありとあらゆる裂け目にまで侵入させたい。タウメーバが潜んでいるありとあらゆる場所に。ひとつ残らず見つけ出して始末したい。わがN_2ミニオンズよ、ゆけ！　破壊のかぎりを尽くせ！

ラボに下りてBOCOAのようすをチェックする。あせるあまり、密閉するのを忘れていた。さいわいアストロファージはどろどろしているから、表面張力と慣性とでなかにとどまっている。蓋を閉めてエアロックに持って上がる。そしてまるごと投棄する。

まだ生きているアストロファージを救うことはできたかもしれない。ヘドロにブクブク窒素の泡をいきわたらせて、なかに潜んでいるタウメーバを始末できたかもしれない。だがどうしてそんなリスクを冒す必要がある？　アストロファージは二〇〇万キロもあるのだ。数百キロを救うためにミッション全体を危険にさらすのはばかげている。

三時間、待ってから、ブレーカーをすべてもとにもどす。生命維持システムはいっときパニックを起こしながらも船内の空気を正常値にもどしていく。酸素がたっぷり備蓄されているおかげだ。

船内のタウメーバ源はすべて隔離しなくてはならない。できれば生命維持システムが窒素を排出し終える前のほうがいい。ではなぜふつうの空気にもどる前にやってしまわないのか？　それはＥＶＡスーツを脱いでやったほうがずっと簡単で早いからだ。この作業にはぼくの手が必要だ。分厚いグローブをはめていない手が。

オーランから出て、窒素のシリンダーを手にラボへ下りる。

まずは――繁殖農場だ。

一〇個の農場をひとつずつ大きなプラスチック容器に入れる。それぞれの容器にバルブをつけて（エポキシ樹脂はなんでもできる）窒素を注入する。農場のどれかに洩れが発生したら、その農場には窒素が入りこんでぜんぶ死ぬ。ほかのちゃんと機能している農場――密閉が保たれている農場――にはなんの問題も起こらない。

プラスチック容器はそもそも気密構造だが、さらにダクトテープを使って密閉度を高め、わざとほんの少し過圧状態にする。側面と上面がふくれ上がる。これで、もし洩れがあったらひと目でわかる。ふくらみがなくなるからだ。

つぎは――ビートルズとミニ農場。

ジョンとポールはもうミニ農場をインストールしてある。この二つは繁殖農場とおなじようにそれぞれべつのプラスチック容器に入れる。リンゴは、作業をしている最中にウンチ事件が勃発したので、ミニ農場はまだインストールしていない。ジョージもだ。そこでリンゴとジョージ用のミニ農場をひとつのプラスチック容器に収める。

ぜんぶを壁にテープで留め付ける。容器がひとつでもふわふわ漂っていってしまっては困る。なにか尖ったものにぶつかったりしたらまずい。

ラボはとっちらかっている。ぼくはリンゴの作業の途中でスピン・ドライヴを切ってしまった。ツールやら部品やら、いろいろなものが部屋中に漂っている。これをぜんぶ、重力の助けなしに、ひと息つくひまもなく、片付けてしまわなければならない。

「ああ、最悪だ」とつぶやく。

第28章

〝タウメーバ大脱走〟から三日。リスクはいっさい取っていない。

燃料ベイを手動ですべて閉鎖――ひとつひとつ燃料システムから完全に分離。そしてタンクを一度にひとつずつ開けてアストロファージのサンプルを採り、タウメーバに汚染されていないかどうか顕微鏡でチェック。

うれしいことに、九つのタンクはすべて試験にパスした。そこでスピン・ドライヴを駆動させ、いまはまた一・五Gで航行している。

またこんなことが起きたらすぐわかるように〝タウメーバ警報〟を急ごしらえした。これを最初にやるべきだったのだろうが、あとからならなんとでもいえる。

この警報というのは、アストロファージの層が張り付いたスライドガラス――タウメーバ農場で使ったのとおなじもの――の片側に光源、反対側に光センサーをセットしたものだ。このシステムはまるごと、ラボになんの覆いもなく置いてある。もしタウメーバがこのアストロファージを食べたら、スライドガラスは透明になって光センサーがビーッと警報を発する。いまのところ警報は鳴っていないし、スライドガラスは真っ黒のままだ。

事態は落ち着いたし、問題点も一段落ついたので、いよいよ百万ドルの質問を出題できる――タウメーバはどうやって逃げ出したのか？

腰に手を当てて隔離ゾーンを見つめる。

「やったのは誰だ？」

まったく理屈に合わない。農場は何ヵ月も洩れなどいっさい起こさなかった。ミニ農場は完全に密閉されたスチール製のカプセルだ。

もしかしたらごろつきのタウメーバがエイドリアンで起きた前回の暴動以来ずっと船内に潜伏していたのかもしれない。それでいまのいままでアストロファージを見つけられずにいたのか？

ちがう。ロッキーとやった実験で、タウメーバはなにも食べられないと一週間で飢えて死んでしまうことがわかっている。それにかれらは中庸ということを知らない。野放図に繁殖して見つけたアストロファージを食い尽くしてしまうか、まったく存在しないかのどちらかだ。

この容器のうちのどれかに洩れがあるにちがいない。だがぜんぶを投棄してしまうことはできない――地球を救うためにタウメーバが必要だ――ではどうしたらいい？　どれが問題なのか突き止めるしかない。

農場をひとつずつ、できるかぎり念入りにチェックしていく。みんなプラスチック容器に入っているからなにひとつコントロールすることはできないが、コントロールする必要はない。完全に自動化されているからだ。とてもシンプルなシステムだ――ロッキーは複雑な問題にエレガントな解決法を見つけるのがうまい。農場はなかの気温をモニターしている。もし気温が摂氏九六・四一五度より低くなったら、タウメーバがアストロファージを食べてしまって、アストロファージはもういないということだ。するとアストロファージが少しだけ注入される。じつにシンプルだ。そしてシステムはどのくらいの頻度でアストロファージが追加されたか記録している。そこからタウメーバがどれくらいいるか概数がわかる。そして必要に応じてアストロファージの供給頻度を調整し、タウメーバの数をコントロールする。もちろん、現在の状態がぼくらにわかるよう、数値も表示される。

各農場の数値をチェックする。どれも摂氏九六・四一五度で、タウメーバの推定数は一〇〇〇万。まさに想定通りの数値だ。

「ふむ」

農場のなかの空気の圧力は、農場を囲んでいる窒素の圧力よりずっと低い。もし農場からの洩れがあれば窒素が農場内に入って、タウメーバはすぐに死滅する。だがそうなってはいない。もう三日めだ。

繁殖農場からの洩れはない。ならばミニ農場にちがいない。だがただの微生物がいったいどうやって厚さ〇・五センチのエリディアン・スチールを通り抜けたのか？　ロッキーの仕事にぬかりはないし、彼はエリディアン・スチールのことも万事承知している。エリドにタウメーバはいないが、なんらかの微生物はいるはずだ。彼にとって未知のものではない。

これらすべてを考え合わせると、ふつうならありえない答えにたどりつく――ロッキーの仕事にミスがあった。

彼は絶対にミスをしない。ものづくりにかんしては絶対に。彼は惑星随一の才能あるエンジニアだ！　彼が失敗するなんて、ありえない。

ありえるのか？

確たる証拠が必要だ。

さらにアストロファージ・スライドガラスをつくる。タウメーバを検知するのに超手軽だし、つくるのも簡単だ。

まずはミニ農場が二つ――リンゴとジョージ用のもの――入ったプラスチック容器から。しっかり密閉されているように見える。金属製のカプセル型。いろいろなものがなかに入っていて、外側はエリディアン・スチール製。

プラスチック容器の角のダクトテープをはがして蓋をこじ開け、アストロファージ・スライドガラスを放りこんでふたたび密閉する。実験その一——偶発的に純粋な窒素のなかで生きられるスーパー・タウメーバが生まれてしまっていないかどうか確認する。

その結果、もうひとつうれしい事実が判明した——タウメーバがアストロファージ・スライドガラスにとりついたらガラスは二時間で透明になる。そこで二時間待ってみたが、ガラスは真っ黒なままだ。オーケイ、よし。スーパー・タウメーバはいない。

また密閉を破って蓋を開け、なかの窒素を少し外に逃がす。そして再密閉。これで窒素はごくわずかになる。タウメーバ82・5が気にするよりずっと低い濃度になる。もしこの二つのミニ農場に洩れがあれば、スライドガラスが教えてくれる。

一時間後、異常なし。二時間後、異常なし。

念のため、なかの空気サンプルを採取する。窒素レベルはほぼゼロ。というわけで、これは論点にはならない。

ふたたび密閉して一時間待つ。なんの変化もない。

ミニ農場に洩れはない。少なくともリンゴとジョージ用のものは大丈夫だ。となると、洩れがあるのはすでにインストール済みの二つのうちのひとつということか。

ミニ農場はジョンとポールの外側に接着してあるだけだ。ビートルズの船体などに守られているわけではない。ジョンとポールの容器でもそれぞれおなじタウメーバ検知実験をくりかえす。

結果はおなじだ——タウメーバはまったくいない。

「ふむ」

オーケイ。最終試験の時間だ。ジョン、ポール、そしてまだインストールしていなかった二つのミニ農場の隔離を解く。そしてラボ・テーブルのタウメーバ警報の隣に置く。ぜんぶ完全にクリーンだと確信しているが、万が一そうでないなら、すぐに知りたい。

ここで疑惑度の低い容疑者のほうに意識を向ける——繁殖農場だ。

タウメーバがエリディアン・スチールを突破できないのなら、キセノナイトを通り抜けられるわけがない。なにしろ厚さ一センチでロッキーの世界の二九気圧をやすやすと閉じこめておけるのだ！ しかもダイヤモンドより硬くて、なぜか割れにくい。

だが、徹底的にやらねばならない。一〇個の繁殖農場が入っているプラスチック容器で、アストロファージ・スライドガラス試験をくりかえす。一度にひとつずつやる必要はない。すべてのプロセスを並列で進めていく。そして一〇個の農場すべてが、ふつうの空気とアストロファージ・スライドガラスが入ったプラスチック容器に収まった。

長い一日だった。そろそろひと息ついて寝てもいい頃だ。農場はひと晩そのままにして、ようすを見ることにしよう。寝具を共同寝室からラボへ持って上がる。もしタウメーバ検知警報が鳴ったらすぐに起きられるようにしておかなければならない。もうへとへとで、もっと大きい音がするのをつくっている余裕はない。だから自分の耳をラボ・テーブルに近づけて、ひと晩すごそうというわけだ。

うとうとしはじめる。誰にも見守られずに寝るのは妙な気分だ。

六時間後に目が覚めた。「コーヒー」

だが乳母アームは下の共同寝室だ。だから当然、なんの反応もない。

「ああ、そうだった……」起き上がってのびをする。

立ち上がってのそのそと隔離ゾーンに向かう。タウメーバ農場の実験がどうなっているか見てみよう。

ひとつめの農場のアストロファージ・スライドガラスをチェックする。完全に透明だ。そこでつぎの——。

待て。透明？

「あー……」

まだ目が覚めきっていない。目をこすってもう一度、見てみる。

やはり透明だ。

タウメーバがスライドガラスに取りついた。繁殖農場から逃げ出した！

くるっと回ってラボ・テーブルの上のタウメーバ警報を見る。鳴ってはいないが、すっ飛んでいって目で確認する。アストロファージ・スライドガラスは真っ黒だ。

大きく息を吸いこんで、吐き出す。

「オーケイ……」

隔離ゾーンにもどってほかの農場をチェックする。どの容器内のスライドガラスも透明だ。農場には洩れがある。ひとつ残らず洩れている。ミニ農場は大丈夫だ。ミニ農場はラボ・テーブルのタウメーバ警報のすぐ隣に置いてある。

うなじをポリポリ掻く。

問題点は見つかったが、わけがわからない。タウメーバは農場から脱走した。だが、どうやって？キセノナイトにヒビが入っていたのなら、過圧状態だった窒素がなかに入ってタウメーバは全滅していたはず。だが一〇個の農場ではタウメーバがしあわせに健康的に暮らしている。じゃあ、なにがだめなんだ？

共同寝室に下りて朝食をとる。かつてはその向こうにロッキーの仕事場があったキセノナイトの壁を見つめる。壁は健在だが、ぼくが頼んだ通りの場所に穴が開いている。そのエリアをぼくはいま主に倉庫代わりとして使っている。

また一食、昏睡状態懸濁液に近づいた事実を無視しようと努めながら、朝食のブリトーをもぐもぐ食べる。穴を見つめる。自分がタウメーバだったら、と想像してみる。ぼくは窒素原子より何百万倍も大きい。それなのに窒素原子が通れない穴をぼくは通れてしまう。それに、そもそもその穴はどうしてできたんだ？

いやな予感がする。というか疑念が湧いてきている。

もしタウメーバが、うまい表現が見つからないが、キセノナイトの分子のあいだをすり抜けられるとしたら？　穴などまったくないとしたら？

ぼくらは固体の物質は魔法の障壁と考えがちだ。だが分子レベルで見れば、そんなことはない。固体物質は分子の連鎖、あるいは原子の格子、またはその両方だ。小さい、微細な領域に下りていけば、固体の物質はレンガの壁というより鬱蒼としたジャングルに近い。

ジャングルなら、ぼくはなんの問題もなく進んでいける。藪を乗り越え、木々のあいだを縫い、腰をかがめて枝の下を通らなければならないだろうが、とにかく進んでいける。

そのジャングルの縁にテニスボールランチャーが一〇〇〇台あって、任意の方向にボールを打ち出すとしよう。テニスボールはジャングルのどれくらい奥まで届くか？　ほとんどは最初の数本の木も突破できないだろう。いくつかはたまたまいい方向に跳ねて、もう少し奥までいくかもしれない。さらにそのなかのいくつかは、またまた運よくいい方向に跳ねてさらに先までいくかもしれない。だが、どんなに運のいいボールでも、すぐにエネルギーが尽きてしまうだろう。

ジャングルの五〇フィート奥まで届いたボールを見つけるのは、かなりむずかしいと思う。さて、そのジャングルの奥行きが一マイルあるとしよう。ぼくは向こう側までたどりつけるが、テニスボールは絶対に無理。それがタウメーバと窒素のちがいだ。窒素は直進して跳ね返るテニスボールのようなもの。不活性だ。しかしタウメーバはぼくのようなもので、刺激‐反応能力がある。周囲の環境を感じとって、その感覚入力に基づいて統制のとれた行動をとる。タウメーバがアストロファージを見つけてその方向に移動できることはわかっている。タウメーバにはまちがいなく感覚がある。だが窒素原子はエントロピーに支配されている。〝努力する〟ということがない。ぼくは坂を上っていける。だがテニスボールはあるところまで上っていって、あとは転がり落ちてくるだけだ。

どう考えてもおかしい。惑星エイドリアンで生まれたタウメーバが、どうして惑星エリドの科学技術的発明品であるキセノナイトをうまく通り抜ける方法を知っているのか？ まったく筋が通らない。生物はなんの理由もなく形質を進化させたりはしない。タウメーバは大気上層に住んでいる。それがなぜ密な分子構造を通り抜ける能力を発達させたのか？ そこにどんな進化論的理由がありうるのか――。

ブリトーを落としてしまう。

ぼくは答えを知っている。認めたくない。だが知っている。

ラボにもどって神経のすりへる実験に取りかかる。実験そのもので神経がすりへるのではない。その結果が思った通りのものになるのではないかと思うと、おだやかな気分ではいられないのだ。

ぼくはまだロッキーのアストロ・トーチを持っている。この船内でキセノナイトを分離できるほどの高温が出せるのはこれだけだ。ロッキーのトンネルのおかげで、船内中、あちこちにキセノナイトがある。共同寝室の分離壁に切り込みを入れる。一度に切れるのはほんの少しだけだ。少し切ってはは生命維持システムが冷やしてくれるのを待たなければならない。アストロ・トーチは大量の熱を生み出すのだ。

ついにほぼ円形のものを四つ、切り取った。どれも直径は二インチ程度。

そう、インチだ。ストレスがたまるとヤード・ポンド法にもどってしまう。アメリカ人は苦労が多いのだ。わかってもらえるかな？

切り取ったキセノナイトを持ってラボに上がり、実験を組み立てていく。

キセノナイトの円のひとつにアストロファージを塗り付ける。その上に円を重ねる。アストロファージ・サンドイッチだ。うまいが、キセノナイトの〝パン〟を通り抜けないと味わえない。二つの円板をエポキシ樹脂で接着する。そしておなじサンドイッチをもうひとつつくる。

さらにあと二つ、おなじようなサンドイッチをつくるが、キセノナイトではなく、在庫のプラスチックをカットした円板を使う。

オーケイ。これできっちり密閉されたアストロファージ・サンプルが四つできた——二つはキセノナイトの円板でつくったもの、二つはプラスチックの円板でつくったもので、四つともエポキシ樹脂で密着させてある。

密閉できる透明容器を二つ用意して、ラボ・テーブルに置く。そしてそれぞれの容器にキセノナイトのサンドイッチとプラスチックのサンドイッチをひとつずつ入れる。

サンプル・キャビネットに天然のタウメーバがいっぱい入った金属製の瓶が数個ある。タウメーバ82・5バージョンではなく、エイドリアンで採取したオリジナルのタウメーバだ。瓶をひとつ、片方の容器に入れて蓋を開け、実験装置を素早く密閉する。非常に危険なやり方だが、とりあえずタウメーバの暴動が起きても鎮圧することはできる。窒素があれば大丈夫だ。

隔離ゾーンの繁殖水槽1のところへいく。プラスチック容器からシリンジでタウメーバに汚染された空気を抜き取り、すぐにプラスチック容器に窒素を浴びせる。シリンジでできた穴はテープでふさいだ。

ラボ・テーブルにもどって、もう片方の容器を密閉し、シリンジでタウメーバ82・5を注入。穴はさっきとおなじようにテープでふさぐ。

頬杖をついて二つの容器をのぞきこむ。「オーケイ、こそこそうろつきまわるチビのごろつきども。おまえたちになにができるか、見てやろうじゃないか……」

二時間かかったが、ついに結果が出た。ぼくが予想した通りの結果、こうあってくれと望んでいたのとは正反対の結果だった。

首をふる。「くそっ」

タウメーバ82・5実験装置のなかのキセノナイトではさまれたアストロファージは消え失せていた。プラスチックではさまれたアストロファージはなんの変化もない。一方、もうひと組のほうの実験装置のアストロファージ・サンプルはどちらも無傷だった。

つまりこういうことだ――〝コントロール〟のサンプル（プラスチックの円板のほう）は、タウメーバがエポキシ樹脂もプラスチックも通り抜けられなかったことを示している。しかしキセノナイトのサンプルはちがう。タウメーバ82・5はキセノナイトを通り抜けることができるが、天然のタウメーバはできない。

「ぼくはなんてばかなんだ！」自分の頭をバシッと叩く。

自分はすごーく頭がいいと思っていた。あの繁殖水槽の作業をしているあいだずっと。どんどん世代を重ねていったタウメーバ。ぼくは進化をうまいこと利用していた、そうだろう？　ぼくは進化を利用して窒素耐性のあるタウメーバをつくりだした！　ぼくはスゴイ！　いつノーベル賞をもらえるのか教えてくれ！

ううっ。

そう、ぼくは窒素があっても生きられるタウメーバの株をつくった。だが進化はぼくの思惑など関係ない。進化は一度にひとつのことしかしないわけではない。ぼくは……キセノナイトの繁殖水槽のなかで生きられるように進化したタウメーバを繁殖させていたのだ。

たしかに窒素耐性は獲得した。しかし進化はあらゆる角度から問題を解決しようと、裏の手も使う。というわけでタウメーバは窒素耐性を獲得しただけでなく、キセノナイトのなかに入りこんで窒素から逃れるすべも身に付けてしまった！ 当然の話だ。

キセノナイトはタンパク質とぼくには理解できる由もない化学物質との複雑な鎖だ。しかしタウメーバはそのなかにじわじわ入りこむことができるのだろう。繁殖農場では窒素による大惨事が引き起こされている。もしキセノナイトの壁のなかに窒素が届かないほど深くまで入りこめれば、生きのびられるのだ！

タウメーバはごくふつうのプラスチックを通り抜けることはできない。エポキシ樹脂も通り抜けられない。ガラスも。金属も。ジップロックを通り抜けられるかどうかすら疑問だ。ところがぼくのおかげで、タウメーバ82・5はキセノナイトを通り抜けられるようになった。

ぼくはまったく未知の生物を対象に、そいつを改変しようと、ちゃんと理解してもいない技術を使ってしまったのだ。当然、そこには意図しない結果が生まれる。すべてを予測できると思っていたぼくは、傲慢な愚か者だった。

深々と息を吸いこんで吐き出す。

オーケイ、これで世界が終わるわけではない。実際はその反対だ。このタウメーバはキセノナイトに浸透していくことができる。問題ない。なにかべつのものに入れておけばいい。それでも窒素耐性であることは変わらない。そいつが生きるのにキセノナイトは必要ない。最初に株を分離したときに、ラボのガラス製の備品で完全にテストしつくした。金星でもスリーワールドでもちゃんと仕事をしてくれるはずだ。どこにもなんの問題もない。

ふりむいて繁殖農場を見る。

ああ。問題はない。金属で、でかい農場をつくろう。むずかしくはない。フライス盤も必要な材料もある。それに時間もいくらでもある。ロッキーがつくった農場から、使える装置を回収しよう。キセノナイト製はケーシングだけだ。それ以外はぜんぶ金属等々でできている。車輪を再発明する必要はない。べつの車につけかえればいいだけだ。

「ああ」自分を元気づける。「ああ、これでオーケイだ」

金星の大気を保持できる容器をつくればいいだけだ。厄介なところはぜんぶクリアできている。ロッキーのおかげで。

ロッキー！

いきなり吐き気に襲われる。立っていられず床にすわりこんで、両足のあいだに頭を沈める。ロッキーの船にもおなじタウメーバの株が載っている。ぼくのとおなじキセノナイト製の農場に入っている。

彼の船にとってきわめて重要な隔壁も燃料タンクもキセノナイト製だ。彼のタウメーバと彼の燃料とのあいだに立ちはだかるものはなにもない。

「ああ……なんてことだ……」

第29章

あたらしいタウメーバ農場をつくった。アルミニウム板とCNCフライス盤を使った初歩的な作業とで。なんの問題もなかった。

問題はロッキーの船だ。

この一カ月間、毎日、彼のエンジンの炎を見ていた。それが消えてしまった。

ぼくはコントロール・ルームに浮かんでいる。スピン・ドライヴは切ってあり、ペトロヴァ・スコープの感度は最大にセットしてある。いつものようにタウ・セチ自体からはランダムなペトロヴァ波長の光が出ている。が、それさえも薄暗い。地球の太陽とほぼおなじ明るさの恒星が、いまは夜空に光るほかよりちょっと大きいだけの点になってしまっている。

だがそれ以外は……なにもない。タウ・セチ－エイドリアン間のペトロヴァ・ラインすら遠すぎて検知できないし、〝ブリップA〟もどこにも見えない。

〝ブリップA〟がどこにいるはずかはわかっている。ミリ秒角まで。そしてそこにあるエンジンの光ならペトロヴァ・スコープで見えるはずなのだが……。

何度も何度も計算してみる。毎日、彼の進み具合を観測してきていたから、ぼくがつくった公式が正しいことは証明されているのだが。それでもやはり、なにもない。〝ブリップA〟の光点はどこにも見えない。

彼は宇宙の漂流者になってしまっている。彼のタウメーバが囲いから逃げ出して、じわじわと燃料ベイのなかに入っていった。そしてすべてを食い尽くした。何日間かで、何百万キログラムものアストロファージを食い尽くした。

彼は賢明だから燃料を小分けにしていたにちがいない。だがその容器はキセノナイト製だった、そうだろう？　ああ。

三日。

もし船がダメージを受けたら、彼は直す。ロッキーに直せないものはない。しかも彼は仕事が早い。五本の手をフルに動かして、なんの関係もないことをいっぺんにやっていることがよくあった。大規模なタウメーバの汚染にもなんとか対処できるだろう。だが、できるとしてどれくらいかかる？　彼は窒素を大量に持っている。欲しいだけアンモニアの空気からつくることができる。彼が汚染に気づいてすぐに対策に乗り出したとしよう。

すべてを元通りにするのにどれくらいかかるだろう？

こんなにかかるはずはない。

なにが起きたにしろ、〝ブリップA〟が修理可能な状態なら、彼はとっくに直しているはずだ。〝ブリップA〟がいまだに宇宙空間で静止している理由はただひとつ、燃料がなくなってしまったからだ。それ以外、説明がつかない。彼はタウメーバを止めることができなかった。手遅れになってしまったということだ。

頭を抱える。

ぼくは故郷に帰れる。ほんとうに帰れる。帰って、残る人生をヒーローとしてすごすことができる。銅像、パレード、その他もろもろ。そしてエネルギー問題がすべて解決した新世界秩序のもとで暮らすことができる。アストロファージのおかげで、安くて、供給豊富で、再生可能なエネルギーがあまねくいきわたる。ストラットの居所を突き止めて、くそ食らえといってやることもできる。

だが、ロッキーは死んでしまう。そしてもっと重要なことだが、ロッキーの仲間たちも死んでしまう。何十億もの人々が。

ぼくはこんなに近くにいる。ぼくは四年間、生きのびればいいだけだ。ああ、昏睡状態用懸濁液を食べつづけることになるが、それでもぼくは生きていられる。

厄介な論理的精神が、もうひとつオプションがあるぞと指摘する――ビートルズを発進させろ、四基ぜんぶ。それぞれにタウメーバのミニ農場とデータや発見を詰めこんだUSBを載せて。あとは地球の科学者がやってくれる。

ビートルズを発進させたら〈ヘイル・メアリー〉を反転させてロッキーを見つけ、故郷のエリドへ連れていってやるんだ。

ひとつ問題がある――それだと、ぼくは死ぬことになる。

地球への旅のあいだ生きのびられるだけの食料はある。エリドへの旅のあいだ生きのびられるだけの食料はある。だが、たとえエリディアンがすぐに〈ヘイル・メアリー〉に燃料を入れてくれたとしても、エリドから地球へ帰る旅のあいだ生きのびられるだけの食料はない。その時点で残る食料はたった数カ月分だ。

育てられるようなものはなにもない。成育可能な種も生きた植物質のものもない。ぼくはエリディアンの食べものは食べられない。重金属や猛毒の物質が多すぎる。

というわけで選択肢はつぎのようになる。オプション1：故郷に帰ってヒーローになり、全人類を救う。オプション2：エリドへいって異星人種属を救い、その後まもなく餓死する。

髪の毛を引っ張る。

両手に顔を埋めてすすり泣く。泣くのはカタルシスになるが、疲れる。目を閉じると見えるのは、ロッキーのあのへんな甲羅といつもなにかいじっていた小さな手だ。

決断してから六週間。容易ではなかったが、心変わりせずに頑張っている。毎日の儀式のためにスピン・ドライヴは切ってある。ペトロヴァ・スコープを立ち上げて宇宙をのぞきこむ。まったくなにも見えない。

「すまない、ロッキー」

と、小さいペトロヴァ光が目に入る。ズームインしてそのエリアを探る。モニターに、かろうじて見える程度の四つの点が映し出される。

「きみはビートルを分解したいといってたけど、一基もとっておくわけにはいかないんだ」

ビートルズのスピン・ドライヴはとても小さいから、それほど長いあいだ見ていることはできない。それでなくても、かれらは地球へ向かい、ぼくはほとんど反対方向の〝ブリップA〟に向かっているのだから。

ミニ農場のなかのアストロファージのコイルがタウメーバを放射線から守ってくれるし、農場もそのなかの生物もビートルズのかなり大きい加速に耐えられることはしっかりテストをして確認した。かれらは、かれらの視点で二年ほどの時間で地球に帰還する。地球の時間枠でいうと約一三年後ということになる。

スピン・ドライヴをオンにして、進んでいく。

〝タウ・セチ星系のすぐ外側のどこか〟にいる宇宙船を見つけるのは、そうたやすいことではない。手漕ぎのボートを与えられて、〝海のどこか〟に浮かんでいる爪楊枝を見つけろといわれたようなものだが、それより遥かにむずかしい。

彼がたどるはずのコースはわかっているし、彼がそのコース通りに進んでいるのはまちがいない。だが彼のエンジンがいつ動かなくなったのかはわからない。彼の位置をチェックしていたのは一日一度だけだ。いまは〝いちばん確実そうな〟彼の位置にきっちり照準を合わせていて、速度はいちばん確実そうな速度にしてある。だがこれはほんの序の口。この先、どれだけ探しまわらなければならないことか。

もっとしょっちゅう彼の位置をチェックしていればよかった。彼のエンジンがいつ止まったかわからないので、推定値の誤差は二〇〇〇万キロにもなってしまう。太陽と地球の距離の約八分の一。これだけの距離だと光ですら到達するのにたっぷり一分かかってしまう。ぼくが持っている情報でできるのはそこまでなのだ。

率直にいって、誤差がこんなに小さくてラッキーだと思う。もしタウメーバの脱走が一カ月遅かったら、指数関数的にひどいことになっていた。それに、これはすべてタウ・セチ星系の端で起きていることだ。タウ・セチと地球の距離はタウ・セチ星系の直径の四〇〇〇倍以上ある。

宇宙は大きい。宇宙は……あまりにも、あまりにも大きい。

だから、うん。たったの二〇〇〇万キロを探せばいいだけだなんて、ものすごくラッキーだ。

「ううむ」低く唸る。

タウ・セチからこれだけ離れてしまうと彼の船はタウ光をさほど反射しないから、望遠鏡で〝ブリップA〟をとらえられる可能性はない。

傍注：このままいけば、ぼくは死ぬ。

「ストップ」死が迫っていると考えるたびに、ぼくはロッキーのことを考える。彼はいま、絶望の淵にいるにちがいない。いまいくからな、バディ。

「待てよ……」

彼は悲しんでいるにちがいないが、いつまでも落ちこんでいるようなやつじゃない。なんとか解決法を探ろうとするだろう。彼ならなにをする？　彼の種属の命運がかかっているのだ。それに彼はぼくがそっちに向かっていることを知らない。彼はあっさり自殺したりしない、そうだろう？　たとえどんなに成功率が低かろうと、彼はなにか考え出して実行するにちがいない。

オーケイ。ぼくはロッキーだ。ぼくの船は死んでしまった。アストロファージをいくらかは救えるかもしれない。タウメーバがすべて食い尽くすことはありえない、そうだろう？　だからぼくの手元にはいくらかアストロファージがある。ぼくはビートルをつくれるだろうか？　エリドへ送り返せるなにかをつくれるだろうか？

首をふる。それにはガイダンス・システムが必要だ。コンピュータ絡みのものが欠かせない。エリディアンの科学では無理だ。そもそも、コンピュータがないから、かれらは二三人ものクルーが乗った巨大な船を送りこんだのだから。それに、もう一カ月半もたっている。もし彼が小型船をつくるつもりなら、とっくにつくって、ぼくはそのエンジンの光を見つけていたはずだ。ロッキーは仕事が早い。

オーケイ。ビートルはなしだ。しかし彼はエネルギーを持っている。生命維持も。かなり長いこと食べられるだけの食料も（もとはクルーが二三人だったし、最初から往復の旅という予定だったのだから）。

「無線は？」

彼は無線通信を試みるかもしれない。エリドで受信できるような強力なやつを。検知される確率は低いだろうが、ゼロではない。エリディアンは寿命が長い。一〇年やそこら救助を待つのも、そうたいしたことではないだろう。まあ、生きるか死ぬかの問題と比べれば、たいしたことはない。もし数年前に聞かれていたら、一〇光年先に無線を送信するのは不可能だと答えていたと思う。だが、あのロッキーのことだ。そして彼の手元には救出したアストロファージがいくらかあるかもしれない。彼がなにか創作して、その原動力としてアストロファージを使えば、あるいは。

情報を入れこむ必要はない。ただ気づいてもらえればいい。

しかし……だめだ。ざっと計算してみたのだが、地球の無線技術（エリドのものより進んでいる）をもってしても、エリドに届いたときの信号は背景雑音より遥かに弱くなってしまう。

ロッキーもそれは気がつくだろう。だから考えても意味がない。

「うーん」

もっといいレーダーがあればいいのだが。ぼくのレーダーの有効範囲は数千キロ程度だ。いうまでもなく、およそ役には立たない。ロッキーがここにいたら、なにかささっとつくってくれたかもしれないが。ちょっとしたパラドックスだが、ロッキーを救うために、ロッキーがここにいて力を貸してくれたら、と思わずにはいられない。

「もっといいレーダーか……」とつぶやく。

電力はふんだんにある。レーダー・システムもある。ひょっとしたらなにかできるかもしれない。しかし、エミッターにパワーを注ぎこめば、それでうまくいくわけではない。まちがいなく焼き切れるだけだ。どうしたらアストロファージを電波に変えられるんだ？

操縦席から弾かれたように立ち上がる。「あったりまえじゃないか！」

ぼくは史上最高のレーダーをつくるのに必要なものをすべて持っている！ ちゃちなエミッターとセンサーしかない既設のレーダー・システムなんかくそ食らえだ。ぼくにはスピン・ドライヴとペトロヴァ・スコープがある！ ぼくは九〇〇テラワットのIRを船のうしろから放射して、それがいくらかでも跳ね返ってくるかどうか、ペトロヴァ・スコープで――ペトロヴァ周波数の光ならどんなに小さくても見ることができるように念入りに設計された装置で——確認することができるんだ！

ペトロヴァ・スコープとスピン・ドライヴを同時に使うことはできない。だが、それはかまわない。ロッキーは一光分以内のところにいるのだから！

探索グリッドをつくる。これはとても単純だ。ぼくはいまロッキーの推定存在範囲のどまんなかに位置している。だから全方位を探さなくてはならない。

簡単だ。スピン・ドライヴを稼働させる。マニュアル・コントロールに切り替える。これには例によって、大量の警告ダイアログに〝イエス〟、〝イエス〟、〝イエス〟と、〝無効にする〟をいってやる必要がある。

フルスロットルにして、方位コントロールで左方向に大きく船首をふる。ぼくは操縦席のなかでうしろへ、そして横へ押し付けられる。これはセブンイレブンの駐車場でやるスピンの宇宙ナビゲーション・バージョンだ。

しっかりやりきる——完全に一回転するのに三〇秒かかった。ほぼ最初の位置にもどる。たぶん数十キロはずれているだろうが、どうということはない。エンジンを切る。

こんどはペトロヴァ・スコープを見る。全方向性ではないが、一度に九〇度の範囲をカバーできる。エンジンを光らせたのとおなじ方向を、おなじスピードでゆっくりとパンしていく。これは完璧な方法ではない——タイミングがずれる可能性はある。ロッキーが近すぎたり遠すぎたりしたら、これではうまくいかない。だがまだはじめたばかりだ。

ペトロヴァ・スコープで全周を見終える。なにもなかった。そこでもう一周する。もしかしたらロッキーは思ったより遠くにいるのかもしれない。

二周めもなにも見つからない。

まあ、まだぜんぶやり終えたわけではない。空間は三次元だ。ぼくはまだ全エリアのうちのほんのひと切れを探索したにすぎない。船を五度、下方に傾ける。

またおなじパターンで探索する。だがこんどは探索平面がさっきとは五度ちがう。これでだめなら、さらに五度下げてやってみよう。と、そんな要領で九〇度まで角度を変えていけば、全方位を探索したことになる。

そしてそれでもだめなら、最初からやり直す。ただしペトロヴァ・スコープのパン速度を上げて。

手をこすり合わせて水をひと口飲み、作業にとりかかる。


閃光だ！

ついに閃光が見えた！

ペトロヴァ・スコープで五五度の平面を半分あたりまでパンしたときだった。ピカッと光った！

びっくりして思わず手をふりまわしたので、操縦席から勢いよく飛び上がってしまった。ゼロGのコントロール・ルーム中、あちこちぶつかりながら跳ねまわり、あわてて元の位置にもどる。これまでずっと遅々とした歩みだった。これ以上ないほど退屈していた。だが、もう退屈とはおさらばだ！

「くそっ！　どこへいった！　オーケイ！　リラックスしろ！　落ち着け。落ち着け！」

スクリーンの閃光が見えたあたりに指を当てる。ペトロヴァ・スコープの動きをチェックしてスクリーンで軽く計算し、角度を割り出す。現在の平面上――タウ・セチ－エイドリアンの軌道・黄道面から五五度離れた平面上――で左へ二一四度。

「あった！」

つぎは確実な測定値を出さねば。だいぶ使い古して傷だらけになったストップウォッチを首にかける。ゼロGはこのチビ助にはきびしい環境だが、まだ動いてくれている。

船を、閃光を目視した方向と正反対の方向に向ける。ストップウォッチをスタートさせて、十秒間、まっすぐに噴射し、また向きを変えてエンジンを切る。目視した閃光から毎秒一五〇メートルほどで遠ざかっていくが、それはかまわない。いまやりたいのは加えたばかりの速度をゼロにすることではない。ペトロヴァ・スコープを使いたいのだ。

カチカチと時を刻んでいくストップウォッチを手に、スクリーンを見つめる。すぐにまた光点（ブリップ）が見えた。二八秒。光点は一〇秒後に消えた。

それが〝ブリップA〟だという保証はない。だが、なんにしろスピン・ドライヴの反射であることはまちがいない。そしてそれは一四光秒、離れたところにいる（光がそこに届くのに一四秒、もどってくるのに一四秒、合わせて二八秒）。約四〇〇〇万キロ先だ。

複数回、測定して向こうの速度を計算しようとしてもむだだ。〝スクリーンに指〟式アプローチではそこまで精密な数字は出てこない。だがぼくはビュンと飛んでいける。

四〇〇〇万キロなら九時間半でカバーできる。

ひとりでフィストバンプする。「イエス！　ぼくはまちがいなく死ぬ！」

どうしてそんなことをいったのかわからない。たぶん……そう、もしもロッキーを見つけられていなかったら、すぐに地球に向かっていただろう。実際、ここまで一生懸命になるなんて自分でも驚きだ。

とにかく。ブリップが見えた方向にコースをセットしてエンジンを駆動させる。これにかんしては相対論を計算に入れる必要はない。高校物理で事足りる。半分まで加速して、あとの半分は減速すればいい。

それから九時間は片付けと掃除に費やした。また客がくるのだ！　と思いたい。

　ロッキーはキセノナイトの壁に開けた穴をふさがなくてはならないだろう。しかしそれはたいした問題ではないはずだ。

　これはぼくが見つけたものが〝ブリップA〟で、宇宙空間にたまたま浮かんでいるデブリなどではないと仮定しての話だ。

が、そのことは考えないようにしている。生きる望みを持ちつづけるとか、そういうことを考えなければ。

　キセノナイト・エリアに入れてあったガラクタを片付ける。

　それが終わると、なんだか落ち着かなくなってきた。一度止まってまた全域を探査し、この突進の正当性を確認したいという気持ちが湧いてくるが、その気持ちを抑えこむ。おとなしく待つんだ。

　ラボにあるアルミニウム製のタウメーバ農場を見つめる。そしてその隣のタウメーバ警報のなかにあるアストロファージ・スライドガラスを見つめる。万事順調だ。この調子でいけばきっと――。

　ビーッ、ビーッとタイマーが鳴り出した。目的地に着いたぞ！

　大急ぎで梯子を上ってコントロール・ルームにいき、スピン・ドライヴを切る。椅子にすわるより先に〝レーダー〟スクリーンをオンにする。最高に強力なピンをフルパワーで送信。「こい……こい……」

　なにも見えない。

　操縦席にすわってストラップを締める。こういうことはありうると思っていた。目標物にだいぶ近づいてはいるが、まだレーダーの探知距離内に入っていないのだ。ぼくは四〇〇〇万キロ旅してきた。レーダーの探知距離はその一〇〇〇分の一以下。つまりぼくの精度は九九・九パーセントではないということだ。ああ、びっくり。

またペトロヴァ・スコープで全域探査をしなければ。ただしこんどは、目標物がどこにあるにせよ、ぼくとの距離は一光分もない。仮にその距離が一〇万キロだとすると、光が返ってくるのに一秒もからない。そしてスピン・ドライヴがオンになっているときはペトロヴァ・スコープは使えない。

では、どうする？

ペトロヴァ・スコープを切らずに、アストロファージ光を出す必要がある。オプションメニューをくまなく見ても、なにも見つからない。スピン・ドライヴの駆動中にペトロヴァ・スコープをオンにする方法はない。物理的にインターロックがかかっているにちがいない。この船のどこかにスピン・ドライヴの制御システムからペトロヴァ・スコープにつながるワイアがあるのだ。それを見つけるのに残る人生すべてをつぎこんだとしても、失敗に終わるだろう。

しかし、この船のスピン・ドライヴはメインエンジンだけではない。

角度調整エンジンは、〈ヘイル・メアリー〉の側面から突き出している小型のスピン・ドライヴだ。これを使って、ヨー、ピッチ、ロールの調整ができる。これもペトロヴァ・スコープにとっては邪魔なものなのだろうか？

ペトロヴァ・スコープをオンにしたままで、船を素早く左回りで回転させてみる。船は回転し、ペトロヴァ・スコープはオンのままだ！

レアケースを愛すべし！　めったにないケースだが、設計チームの誰かがこんなケースもあるかもしれないと考えたのだろう。恐らく、姿勢制御ドライヴの比較的小さい出力ならペトロヴァ・スコープに害はないと判断したのだ。それに大局的に見れば、これは理屈に合っている。メインエンジンも姿勢制御ドライヴも船の外側を向いている。つまりペトロヴァ・スコープから見ても外側を向いているわけだ。メインエンジンがオンのときにペトロヴァ・スコープが使えないのは、少量の宇宙塵からの反射光のせいだから、メインよりずっと出力の小さい姿勢制御エンジンなら問題はないと判断されたのだろう。

とはいえこの姿勢制御エンジンもスチールを蒸発させるくらいのペトロヴァ光を放つ。たぶん〝ブリップA〟を照らし出すにはそれで充分だろう。

ペトロヴァ・スコープを左舷のヨー・スラスターと平行になるようにセットする。実際、可視光モードの画像だと画面のいちばん下にスラスターが映っている。それを駆動させる。

ペトロヴァ周波数の光がはっきり見える。霧のなかで懐中電灯をつけたような全体的にぼうっとした光がスラスターのそばに見えている。だが数秒後には衰えてしまう。まだそこにあるのだが、優勢ではなくなっている。

正体はたぶん塵や〈ヘイル・メアリー〉自体から出る微量ガスだろう。ガスの微粒子が船から漂い出ていくのだ。しかしスラスターが近くにあるそういうものを蒸発させてしまったので、霧は薄れたというわけだ。

スラスターをオンにしたままで、ペトロヴァ・スコープを見ながら、船をヨー軸中心に回転させる。閃光が見えた。船の回転速度がどんどん増していく。もう耐えられない。そこで右舷のヨー・スラスターも駆動させる。コンピュータからクレームが殺到する。船に時計回りと反時計回りを同時にやれというのだから、まともではないと思われてもしょうがない。が、警告をすべて無視する。

完全に一回転したが、なにも見えない。オーケイ。べつにこれがはじめてというわけではない。また五度刻みで角度をつけていく。六巡め——エイドリアン黄道面から二五度のところで、目標物発見。まだ遠すぎて、細かいところまでは識別できない。だがたしかにぼくのヨー・スラスターに反応した閃光だ。スラスターのオン、オフを数回くりかえして反応時間を測定する。ほんの一瞬——四分の一秒以下だ。七万五〇〇〇キロ以内。

まっすぐ目標物に向かい、ドライヴを噴射する。こんどは適当に突っ走ったりはしない。二万キロ程度ごとに止まって、また測定する。

思わずにやりとする。うまくいっている。

あとは一日中、小惑星を追いかけていたわけではないことを祈るのみだ。


注意深く飛びながら計測をくりかえして、ついに問題の物体をレーダーでとらえた！　しっかり〝レーダー〟スクリーンに出ている――〝ブリップA〟。

「ああ、そうだった」だからその名前にしたのだ。すっかり忘れていた。

ぼくからの距離は四〇〇〇キロ――レーダーの探知距離ぎりぎりのところだ。望遠鏡の画像を立ち上げるが、最大限拡大してもなにも見えない。望遠鏡は直径一〇〇キロ単位、一〇〇〇キロ単位の天体を探すためのもので、長さ数百メートルの宇宙船を探すためのものではない。

じりじりとにじり寄っていく。タウ・セチに対する物体の速度はロッキーの船のそれとほぼ等しい。彼のエンジンが止まったとおぼしき頃に達していた速度がだいたいそれくらいなのだ。

大量の測定値を使って計算すればコースを割り出せるが、もっと簡単な方法がある。

ここで数分間、あそこで数分間、噴射し、速度を上げたり下げたりして物体の速度と合致させる。まだ四〇〇〇キロ離れているが、いまはぼくに対する物体の相対速度はゼロだ。なぜそんなことをするのか？　それは〈ヘイル・メアリー〉は自分がどんなコースをたどっているのかちゃんと教えてくれるからだ。

〝ナビ〟コンソールを立ち上げてぼくの現在の軌道を計算するよう指示する。少々の天体観測と計算を経て、コンピュータはまさにぼくが聞きたかったことを教えてくれた――〈ヘイル・メアリー〉は双曲線軌道を描いている。これはなにかのまわりを回る軌道ではない。ぼくは脱出軌道に乗って、タウ・セチの重力の影響から完全に脱しようとしているのだ。

そしてそれは問題の物体も脱出軌道に乗っているということを意味している。太陽系内の物体がしないことはなにか、ご存じだろうか？　太陽系内の物体は、太陽の重力から脱出したりはしない。脱出できるだけの速度を持っているものは何十億年も前に脱出している。この物体がなんにせよ、ふつうの天体でないことはたしかだ。

「イエス、イエス、イエス、イエス……」スピン・ドライヴを駆動させて、一路、目標物に向かう。

「いまいくからな、バディ。待ってろよ」

物体まで五〇〇キロ以内に接近すると、ついに物体がいくらか識別できるようになった。見えているのはかなり荒いピクセルでできた三角形だ。全長が幅の四倍くらいある。情報量は多くないが、これで充分。物体は〝ブリップA〟だ。横から見た形はよくわかっている。

こんなときのために、イリュヒナのウォッカのバッグは手近に置いてある。ジップ・ストローからひと口すする。むせて、ゼイゼイいってしまう。くそっ、彼女は渋みの強い酒が好きだったからな。

ロッキーの船はぼくの船の右舷側、五〇メートルのところにある。ここまできわめて慎重に近づいてきた――はるばる太陽系を横断してきて、うっかりぼくのエンジンで彼を蒸発させてしまうようなことはしたくない。速度の差は毎秒数センチ以内にまで縮めてある。

別れてからほぼ三カ月。外から見た〝ブリップA〟はなにも変わっていない。だが、絶対になにかがおかしい。

なんとか交信しようと、いろいろやってみた。無線。スピン・ドライヴの閃光。なにをやっても応答がない。

　気持ちが沈む。ロッキーは死んでしまっているのかもしれない。彼はあのなかでずっとひとりきりだった。もし彼が睡眠サイクルに入っているあいだに事が起きていたとしたら？　エリディアンは身体の準備が整うまで目を覚まさない。もし彼が眠っているあいだに生命維持システムが止まってしまったら、彼は……二度と目を覚まさない。

　あるいは放射線障害で死んでしまっているかもしれない。彼を放射線から守っていたアストロファージはぜんぶメタンとタウメーバに変わってしまった。エリディアンは放射線の影響を非常に受けやすい。あまりにも急激に起こったので反応のしようがなかったのかもしれない。

　首をふる。

　いや。彼はロッキーだ。ロッキーにぬかりはない。ちゃんと予備のプランを用意していたはずだ。寝るとき用に、べつの生命維持システムをつくっていたにちがいない。そして放射線をやっつけたに決まっている――仲間のクルー全員の敵なのだから。

　なのにどうしてなんの反応もないのか？

　彼はものを見ることができない。船に窓はない。〝ブリップA〟のセンサーで意図的に外を見ないかぎり、ぼくがここにいることは知りようがない。宇宙空間で見捨てられた存在になってしまったと思っているときに、わざわざそんなことをするだろうか？

　EVAの出番だ。

　これで一〇〇万回めなんじゃないのか、と思いながらオーランに入り、エアロックのサイクル手順を踏んでから、長いテザーをエアロック内部に留め付ける。

　目のまえの巨大な無を見つめる。〝ブリップA〟は見えない。タウ・セチは遠すぎて、なにも照らしてはくれない。背後の星が見えないから、そこに船があるとわかるだけだ。ぼくはただ……宇宙空間にいる。そして目のまえに一点の光もない巨大な空間の塊がある。

こうやればいいというマニュアルはない。ただ当てずっぽうでいってみるだけだ。〈ヘイル・メアリー〉の船体を思い切り蹴って、〝ブリップA〟をめざす。巨大な船だから、どこかに当たるはずだ。それにほら、当たらなかったら、恒星間宇宙初のバンジージャンプよろしくテザーで引きもどされるわけだし。

ふわりと空間を横切る。前方の闇が大きくなる。星がどんどん消えていって、ついになにも見えなくなる。動いている感覚さえなくなる。理屈では、船体を蹴って飛び出したときとおなじ速度で動いているはずだとわかっている。だがそれを証明してくれるものはなにもない。

やがて、前方に黄褐色のしみがかすかに浮かび上がってくる。ついにヘルメットのライトが船体の一部を照らし出せるくらい〝ブリップA〟に近づいた。だんだん明るくなってくる。船体がだいぶはっきり見えるようになった。

いよいよだ。何秒かのうちに、どこかつかまれるところを見つけなければならない。船体にはそこらじゅうにロボットが動きまわるためのレールが敷かれているのはわかっている。そのどこかをつかめるくらい近くにいけるといいのだが。

真正面にレールがある。手をのばす。

ガシン！

〝ブリップA〟の船体にぶち当たった。EVAスーツが心配になるほどの衝撃だった。〈ヘイル・メアリー〉を勢いよく蹴りすぎた。船体をひっかくが、なにもつかめない。レールをつかむという試みは無残な失敗に終わった。片手をかけるところまではいったが、つかみきれなかった。跳ね返って船体からすうっと離れていく。テザーがぼくのうしろでもつれ、まわりでもつれていく。ぼくの船にもどってもう一度やりなおすまで長い道のりになりそうだ。

そのとき、数メートル先の船体から奇妙なぎざぎざしたものが突き出しているのが目に入った。アンテナ、だろうか？　手でつかむには遠すぎるが、テザーでならなんとかなるかもしれない。

ぼくはゆっくりとだが、確実に船体から遠ざかっているし、ジェットパックは背負っていない。いましかない。

テザーで素早く引き解け結びをつくって、アンテナめがけて投げる。

そして、意外や意外、引っかかった！　投げ縄で異星の宇宙船をつかまえた。一瞬、アンテナが折れてしまわないかと不安になったが、そのとき黄褐色のまだら模様が目に入った。アンテナ（かどうかわからないが）はキセノナイト製だ。絶対に折れたりしない。

テザーをたぐって船体に近づく。こんどはアンテナとテザーのおかげで、なんとか近くのロボット・レールをつかむことができた。

「ヒュウ」

ひと休みして呼吸を整える。つぎはロッキーに聞こえるかどうかのテストだ。

ツールベルトからいちばん大きいレンチを引っ張り出す。ふりかざして船体を叩く。力いっぱい何度も何度も叩く。ガンッ！　ガンッ！　ガンッ！　EVAスーツを通して音が聞こえる。もし彼が生きているなら、気がつくはずだ。

レンチの端を船体に押し付け、かがみこんでもう一方の端をヘルメットに当てる。ヘルメットのなかで首をのばして、顎をフェースプレートに押し付ける。

「ロッキー！」と声をかぎりに叫ぶ。「聞こえるかどうかわからない！　でもぼくはここにいるぞ、バディ！　きみの船の上にいる！」

数秒、待つ。「EVAスーツの無線をオンにしてある！　いつもの周波数だ！　なにかいってくれ！　大丈夫だと知らせてくれ！」

無線のボリュームを上げる。雑音しか聞こえない。

「ロッキー！」

パチパチいう音。耳をそばだてる。

「ロッキー？」

「グレース、質問？」

「イエス！」ほんのいくつかの音符が奏でる音を聞いて、こんなにしあわせを感じたことはない！

「ああ、バディ！　ぼくだ！」

「きみはここにいる、質問？」彼の声は、なにをいっているのか聞き取りにくいほど甲高くなっている。だがぼくはもうエリディアン語のベテランだ。

「イエス！　ぼくはここにいる！」

「きみは……」キーキー声だ。「きみ……」またキーキーいう。「きみはここにいる！」

「イエス！　エアロック・トンネルを設置してくれ！」

「警告！　タウメーバ82・5は——」

「わかってる！　わかってるよ。キセノナイトを通り抜けられる。だからぼくはここにきたんだ。きみが困っているだろうと思って」

「きみはぼくを救う！」

「イエス。ぼくは手遅れにならないうちにタウメーバをつかまえた。まだ燃料がある。トンネルを設置してくれ。きみをエリドへ連れていくから」

「きみはぼくを救う、そしてエリドを救う！」彼がキーキー声でいう。

「だから、くそトンネルを設置してくれよ！」

「きみの船へもどれ！　トンネルを外から見たいのでなければ！」

「おお、了解だ！」

エアロックのドアのそばで小さな窓から進展具合をのぞき見しながら、じりじりして待つ。これは前にもやったことだ——ロッキーが船体ロボットを使ってエアロックとエアロックをつなぐトンネルを設置する作業。だが今回は少しむずかしくなっている。〝ブリップA〟がまったく動けないので、〈ヘイル・メアリー〉を操作して所定の位置につけなければならなかった。それでも、すべてうまくいった。

最後のガチャンという音。そしてシューッという音。この音には聞き覚えがある！

エアロックに入って外側のドアの窓から確認する。トンネルが設置されている。彼はこれをずっと取っておいてくれたのだ。あたりまえだ。彼の種属と異星生物とのファースト・コンタクトの遺物なのだから。ぼくだって取っておく！

緊急リリーフバルブを回す。ぼくの船から出た空気がトンネルのぼくの側を満たしていく。エアロック内外が均等になると同時にドアを開け放ってトンネルに飛びこむ。

向こう側でロッキーがぼくを待っている。彼の服はひどいありさまになっていた。見覚えのありすぎるタウメーバのヘドロまみれになっている。それにジャンプスーツの片側が大きく焼け焦げていて、五本ある手のうち二本がひどい状態になっている。どうやらかなりきびしい状況だったようだ。しかし彼のボディランゲージは純粋な喜びの嵐だ。

取っ手から取っ手へ、ポンポン身体を弾ませている。

「ぼくはとても、とても、とても、しあわせ」甲高い声で彼がいう。

ぼくは彼の痛々しい腕を指さす。「怪我をしてるのか？」

「そのうち治る。タウメーバの汚染を止めるため、たくさんのことを試みた。ぜんぶ失敗した」

「ぼくは成功した。ぼくの船はキセノナイト製じゃないからね」

「なにが起きる、質問?」

溜息をつく。「タウメーバは窒素に耐えられるように進化した。だが窒素から隠れるためにキセノナイトのなかに入れるようにも進化していった。その結果生まれたのが、じわじわとキセノナイトのなかに入っていけるタウメーバ82・5というわけだ」

「驚き。これからどうする、質問?」

「ぼくはまだ二〇〇万キログラムのアストロファージを持っている。きみのものをこっちへ乗せるんだ。そしてぼくらはエリドにいく」

「しあわせ! しあわせ、しあわせ、しあわせ!」ひと呼吸置いて、「窒素洗浄が必要。〈ヘイル・メアリー〉にタウメーバ82・5を絶対に入れないようにする」

「イエス。ぼくはきみの能力を全面的に信頼している。滅菌装置をつくってくれ」

彼が取っ手をべつの取っ手に持ちかえる。火傷した手が痛むのにちがいない。「地球のことはどうする、質問?」

「ミニ農場を乗せたビートルズを送り出した。タウメーバ82・5はエリディアン・スチールを通り抜けることはできないんだ」

「よい、よい。かならず、ぼくの仲間たちがきみをよく世話するようにする。かれらが、きみが家へ帰るためのアストロファージをつくる!」

「ああ……。そのことなんだが……ぼくは家へは帰らない。地球はビートルズが救ってくれる。だが、ぼくは二度と地球を見ることはない」

彼の楽しげに弾んでいた動きがぴたりと止まる。「どうして、質問?」

「食料が足りないんだ。きみをエリドへ連れていったあと、ぼくは死ぬことになる」

「きみは……きみは死んではいけない」声が低くなる。「ぼくはきみを死なせない。ぼくらはきみを家へ帰す。エリドはきみに感謝する。ぼくらはきみを救うためにあらゆることをする」

「きみたちにできることはないよ。食料がないんだ。エリドにいくまでと、そのあと数ヵ月分はある。たとえきみの政府が地球へ帰るためのアストロファージをくれたとしても、ぼくは旅の終わりまで生きのびられない」

「エリドの食料を食べる。ぼくらはおなじ生物から進化した。おなじタンパク質、おなじ化学物質、おなじ糖を利用している。うまくいくはず！」

「いや、ぼくはきみたちの食料は食べられない、忘れたのか？」

「きみは、それがきみにとって悪いという。ぼくらは見つける」

両手を上げる。「身体に悪いだけじゃない。それを食べたら、ぼくは死んでしまうんだ。きみたちの生態環境は、全体がそこらじゅうにある重金属を利用して成り立っている。そのほとんどが、ぼくにとっては毒なんだ。ぼくはたちまち死んでしまう」

彼がぶるぶるっと身を震わせる。「ノー、ノー、きみは死んではいけない。きみは友だち」

分離壁のすぐそばまで漂っていって、静かに話しかける。「いいんだ。ぼくは決めたんだ。ぼくらの惑星を二つとも救う道はこれしかないんだ」

彼があとずさる。「では、きみは家に帰る。いま家に帰る。ぼくはここで待つ。エリドがいつかべつの船を送り出す」

「それはおかしい。きみは本気でそんなあやふやな推測にきみの全種属の運命をゆだねるつもりなのか？」

彼はしばし沈黙してから、こう答えた。「ノー」

「オーケイ。きみが宇宙服として使っていたあのボールみたいなものを持ってきてくれ。そしてキセノナイトの壁の直し方を教えてくれ。それからきみのものをこっちに入れて――」

「待て」と彼がいう。「きみはエリドの食料、食べることができない。きみは食べるための地球の生物を持っていない。エイドリアンの生物はどうだ、質問？」

ふんと鼻を鳴らす。「アストロファージか？　あんなもの食べられないよ！　ずっと九六度なんだぞ！　食べたら焼け死ぬ。プラス、ぼくの消化酵素はあの奇妙な細胞膜を消化できないと思う」

「アストロファージではない。タウメーバ。タウメーバを食べる」

「あんなもの――」言葉を切る。「あんなもの……え？」

タウメーバを食べることはできるのか？

あれは生きている。DNAがある。ミトコンドリアがある――ミトコンドリアは細胞の発電所だ。エネルギーをグルコースとして蓄える。クエン酸回路がある。アストロファージではない。九六度ではない。たんなる、ほかの惑星のアメーバだ。エリドの生物は重金属を含むかたちで進化したが、タウメーバはちがう――エイドリアンの大気中にさえ重金属は含まれていなかった。

「それは……それはわからないな。もしかしたら食べられるかもしれない」

彼が自分の船を指さす。「ぼくは燃料ベイに二二〇〇万キログラムのタウメーバを持っている。きみはどれくらい欲しい、質問？」

目を見開く。久しぶりに混じり気のない希望が湧いてくる。

「決まった」彼が鉤爪を分離壁に押し付ける。「ぼくのフィストバンプ」

笑いながら拳をキセノナイトに押し付ける。「ぼくの、はいらない。フィストバンプ。〝フィストバンプ〟だけでいい」

「了解」

第∀ℓ章

ミーバーガーの最後のひと口を食べ終えて、ビタミン強化ソーダをゴクリと飲む。皿をシンクに入れてキッチンの壁の時計を見る。ワオ、もうVℓIλλ？　急がないと。

エリドでの最初の二、三年は、あぶない綱渡りだった。タウメーバで命をつなぐことはできたが、深刻な栄養失調に陥った。微生物はカロリーを提供してはくれたが、バランスのとれた食品ではなかったのだ。

あの頃は辛かった。壊血病、脚気、その他いろいろな疾病に悩まされた。それだけの価値があったのだろうか？　いまだにわからない。一生わからないのかもしれない。地球と交信する手段はない。地球は一六光年の彼方だ。

ぼくの知るかぎり、ビートルズは故障する可能性もあるし、目的地を見失ってしまう可能性もある。ルクレールたち気候学者が、こんなことが起きるだろうと予想したモデルが正しかったのかどうかもわからない。〈ヘイル・メアリー〉は最初から成功する可能性などなかったのかもしれない。地球はもう何十億もの死体が散らばる荒れ果てた氷原になっているのかもしれない。

だがぼくはポジティブでいるようにしている。ほかにどうしようもないだろう？

あくまでもぼくの意見だが、エリディアンはすばらしくもてなし上手だ。かれらの世界には、政府といえるようなものはないが、重要な自主的組織はこぞって、なんとしてもぼくを生かすという方針に同意した。けっきょくのところぼくは惑星を救うのに欠かせない役割を果たしたのだし、そうでなくても生きて呼吸している異星人なのだから。もちろんこれからも、かれらはぼくを生かしつづけてくれる。ぼくは大いなる科学的関心の的なのだから。

ぼくはかれらの〝都市〟のひとつのまんなかにある大きなドームのなかで暮らしている。いや、〝都市〟というのはちょっとちがう。もっとしっくりくるのは〝集落〟という言葉だろうか。

庭からなにから、なんでもそろっている。生命維持システムはドームの外にいる三〇人のエリディアンが維持、管理してくれている。ぼくのドームは大規模な科学センターのひとつのすぐそばにある。エリド屈指の頭脳たちがそこに集まって鈍い単調な音を奏でている。これはスラムと称されていて、歌と討論をひとつにしたようなものなのだが、全員がいっせいに話していて、それぞれのパートはあまり意識されていない。それでもなぜか結論、決定に至るのだ。スラムで出る結論は、そこに参加しているどんな優秀なエリディアン個人の結論よりも賢明なものになる。いわばエリディアンはその場かぎりの集合精神の一ニューロンになることができるのだ。とはいえ、出入りはまったく自由で、なにに縛られることもない。

ぼくは特に大きな興味の対象だから、ぼくを生かす方法を考えるにあたっては、惑星中の科学者のほとんどがスラムに加わった。これまでにおこなわれたスラムのなかで二番めに大規模なものだったそうだ（最大のものは、もちろんアストロファージにどう対処するか計画を練ったときのスラムだ）。

地球の科学雑誌のおかげで、ぼくにはどんな栄養分が必要か、各種ビタミンはどう合成するのか、かれらもしっかり理解してくれた。そしてその問題が解決すると、より小規模な、より集束度の低いグループが、味の改善に努めてくれた。味の問題は多かれ少なかれ、ぼくしだいのことなので、何度も何度も味見をさせられた。エリディアンと人類、双方のバイオームに存在しているグルコースは大活躍だった。

だが、いちばんよかったのは、かれらがラボでぼくの筋肉のクローンをつくり、それを成長させてくれたことだ。そこは地球の科学に感謝したい。ぼくがここにやってきた頃は、かれらのクローン技術は地球には遠くおよばないものだった。だがそれから一六年――かなり追いついてきている。

とにかく、そのおかげでぼくはついに肉を食べられるようになった。そう、その通り、ぼくは人肉を食べている。ただし、ぼく自身の肉だし、べつに罪悪感はない。妙な味の薄甘いビタミン・シェイクだけ一〇年間、食べつづけたあとで、バーガーを出されて断れるものかどうか、考えてみてくれ。

ぼくはミーバーガーが大好きだ。毎日ひとつは食べている。

ステッキを持って、出掛ける。ぼくはもう若くないし、エリドの重力は大きいから骨の劣化が早い。いま五三歳だと思うが、断言はできない。時間が遅れる旅をだいぶやってきたので。いちおういっておくと、地球では、ぼくが生まれてから七一年の歳月が流れている。これは正確な数字だ。

正面のドアを出て、庭を横切る。植物はいっさい生えてない――この惑星で、この環境で生きられる生物はぼくだけだ。しかしとても味わい深い、すばらしく芸術的な岩石はある。いまやぼくの趣味は、できるかぎり美しい庭をつくることだ。エリディアンが見れば石がたくさんあるだけだが、ぼくはさまざまな色合いを愛でている。

かれらはドームのてっぺんに二四時間サイクルで明るくなったり暗くなったりする照明を設置してくれた。これはぼくにとって気分的にとても重要なものだと説明したら、受け入れてくれたのだ。ただし、この恒星間旅行者種属に電球のつくり方を教えなければならなかったが。

砂利を敷き詰めた小道を通ってドームの壁につくられたたくさんの〝ミーティング〟ルームに向かう。エリディアンは人類とおなじように、顔と甲羅を合わせるコミュニケーションを重んじているので、これはなかなかの妥協策だ。ミーティング・ルームのぼくの側はぼくのドーム環境内にある。そして厚さ一センチの透明キセノナイトの壁の向こう側はエリドの自然の大気のなかだ。

足を引きずりながら部屋に入る。小ぶりのミーティング・ルームのひとつで、一対一で話をするのにぴったりのサイズだ。しかしいまではここはいつもの待ち合わせ場所になっている。

エリディアン側でロッキーが待っていた。「やっときた！　もうℓλ分も待ってるんだぞ。なににそんなに時間がかかったんだ？」

もちろんいまではぼくはエリディアン語を、ロッキーは英語を、なんの問題もなく理解できる。

「ぼくは年寄りなんだ。少しは休ませてくれよ。朝、出掛けるまでにいろいろ時間がかかるんだから」

「ああ、食べなくてはならなかったから？」と、ほんの少し嫌悪感をにじませた口調でロッキーがいう。

「その話は礼儀正しい人のまえではするなといってたじゃないか」

「ぼくは礼儀正しくないんでね、わが友よ！」

にやりと笑っていう。「それで、なにがあったんだ？」

彼が身体をやたら小刻みに揺らしはじめる。こんなに興奮した姿はあまり見たことがない。「ついさっき天文学集団(ハイブ)から連絡があった。ニュースだ！」

ふっと息を止める。「ソルか？　ソルのことか？」

「イエス！」彼がキーキー声でいう。「きみの星は最大輝度にもどったぞ！」

思わず喘ぐ。「ほんとうか？　Iℓℓパーセント、たしかなのか？」

「イエス。λV人の天文学者のスラムでデータを分析した結果だ。まちがいない」

動けない。呼吸すらまともにできない。身体がぶるぶる震え出す。

終わった。

ぼくらは勝った。

そういうことだ。

ソル――地球の太陽――がアストロファージ以前の明るさにもどった。そうなった理由はひとつしかありえない。アストロファージがいなくなったのだ。あるいは少なくとも問題にならないほど数が減ったか。

ぼくらは勝った。

ぼくらはやり遂げた！

ロッキーが甲羅を傾ける。「おい、きみの顔から水が洩れてるぞ！　ずっと前に見たきりだ！　どっちなんだ――きみはしあわせなのか、悲しいのか？　どっちの意味もあるんだったよな？」

「もちろんしあわせだ！」すすり泣く。

「ああ、そうだと思った。たしかめただけだ」彼が丸めた鉤爪をキセノナイトに当てる。「これはフィストバンプする状況だろう？」

ぼくもキセノナイトに拳を当てる。「記念碑的フィストバンプをする状況だ」

「地球の科学者たちは、すぐに行動したようだな。ビートルズが地球に帰るまでの時間と、ソルの光がエリドに届くまでの時間を考えると……一年もかからずにやり遂げたんじゃないかな」

ぼくはうなずく。まだ理解しきれていない。

「それで、どうする、きみは家に帰るのか、それともずっとここにいるのか？」

エリドの重要な物事を決定する……自主的組織……はずっと前に〈ヘイル・メアリー〉に燃料を補給すると申し出てくれていた。〈ヘイル・メアリー〉はいまだにロッキーとぼくがずっと昔ここに到着したときの、エリドを巡る安定軌道に乗っている。

エリディアンは〈ヘイル・メアリー〉に食料その他、必要なものを乗せ、すべて問題なく稼働することをたしかめたうえで、ぼくを地球に向けて送り出せるといってくれた。だがぼくはこれまでその申し出を受けずにいた。長い孤独な旅になるし、ついさっきまで地球が人間が住める状態なのかどうかわからなかったからだ。エリドは生まれ故郷ではないが、少なくともここには友だちがいる。

「それは……わからない。ぼくも年を取ったし、長い旅になるし」

「勝手なことをいわせてもらうと、ぼくはきみにここにいて欲しい。だがそれはあくまでもぼくの考えだ」

「ロッキー……いまのソルのニュースは……あれは……ぼくの全人生を意味のあるものにしてくれたんだ。わかるか？　ぼくはいまだに……いまだに……」またすすり泣いてしまう。

「ああ、わかるとも。だからぼくから話させてもらうことにしたんだ」

腕時計を見る（そう、エリディアンは腕時計をつくってくれた。頼めばなんでもつくってくれる。だから、あまり甘えすぎないように気をつけている）。「もういかないと。遅れてしまう。だが……ロッキー……」

「わかっている」といいながら彼が甲羅を傾ける。これは微笑みに匹敵するしぐさだ。「わかっている。そのことはまたよく話し合おう。ぼくも家に帰らなくては。もうすぐエイドリアンが寝る時間だから、そばにいて見守ってやらないとね」

ぼくらはそれぞれの出口に向かって歩き出したが、ふとロッキーが立ち止まった。「なあ、グレース。考えたことはあるか？　宇宙にいるほかの生物のことを？」

杖に体重を預ける。「もちろん、年がら年中、考えてるさ」

彼がもどってくる。「ぼくもずっと考えていたんだ。論破するのはかなりむずかしいと思うよ。アストロファージの祖先が何十億年も前に地球とエリドに生命の種を蒔いた、という理論だ」

「ああ」とぼくは答える。「そこからきみがどんな結論を出そうとしているのか、わかるぞ」

「ほんとうに？」

「ああ」体重を右足から左足に移す。関節炎になりかけているようだ。大きな重力は人間にやさしくない。「ぼくらとおなじくらいタウ・セチに近い星は五〇もない。だがそのなかの二つに生命体がいる。ということは、生命体は――少なくともタウ・セチが種を蒔いた生命体は――銀河系中に、ぼくらが考えているよりずっと多くいるかもしれないということだ」

「もっと見つかると思うか？　知的種属が」

「それはわからないが、きみとぼくは出会っている。それだけでもすごいさ」

「ああ」と彼がいう。「ほんとうにすごい。さあ、もう仕事をしにいけよ」

「またな、ロッキー」

「また！」

足を引きずりながら部屋を出て、ドームの輪郭に沿って進んでいく。ドームはすべて透明キセノナイトでつくられている。ぼくはそのほうがいいだろうとかれらが慮（おもんぱか）ってくれて、そうなったのだ。しかし、べつに透明である必要はなかった。外はつねに漆黒の闇だ。たまに懐中電灯で照らすと、なにか仕事をしているエリディアンの姿が見えることはある。だが、山とかそういった遠景はいっさい見えない。ただインクを流したような闇がひろがっているだけだ。

微笑みが少し薄れる。

地球はどれくらいひどい状況までいったのだろう？　生きのびるために、みんな協力し合ったのだろうか？　それとも戦争や飢饉で何百万人もの犠牲者が出たのだろうか？

かれらはビートルズの回収に成功して情報を読み、対策を講じた。その対策には金星に向かう探査機も含まれていたはず。ということは、地球にはまちがいなく進歩したインフラが残っていたということだ。

ぼくは、かれらが協力し合ったと信じている。子どもっぽい楽観主義にすぎないかもしれないが、人類はその気になればすごいことができる。なんといっても、世界中が力を合わせて〈ヘイル・メアリー〉をつくったのだから。あれはけっしてたやすいことではなかった。

背筋をのばして顔を上げる。いつか、家に帰る日がくるかもしれない。いつになるか、いずれはっきりするだろう。

だが、いますぐではない。いまは仕事にいかなくてはならない。

べつのミーティング・ルームに通じる二重のドアに向かって、小道を進む。白状すると、これはぼくのお気に入りのミーティング・ルームだ。

部屋に入る。部屋の約五分の一はぼく用の地球環境になっている。分離壁の向こう側では三〇人の小さなエリディアンがばかみたいに飛び跳ねている。どの子も地球年でいうと一三歳以下だ。参加する子の選抜過程にかんしては……まあ……例によってエリディアンの文化は複雑なので。

ぼくのエリアのまんなかには地球のオルガンのようなキーボードが、操作するぼくの顔が子どもたちのほうを向くかたちで、置かれている。キーボードは、地球の典型的なキーボードにほんのいくつかオプションが加わっただけのものだ。そのオプションを使うと、話し言葉に抑揚や音色、雰囲気、等々、細かい複雑なニュアンスを加えることができる。すわり心地のいい椅子に腰を下ろし指の関節をポキポキ鳴らして、授業をはじめる。

「はい、はい」と演奏する。「みんな静かに席について」

全員が大急ぎで決められた机に向かい、静かに席について、授業がはじまるのを待ち受ける。

「光の速度がわかる人はいるかな？」

一二人の子どもたちが鉤爪を上げる。

謝辞

科学的描写を極力、正確なものにするために力を貸してくださった、つぎの方々に感謝します——天文学と恒星科学にかんして助力してくれたアンドリュー・ハウェル、惑星科学の基礎と大気の作用について説明してくれたジム・グリーン、太陽系外惑星の発見にかんするすべてを語ってくれたショーン・ゴールドマン、ニュートリノについて複雑な部分を詳細に説明してくれたチャールズ・ドゥバ（なんと彼とはいっしょに高校に通っていた！）、そして最後に、きわめて重要な化学情報を提供し、たびたびメールでやりとりしてくれた多才なクールガイ、コーディ・ドン・リーダー。

書籍関係者で感謝を捧げたいのは、つねにわたしを支えてくれているわがエージェント、デイヴィッド・フューゲイト、そして本書ならびに過去の著作すべての担当編集者ジュリアン・パヴィア、さらにデイ1以来、拙著の広報を仕切ってくれているサラ・ブリーフォーゲル。またベータ・リーダーを務めてくれた多種多様な面々にも感謝の意を表します——わたしのすることはすべて認めてくれるわが母ジャネット、プロットの展開点ごとに疑問を呈して、わたしが嘘つきにならないようにしてくれたダンカン・ハリス、そしてダン・スナイダーは……待てよ、ダン、きみはなにもフィードバックしてくれなかったぞ！　わたしはきみにとってその程度のやつということか？

そして、ありうるプロットやストーリー構成のアイディアについて多くの会話を交わし、つねに賢明な答えを返してくれたわが妻、アシュリーにも感謝を捧げたい。

解説

SF翻訳業
山岸 真

本書は『火星の人』（ハヤカワ文庫SF。映画邦題『オデッセイ』）の作者、アンディ・ウィアーの第三長篇 *Project Hail Mary*（米 Ballantine、英 Del Rey UK）の全訳である。

できれば本書は、内容についてなんの事前情報もなしに読んでいただくのがいちばんいい。というのは、冒頭で目覚めた主人公（本書の語り手でもある）は、自分が誰で、どこに、なぜいるかがわからず、そこからさまざまな科学的手段やふとしたきっかけを通して状況を解明していく――その過程の面白さが、とくに上巻前半の読みどころであるからだ。

とにかく、『火星の人』の作者の新作という期待を裏切らないことはまちがいなく保証できるので、書店で最初にこのページを開いている方は安心してお買い求めください。

それでは不安だという方のために、本書の面白さ・評価の高さを物語るデータをあげておく。二〇二一年五月に出版された本書は、〈ローカス〉集計のSF専門書店のベストセラーで発売から五カ月連続一位（現時点の最新データ）になり、〈ロサンジェルス・タイムズ〉の週間ベストセラーで三カ月連続最高二位、〈ニューヨーク・タイムズ・ブックレビュー〉と〈パブリッシャーズ・ウィークリイ〉でも最高三位にランクイン。Amazon ではカスタマーレビューの八割弱が星五つで平均は星四つ半（ともに『火星の人』と同じ数字）。すでにドイツ、オランダ、韓国、ルーマニア、ブラジル、スペインなどで翻訳され、MGM製作でライアン・ゴズリング主演の映画化が進行中である。

また、年末恒例の各種のベスト・ブックでも、十一月下旬までに発表された分だけで、「ビル・ゲイツの今年の五冊」に選ばれたのをはじめ、〈カーカス・レビュー〉やAmazonなどで二〇二一年ベストSF&ファンタジーの一冊にあげられている。


とはいうものの、カバーや帯から目に入ってしまう情報もあることだし、以下、刊行前に版元から発表されている内容紹介にある部分、上巻前半までの内容にざっと触れておこう。

まず、上下巻とも巻頭にとある図解が載っていることでわかるように、これは宇宙SFである。目覚めた主人公は、病室めいた部屋にいた。天井からはロボットアームがぶら下がり、話しかけてくるのはコンピュータだけ。そして室内では二つのベッドに横たわる男女の死体……。

ほどなく彼は、ちょっとしたきっかけから過去の一場面を思いだす。こうした連想のかたちで自分の身の上やここにいたる経緯、そしてこれがどんな状況なのかが判明していく、というのが下巻の半分過ぎまで貫かれた本書の基本パターン。〝現在パート〟と〝過去パート〟が並行して、それぞれ時系列で進んでいく。

過去パートが進むにつれて、彼の名前がライランド・グレースで、アメリカ人であること、博士号を持つ科学者だが、生命の存在と液体の水の関係に関する異端の説を提唱しそれに固執したことで学界を去り、中学校の科学教師になっていたことが判明する。

と同時に、地球が急速に氷河期に向かっていることがわかってくる。年代は特定されていないがおそらくごく近い未来、太陽から金星まで、特定の波長を放射する線（ライン）が大きな弧を描いているのが発見され、発見者名からペトロヴァ・ラインと命名される。時を同じくして、太陽の出力（明るさ）が指数関数的に減少しているのが観測された。このままだと三〇年以内に地球の気温は一〇から一五度下がってしまう。人類ばかりか地球上の全生命が突然の危機に直面しているのだ！

まもなく、金星周回軌道に投入された無人宇宙船が、ペトロヴァ・ラインを形成する物質の試料を採取する。それはなんと、直径約一〇ミクロンの地球外生命体だった！　しかも、太陽光の減少と、生命体の増加とは一致していた――生命体が太陽（の出力エネルギー）を食べているのだ!!　この生命体は、アストロファージ（宇宙を食べるもの）と呼ばれることになる。

さらに、地球から八光年以内にあるいくつもの恒星の光度が、数十年前から一〇パーセント落ちていることが明らかになる。いずれもアストロファージ（光速の〇・九二倍の速度で移動できる）に〝感染〟したのだ。ところが、感染した星の集団の中心近くにあるタウ・セチだけはなぜか例外で、影響を受けていなかった。

ひょっとしたら、そこにいけば地球を救う手がかりが見つかるのでは？

こうして、全地球規模の「プロジェクト・ヘイル・メアリー」が始動した――。

〝過去パート〟で以上のような状況や経緯が明かされるあいだに、〝現在パート〟の物語も進んでいく。グレースが目覚めた部屋から壁の梯子を上がった先には、科学実験や観測・測定・検査に必要な小型機器・大型備品が豊富にそろった実験室（ラボラトリー）があった。ここで彼は、落下速度から重力を計算した結果――から即結論には飛びつかずに振り子の実験を加えて、自分のいる場所が地球ではないことを突き止める。やがて自分が宇宙船の中にいることも思い出し、近傍の太陽の黒点の観測によって、そこが地球とはべつの恒星系であることを知る。

――と書いてくればお察しのとおり、そこはタウ・セチ星系だった。グレースの乗っている宇宙船が〈ヘイル・メアリー〉号で、その宇宙船をタウ・セチに送りこむのがプロジェクト・ヘイル・メアリーの第一目標である。

だが、地球とタウ・セチの距離は一一・九光年。現在の地球のテクノロジーでは、人類滅亡までに残された時間のあいだにそこを往復するのは到底不可能だ。亜光速航法かなにかが発明されたとでもいうのだろうか？　また、その旅のあいだ乗員のグレース（と死体になっている二人）は、まだ実用化されていないはずだった冷凍睡眠にでも入っていたのだろうか？

それに加えて、宇宙船には地球に戻れるだけの燃料が残っていなかった。グレース（たち）は片道切符の特攻ミッションに送り出されたのだ。だがそれでは、もしタウ・セチで人類を救う鍵が手に入っても、それを地球に届けるという肝心要の最重要目的が果たせないのでは……？

こうした謎の答えも上巻前半に出てくるが、それは読んでのお楽しみにしておく。

さて、ここまでが上巻の半分手前、第6章の途中までの展開である。すでに設定やアイデアが山盛り状態だが、第6章の最後にはさらなるSF的展開が待っている。それは、グレースが思わず、

「うっそだろう！」

と叫んでしまうような、超特大のサプライズだ。作者ウィアーのこれまでの二長篇、『火星の人』と『アルテミス』（ハヤカワ文庫SF）が宇宙開発SFだったのに対して、本書はこの時点で宇宙SFといっても大きく異なる顔を見せることになる。

ふつうなら、このアイデアというかサブジャンルについて、先行作品と本書を比較しながら語ったりするのが「解説」の役割だろうが、本書の場合、ここではその部分についてはなにも割らずにおくのがベストだと思う。

ただ、本書の上巻後半以降の現在パート（宇宙パート）はバディものとして展開し、その楽しさに満ちあふれている、とだけいっておこう。

このように、本書ではいくつもの非常に大胆なSF的設定・アイデアが使われていて、現実の科学知識の範囲から躊躇なしに大きく飛躍している。『火星の人』や『アルテミス』の作風を考えると、

これはちょっと意外ではあるが、その分、物語のスケールも桁ちがいに大きなものになっていて、長篇三作目にしてこれまでとはちがう方向性を披露したともいえる。

とはいえ、これはウィアーが作風を大転換したとかいうことではまったくなくて、従来の長篇での作者の持ち味は本書でも変わっていない。じっさい、『火星の人』巻末の解説で中村融さんが紹介している作者の言葉のつぎのような部分は、主人公名（マーク）を変えれば本書にも当てはまる。

「科学がプロットを創りだすんだ！　複雑きわまる問題と解決のひとつひとつを検討しているうちに、そうでなかったら気がつかなかった些細なディテールが、マークの解決しなければならない重大な問題になった」

「マークが直面する問題のそれぞれは、彼の置かれた状況から当然そうなるものでなければならない——あるいは、できれば、前の問題を解決した結果、意図しない形で発生した問題でなければならないと決めた」

科学的な思考や手つきの物語化とでもいったらいいだろうか。本書では全篇にわたって実験と推論の積み重ねがプロットを推進していて、科学実験の楽しさがそのまま小説になっているような感もある。記憶がまだろくによみがえっていない段階で主人公のいう、「ぼくは科学が好きだ。それはわかっている。ささやかな実験だったが、わくわくした」という言葉は象徴的だ。

作風といえば、『アルテミス』巻末の解説でウィアー作品の主人公の人物造形について大森望さんのいう、「何があってもへこたれない性格とピンチを笑い飛ばすユーモア精神」も、本書に受け継がれている。揺らぐことなきユーモアもまた、作者の持ち味だ。たとえば、

「ぼくの顎がガクッと落ちる。そう、ぼくはゼロＧ環境にいる。それでも落ちるのだ」

このベタなネタはよりにもよって、本書のＳＦ的な山場のひとつがおとずれた瞬間の、その次の行での主人公の独白なのである……。

本書では随所でポップカルチャーへの言及があり、それもユーモアに貢献している。献辞から登場して作中でも重要な存在となるビートルズ（とそのメンバー個々人）を始め、『プレデター』シリーズに関するトリヴィア、コメディグループの三ばか大将や『ロッキー』や『超人ハルク』に由来するネーミング、など。

ちなみにネーミングといえば、英語のヘイル・メアリー（Hail Mary）はラテン語のアヴェ・マリア（Ave Maria）にあたるが、アメリカンフットボールの試合終盤に、劣勢のチームが一発逆転を狙って投げる〝神頼み〟のロングパスを「ヘイル・メアリー（メリー）・パス」と呼ぶ。つまり、プロジェクト・ヘイル・メアリーというのは、「イチかバチか計画」といった意味。人類の命運がかかった大事業にこんな名前をつけた上に、それをタイトルにしてしまうのも、この作者ならではだ。（なお作中の人類はけっして投げやりになっているわけではなく、〈ヘイル・メアリー〉号以外にも、過去パート［地球パート］ではとんでもないスケールの計画をいくつか実行に移す）

そして本書でも健在な作者の持ち味がもうひとつ。読んでいると自然にわくわく感が湧いてきて、ハラハラさせられるのも含めて楽しくなってくることだ。本書が『火星の人』の作者の新作という期待を裏切らないというのは、なによりもこの抜群のストーリーテリングのことである。

主人公も読者も、希望と絶望のあいだを何度となく往復させられつづけ、とくに下巻の最後三分の一はその頻度が増していくのに加えて、振れ幅も天国と地獄のどん底くらいに大きくなっていく。残りページが数十ページを切っても、どうか油断することなく、作者の語りに思う存分ふりまわされてください。

話は飛ぶが、グレースが中学校で科学の授業をする場面を読んでいて、ぼくは映画『オデッセイ』のラストシーンを連想した。それは原作の『火星の人』にはないくだりで、主人公（マーク・ワトニー）が宇宙飛行士養成プログラムで若者たちに語りかける。

「とにかく考えろ。計算し、問題をひとつ潰す。で、次を潰す。問題を十分潰していけば、生還できる」（吹替版より）

話の内容こそちがうけれど、本書の授業の場面も映画のラストシーンも、科学的な手続き、知識や考え方の重要さを新しい世代に伝えようとしている点は共通する。

また本書には、「科学教師だからそういう細かい科学知識を持っていて当然だ」という意味合いのフレーズが何度か出てくる。それは反復ギャグ気味だったり、いやそれは無理だろとツッコミたくなったりもするが、同時にそこには作者の本音というか理想が顔をのぞかせているように思える。

それが端的にあらわれているのが、本書下巻のこのセリフだ。

「ぼくは教師なわけです。教壇に立っているべきなんです。ぼくらは強く生き抜いていく世代をしっかり育てなければならない。（略）これからの世界がうまく回っていくようにするのは、子どもたちの世代です。そしてかれらが引き継ぐのは混乱した世界だ。ぼくは子どもたちがきたるべき世界をきちんと受け止められるよう準備を整えてやることができる」

先に作者の持ち味として最初に言及したポイントと考え合わせると、アンディ・ウィアー作品の底流には明確な科学観とともに、それを継承していくことへの一貫した思いがあるのが感じられる。ジョージ・R・R・マーティンは本書に対して、「ここには伝統的な（オールド・スクール）SFのファン（わたしのような）が愛するあらゆるものがある」という賛辞を送ったが、そのあらゆるものには、このへんのことも含まれているのだろう。

訳者略歴　青山学院大学文学部卒，英米文学翻訳家
訳書『火星の人〔新版〕』『アルテミス』アンディ・ウィアー，『２００１：キューブリック、クラーク』マイケル・ベンソン（共訳），『あまたの星、宝冠のごとく』ジェイムズ・ティプトリー・ジュニア（共訳），『最終定理』クラーク＆ポール（以上早川書房刊）他多数

プロジェクト・ヘイル・メアリー〔下〕

2021年12月25日　初版発行
2024年９月25日　21版発行

著　者　アンディ・ウィアー
訳　者　小野田和子（おのだかずこ）
発行者　早川　浩

発行所　株式会社　早川書房
東京都千代田区神田多町２－２
電話　03 - 3252 - 3111
振替　00160-3-47799
https://www.hayakawa-online.co.jp

印刷所　中央精版印刷株式会社
製本所　中央精版印刷株式会社

定価はカバーに表示してあります
ISBN978-4-15-210071-9 C0097
Printed and bound in Japan
乱丁・落丁本は小社制作部宛お送り下さい。
送料小社負担にてお取りかえいたします。